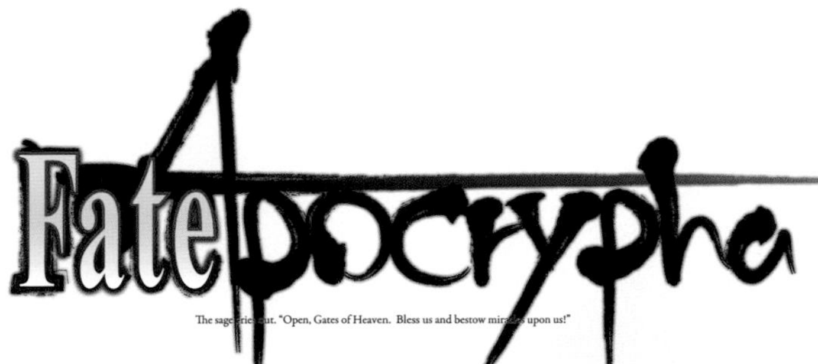
Fate Apocrypha
The sage cried out. "Open, Gates of Heaven. Bless us and bestow miracles upon us!"

2

「黑之輪舞／紅之祭典」

東出祐一郎
插畫　近衛乙嗣

Kadokawa Fantastic Novels

菲歐蕾・佛爾韋奇・千界樹

Height/Weight:162cm/47kg
Blood type:A
Birthday:7.12
Measurements:B84 W57 H82

Fiore Forvedge Yggdmillennia

千界樹一族的魔術師，「黑」弓兵的主人。
給人一種楚楚可憐貴人感覺的女魔術師。
在有許多二流的一族之中乃數一數二的傑出人士，被認為是族長達尼克的繼承人。
因為魔術迴路變異導致雙腿麻痺，被迫仰賴輪椅生活。

「黑」弓兵

Height/Weight:179cm/81kg
Blood type:unknown
Birthday: unknown

與菲歐蕾締結契約的弓之英靈。
既是穩重的知識分子，也是卓越的武人。
身為使役者對菲歐蕾盡忠，也會以軍師的立場建言。

塞蕾妮可・艾斯寇爾・千界樹

Celenike Icecolle Yggdmillennia

Height/Weight:168cm/53kg
Blood type:AB
Birthday:12.11
Measurements:B86 W59 H88

千界樹一族的魔術師，「黑」騎兵的主人。
外表伶俐、個性殘忍的女魔術師。
本業為咒殺他人，非常執著於自己召喚出來的騎兵。
雖然屬於千界樹陣營，但會以自身欲望為優先。

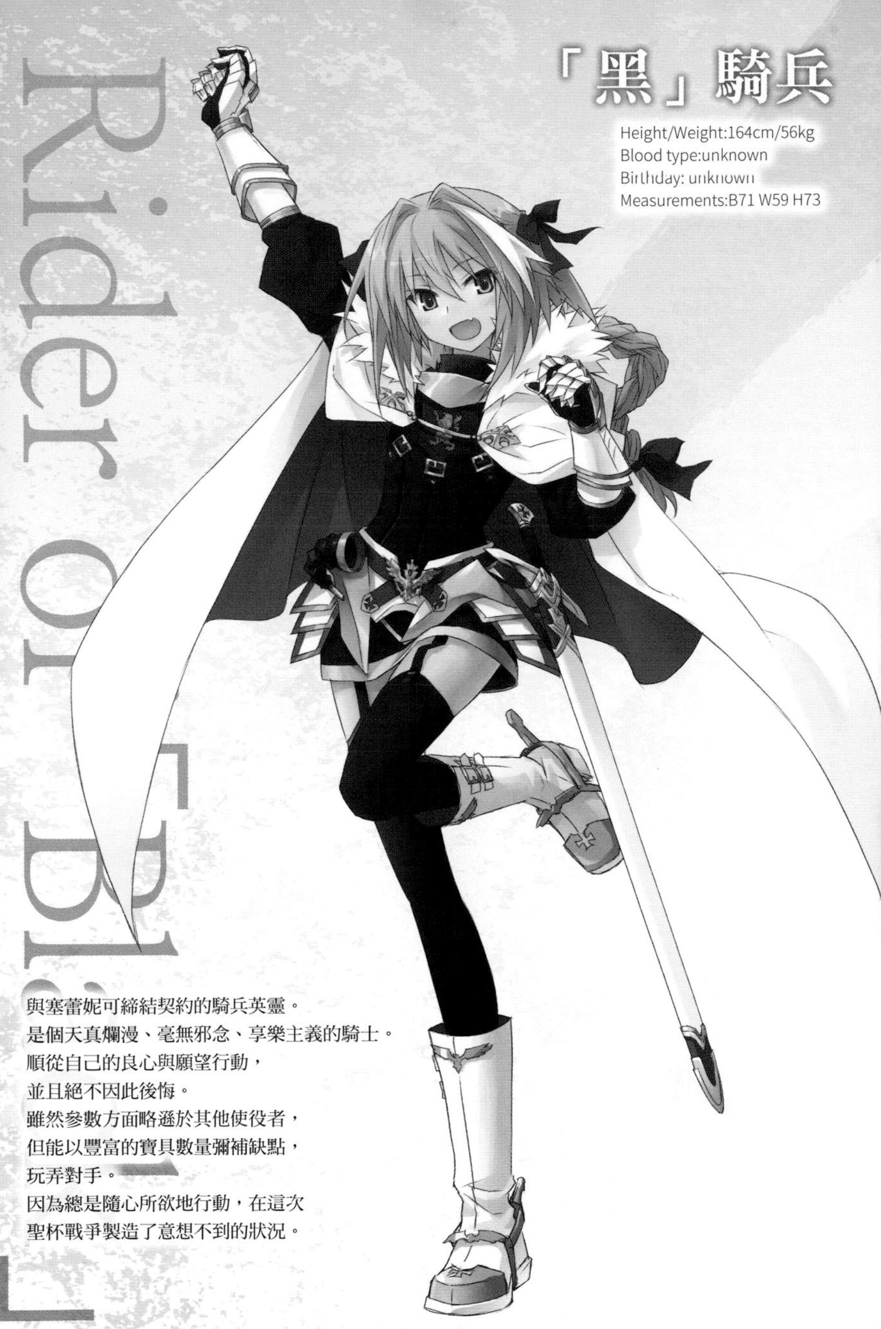

「黑」騎兵
Height/Weight:164cm/56kg
Blood type:unknown
Birthday: unknown
Measurements:B71 W59 H73
與塞蕾妮可締結契約的騎兵英靈。
是個天真爛漫、毫無邪念、享樂主義的騎士。
順從自己的良心與願望行動，
並且絕不因此後悔。
雖然參數方面略遜於其他使役者，
但能以豐富的寶具數量彌補缺點，
玩弄對手。
因為總是隨心所欲地行動，在這次
聖杯戰爭製造了意想不到的狀況。

Caster of「Black」
「黑」術士
Height/Weight:161cm/52kg
Blood type:unknown
Birthday: unknown
與羅歇締結契約的魔術師英靈。
雖然本人的戰鬥能力很差，
卻是一位絕世僅有的魔像創造家，
在戰爭中負責增加步兵數量。
為避免與他人過度深交而戴著面具。

羅歇・弗雷因・千界樹

Height/Weight:152cm/45kg
Blood type:O
Birthday:9.15

千界樹一族的魔術師，
「黑」術士的主人。
雖然年僅十三歲，卻以魔像創造家的身分聲名遠播。
將同為魔像創造家的術士當成大前輩尊敬，兩人之間的立場與其說是主人與使役者，更像是老師與學生。

rain Yggdmillennia

六導玲霞
Height/Weight:164cm/53kg
Blood type:B
Birthday:1.9
Measurements:B90 W62 H89
「黑」刺客的主人，是個妓女。
原本在召喚刺客之際要被當成活祭品，
但刺客選擇她作為主人，因而得救。
雖然不是魔術師，但為了想要聖杯的刺客，
決定參加聖杯大戰。
Reika Rikudou

Assassin of「Black」

「黑」刺客

Height/Weight:134cm/33kg
Blood type:unknown
Birthday:unknown
Measurements:B69 W49 H71

與六導玲霞締結契約的暗殺者英靈。
生前是連續殺人魔，以「媽媽」稱呼主人。
在這次聖杯大戰中，與「黑」、「紅」陣營
皆為敵對立場，打算殺害所有使役者。

「紅」弓兵

Height/Weight:166cm/57kg
Blood type:unknown
Birthday:unknown
Measurements:B78 W59 H75

與受僱於魔術協會的魔術師締結契約的弓之英靈。
個性冷靜，說話語氣略帶古風。
比起身為英靈的尊嚴，更能以野性本能為優先的獵人。
愛用的弓受過女神祝福。

「Lancer of Red」
「紅」槍兵
Height/Weight:178cm/65kg
Blood type:unknown
Birthday:unknown
與受僱於魔術協會的魔術師締結契約的槍之英靈。
身穿太陽般閃耀的黃金鎧甲，手握足以殺神的長槍，是萬夫莫敵的英雄。
面對主人不會表示任何異議，只會默默地完成任務。

「紅」騎兵

Height/Weight:185cm/97kg
Blood type:unknown
Birthday:unknown

與受僱於魔術協會的魔術師締結契約的騎兵英靈。
是眉清目秀的美青年。個性自由豁達，即使是主人下令，一旦認為命令不妥就不會遵從。
擁有可與「紅」槍兵匹敵的強韌體魄，以豐富且強大的寶具壓倒敵人。
是在此次聖杯大戰中數一數二的大英雄。

Berserker of「Red」

「紅」狂戰士

Height/Weight:221cm/165kg
Blood type:unknown
Birthday:unknown

與受僱於魔術協會的魔術師締結契約的狂戰士英靈。
以狂戰士職階來說很難得地可與人對話，但狂化等級並不低，彼此絕對無法互相理解。
幾乎完全不會遵從命令，只以屠殺強者為樂。

「紅」術士
Height/Weight:180cm/75kg
Blood type:unknown
Birthday:unknown
與受僱於魔術協會的魔術師締結契約的魔術師英靈。
儘管是術士，卻幾乎不會使用魔術。
人生目標為寫出壯麗的故事，
在戰鬥方面則以支援主人為中心。
常從自己的作品中引用符合當下狀況的文句，
並沉浸在這樣的樂趣之中。
Caster of「Red」

Saber of Red
「紅」劍兵
Height/Weight:154cm/42kg
Blood type:unknown
Birthday:unknown
Measurements:B73 W53 H76
與獅子劫界離締結契約的劍之英靈，
是個桀驁不遜、充滿過度自信的騎士。
為了隱瞞自身參數，戰鬥時會用寶具之
一的頭盔遮蓋臉部。

跟過往的小規模對抗不同，這裡有戰場、士兵、兵器、將領、必須搶奪的
領土，更有必須殲滅的「王」。

「那是『蠻族』，是玷汙我等土地，桀驁不遜、低劣地高聲笑著，
最後只有死路一條的蠢材們。儘管笑著殺死他們，必須用牛皮鞭徹
底教訓缺乏恐懼這種知識的他們。」

她壓抑苦悶，只是看著前方——裁決者只是忍受著這暴
力的光之漩渦。

2

「黑之輪舞／紅之祭典」

東出祐一郎

插畫 近衛乙嗣

Kadokawa Fantastic Novels

彩頁、內文插畫／近衛乙嗣

Fate Apocrypha　Vol.2「黑之輪舞／紅之祭典」

目錄
CONTENTS

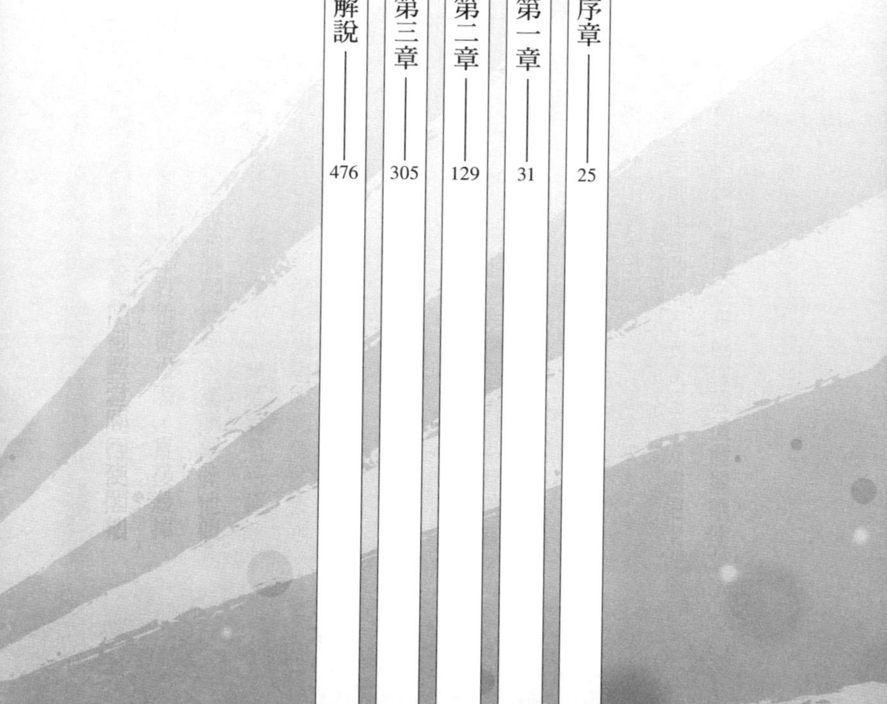

序章

序章

過去曾經有一位大英雄，是屠龍大英雄。

他是低地國王子，勇敢而高尚，每個人都稱讚他的外表，歌頌他的榮耀。

男人們前仆後繼地前來想當他的部下，女人們對他投以堅定的愛情。

英雄也回應了他們的期望。

他只擁有極短的休息時間，只是不斷尋求戰鬥。不，不是他主動求戰，而是戰鬥不會放過他那強大的力量。

從霧之一族（尼伯龍根）那兒獲得名劍巴爾蒙克，討滅邪龍（法布尼爾）時沐浴龍血獲得鋼鐵肉體。

擁有無敵的劍與身軀，無怪乎許多戰爭需要他。他的生涯沒有任何汙點，擁有的只是絢爛的經歷。

但他太像一個英雄──「過於英雄」。只要有人需要，他就會回應；只要有人下跪

乞求，他就一定會握住對方的手。

希望他去屠龍，他就去屠龍；希望能一親絕不服從任何人的美女芳澤，他就絞盡腦汁思考該如何完成；在這之中不存在善與惡……簡直像活生生的願望機，但他本人認為這樣就好。說穿了，善惡也只是立場問題。

如果中飽私囊的官員對他訴說家人遭到殺害，他就去報仇。

為貧困所苦的村民則只因為沒有索求，就被他捨棄。

因為如果不這樣，將會沒完沒了。他不可能用自己的雙手抱起世上一切，所以他決定一旦有人需要他就會予以回應。

行為無關乎自己的意志，戰鬥無關乎自己的喜好。就在英雄這麼想的時候，他突然察覺了。他根本不知道自己想要什麼，沒有希望、沒有夢想也沒有描繪未來的藍圖。雖然有人把英雄當成理想的存在，但關鍵的英雄本人卻失去了理想。

——這是何等欺瞞，簡直像無法咬合的齒輪。如果有人需要就予以回應，當然會漸漸不知道自己所追求的是什麼。

儘管迷失、徬徨——還是相信盡頭有著什麼，相信結束時會有什麼。英雄只能持續戰鬥。

他不會敗北，他不可能敗北。既然被寄望獲勝，不論要踏過多少苦難和絕望，他都會抓住勝利。

勝利、勝利，只有勝利。「請打倒那個怪物」、「請拯救我們的村莊」、「請打倒我們的敵人」、「想要那座山」、「想要那個美女」、「想要那個國家」——有多少人就有多少願望；有多少乞求就會同樣實現。

英雄早已變成名為英雄的「聖杯（系統）」，但他覺得無所謂，因為接受感謝感覺並不差。如果被以「只有這個辦法了」的神情拚命乞求，內心當然會被打動。

所以英雄只是一直持續這麼做——直到最後甚至成功屠龍。但他內心有個空洞，底部什麼也沒有，只有空虛的黑色空間擴展於此。

明明愛著人。

明明愛著世界。

但只有這份空虛怎樣也無法填補。

英雄名為——

第一章

第一章

搖搖晃晃地打算站起身子，手摸到冰涼的粗糙岩石。在自問這裡是哪裡之前，察覺到在眼前的動靜，一股寒氣竄過身子。

呼吸「咻咻」地吐出，但不知為何自己以全身接受著那股氣息。

……是因為那個應該存在於眼前的「某種東西」非常巨大，懷著凶猛的憤怒與邪惡，正等著充分享用自己。

自己的呼吸變得急促。想逃走，得盡快以全速逃跑、逃跑，非逃不可。儘管如此，身體卻像被釘在影子上動彈不得，冰冷不快的汗水像蛞蝓那樣滑過全身。

——好冷。

身軀因恐懼而凍僵，全身卻無比發燙的原因或許就在眼前的玩意兒兒是比任何火焰更凶猛的存在吧。

吸入的空氣有如劇毒，伴隨著痛楚呼出，但那玩意兒絕不會主動出手。

那玩意兒沒有現身，沒有發出聲音，緩緩地轉向。並不是要逃走，也不是要離去，只是把巨大的身軀移往深處。

那玩意兒想傳達給自己的話語只有一句。

「不要忘記」。這句話就像刺青深深刻在男人的皮膚上。

——這不是夢，也不是現實，是位在夢與現實界線的夾縫世界。

絕對不要忘了那玩意兒，馬上就會再次相遇。

就這樣，如同被針刺的胸痛和如烈焰燃燒的血的感覺——促使他醒了過來。

§§§

結凍般的空氣、凝結般的寂靜，森林只是又黑又安靜。一直因為太感動而啜泣到方才的「黑」騎兵——阿斯托爾弗總算站了起來。

他拉起倒在地上的人工生命體。原本應該比騎兵矮小，或者頂多一樣的身高，現在卻成長了不少。看樣子是因為吞下「黑」劍兵——齊格菲的心臟，導致身體產生了劇烈變化。

人工生命體以一副不可置信的表情握了自己的手兩三次，雖然心臟破裂造成的悶痛還殘留著，但已經不會構成障礙。

「看樣子劍兵的心臟有順利運作。」

騎兵感佩地點點頭。人工生命體將手放在心臟上，明確而強烈的脈動傳來，足以令人冒汗的炙熱鮮血正在全身流動。

「啊啊——」

人工生命體對於自己能毫不痛苦地發出聲音有點感動，沒想到吸氣、吐氣竟是這麼舒暢的事！

他顯得有點興奮地環顧周圍，目光停在一棵樹上。

人工生命體調勻呼吸，啟動魔術迴路，將手輕輕搭在樹幹上，確認接觸到的樹木材質，並釋放魔力將之破壞。樹木就像枯枝一樣輕易折斷，但人工生命體的身體完美地承受住了啟動魔術迴路的衝擊。

看到他這麼做的騎兵有些寂寞地點點頭。

「……嗯，如果是這樣，之後就算只有你自己也沒問題吧。既然劍兵已死，如果沒

有人快點說明，事情會變得更麻煩。」

騎兵說得沒錯，位在千界城堡的主人們應該也會逐一確認使役者的狀態。如果劍兵是來追蹤騎兵和人工生命體，很有可能再派其他人前來。

「而且也得帶這傢伙回去。」

騎兵輕輕拍了拍被劍兵打暈過去的劍兵主人……戈爾德．穆席克．千界樹的頭。以兩人的體格來看，戈爾德實在不是騎兵可以扛起來的對象，但騎兵好歹是個英靈，只是要扛走他不是太大的問題。

「喔，對了，畢竟不知道路上會發生什麼事，所以這把劍給你吧。」

騎兵以很輕鬆的態度，彷彿不當一回事地將掛在腰間的細劍交給人工生命體。人工生命體儘管困惑，還是收下了。雖然是一把細劍，但以鋼鐵打造的劍帶給他的雙手沉重的手感。

「可是，這樣一來你就——」

「啊，我除了劍以外還有槍跟書本，而且更重要的是我有幻馬（鷹馬）啊，實際上我不太用劍的。」

見騎兵滿臉笑容＋手比V字——人工生命體找不到理由拒絕，於是把劍掛在腰際。

雖然只有一邊有重量讓他有些在意平衡問題，但應該早晚會習慣吧。

「……希望你能好好用它。我好像誤會了劍兵那傢伙。就是，該怎麼說，我以為他是個悶騷、不知變通的無趣傢伙。」

「我明白。謝謝你，真的幫了我很多。」

「甭客氣、甭客氣，我也沒幫上什麼忙。」

人工生命體心想沒這回事，只有騎兵一個人回應了自己的聲音，伸手表示願意幫助自己。他毫不猶豫地做出沒有任何報酬也無法獲得回報的事……或許就是因為有這樣的他所說的話，劍兵才願意在最後的最後幫助自己。

「話說，我之前就想問了——你叫什麼名字？」

「……我的名字啊……」

人工生命體雙手抱胸，心想：真是個困難的問題。這也是當然，如果他是作為女僕或戰鬥用而特別鑄造的個體，就會被賦予個別辨識用的名字。但他原本只是大量生產的工業產品之一，當然不需要擁有名字。

所以必須從現在起自己思考，總不可能一輩子都以「人工生命體」這個名稱度過。

這時他忽地將手按在心臟，是英靈賜予他的心臟。那麼起碼——

「叫齊格如何？」

「不是齊格菲？」

「……模仿全名太讓人戒慎恐懼了，但如果因此被遺忘又太可惜，所以我想可以用齊格這個名字。」

騎兵「嗯嗯嗯」地大大點頭。

「說得也是……嗯，我覺得齊格應該是個不錯的名字吧？」

「謝謝，那我就叫作齊格。」

「啊哈哈，齊格，多指教嘍！」

騎兵伸出手，人工生命體猶豫地回握，彼此都理解今生永別的時刻即將到來。

「有沒有什麼事情是我能為你做的？」

騎兵露出有些難熬的表情，緩緩地搖頭。

「——沒有喔。你已經從這場戰爭中解放，現在是自由之身。另外我推測你的壽命應該變得跟普通人類一樣了吧，所以可以正常地活著、正常地死去，如果是這樣，拯救了你的劍兵大概也會很高興。」

騎兵以少女般溫柔的動作將雙手撫在齊格的臉頰上笑著說，接著彷彿感動至極地拉過他的頭，搔亂他的頭髮。

一會兒之後，騎兵總算放開齊格。

「好了，你快走吧，這邊我會想辦法。」

齊格聽到騎兵這番有些拒人於千里之外的話後，點點頭退後了一步、兩步，緩慢但確實地離開騎兵。騎兵雖然依依不捨地揮著手，後來仍像斬斷什麼迷惘一樣頷首，一把扛起戈爾德後轉過身背對齊格。

「騎兵！我該做什麼才好？」

齊格對離去的背影詢問，騎兵又一個轉身帶著滿臉笑容大叫：

「做什麼都好！現在的你什麼都做得到！到鎮上與其他人見面，喜歡上某人或討厭某人，去過愉快的人生吧！」

原來如此，這聽起來確實挺愉快。齊格也認同……心中某個地方好像有種貼著薄薄皮膜的不協調感，但他盡可能不去關注這個部分。

騎兵滿足地嘆氣。

啊～～這個人工生命體不再是需要庇護的存在了。他擁有強健的身體、一流的魔術

迴路。如果是這樣，要偷偷混進人類世界裡生存下去也不是不可能吧。

當然，千界樹付出的代價太過龐大，尤其在打聖杯大戰的情況下，失去號稱最優秀的劍兵實在太過致命。

雖然「黑」陣營也打倒「紅」陣營狂戰士（斯巴達克斯），並將之納為手中棋子，但劍兵跟狂戰士實在不能相提並論。

「……也罷，不追究，總有辦法吧。」

騎兵想到這裡，就再也不思考聖杯大戰的趨勢問題，畢竟自己只需要在空中飛舞作戰。當然，他還得好好想想該怎麼說明關於劍兵的事——不過他不擅長說謊，也不覺得自己有做錯什麼。

確實「黑」劍兵（齊格菲）將心臟給了人工生命體後逝去，這在聖杯大戰中或許是致命的行為，但那又怎樣？以結論來說，獲得第二人生的他還是「做了想做的事」。那不是被誰強迫，是無私的——正義行為。

就正直地、老實地、抬頭挺胸地說，他做了正確的事吧。

騎兵如是下定決心。

就這樣，齊格緩緩踏出腳步。雙腳有力地踏出，在結凍的地面踩出淡淡腳印。不過他的腳步仍顯緩慢，因為他每往前一步，就會回頭以目光追逐漸漸遠離的騎兵背影。

騎兵不會殺害現在還活著的戈爾德。畢竟戈爾德是個主人，如果令咒還留著，就有可能跟新的使役者締結契約。

問題在於騎兵可能受到處罰。除了天生保有的知識以外，齊格不知道任何聖杯戰爭的詳情，但他起碼知道劍兵被譽為最優秀使役者。

但劍兵死了，而且是因為把心臟送給自己才死。說白一點，這就是一種自殺行徑。儘管他們是使役者，但對他們來說現況毫無疑問是真實的，在幾乎等於獲得第二人生的情況下，為什麼要做出這種事？

……齊格不知道劍兵的願望是什麼。自己不是他的伙伴，也不是朋友，甚至根本不認識他。以同樣是如渣滓消耗的性命這點來看，某種意義上算是有一點共通之處。

儘管如此，齊格還是被他拯救。感謝之情不斷湧現，不知如何才能報答這份恩情。

好了，總之先按照騎兵所說，去鎮上看看吧。話雖如此，也不太可能潛入托利法斯，那裡畢竟是千界樹一族的管轄地，所以他就直直走，往村莊方向前進。

……雖然不去不行——

但對他來說很神奇的是，儘管已經看不見騎兵的身影，腳步還是走走停停，遲遲沒能前進。

「嗯，為什麼會這樣呢？」

他不自覺地自言自語——喉嚨不會痛這點讓他有點高興。他很熟悉身為人工生命體的自己，沒有什麼事情不知道。起碼不能不知道這些與自己身體異常有關的事項。

他沒有受傷，目前的身體狀況在他短暫的生命之中為最佳狀態。體內有熱度；心跳強而有力；雙腳沒有任何異常。腦部異常——沒有；神經損傷——沒有；因為病毒引發的疾病——也沒有。

身體很正常，然後眼前的目標是「前往村莊」。因為必須找一個托利法斯以外的地方作為落腳的據點，將村莊作為據點的成功機率約有八成多吧。如果運氣不好，偶然被千界樹的人馬發現，可能就會落得悲慘的下場。

有目標，身體狀況正常，雙腳也不是動不了，卻不動。

「早知道就向騎兵請教一下移動雙腳的方法……」

到了這時才忽然想到。

人工生命體這時候才發現自己又落單了，也發現今後再也沒機會見到騎兵了。

「……嗯。」

胸口有點揪緊，讓他覺得痛，但他盡可能忽略，想辦法踏出腳步。

§§§

以結論來說，「黑」騎兵阿斯托爾弗不僅雙手雙腳被打樁貫穿，還被流體型魔像封住所有行動，事實上跟「紅」方狂戰士一起處於幽禁狀態。

因為他太老實地說出一切，甚至加入了自己的感想（「哎呀，其實很爽快耶！」），也難怪「黑」方槍兵——弗拉德三世會氣到七竅生煙。

聽說「黑」劍兵真名的其他主人們都毫無例外地以非難的眼光看向「黑」騎兵。畢竟劍兵是低地國的「屠龍者」齊格菲，對「黑」陣營來說，是可以當作王牌的存在。

槍兵下令幽禁騎兵之後立刻靈體化，雖然他的主人達尼克嘗試安撫，但短時間內應該無法消氣。如果是還在世的他，毫無疑問需要有人犧牲性命換取他消氣吧。

主人塞蕾妮可把其他人請出地下牢房之後，給了騎兵一巴掌。而且這一掌的聲音很小，對她來說更是不悅。騎兵臉上雖然帶著嚴肅表情，卻沒有因為痛楚而呻吟——更重

要的是，他沒有表現出絕望的態度。

「你到底知不知道自己幹了什麼好事？」

「知道喔。拯救了一個人工生命體……只是這樣。」

「別鬧了！劍兵可是消失了啊！在使役者之中最優秀的劍兵！而且甚至還沒上場作戰，連作戰都沒有！怎麼可以因為內訌這麼愚蠢的事情而消失！都是你害的！」

騎兵思索了一下，雖然覺得這樣說可能會挨罵，還是低聲嘀咕：

「不，這不是我的責任。劍兵表現得像個英雄，出色地實現了自己的心願。」

塞蕾妮可又給了騎兵一掌，對毫不在乎的他更加不耐，抓住貫穿他雙手雙腳的樁子搖動。

「好痛、痛痛痛痛痛！呃，等、等一下，饒了我吧！」

塞蕾妮可因為騎兵總算表現出痛苦的樣子而滿足。那是不管她在床上做了什麼都無法看到的表情。

——「明明只要這樣就夠了」。

塞蕾妮可打從心底這麼想，使役者沒有真正的肉身真的很可惜。

「既然身為使役者，就表現得像個使役者，乖乖跟在我身邊，也不至於落得這種下場。」

「啊──如果從現在開始這麼做，可以幫我解開這個嗎？」

就算是塞蕾妮可，也只能搖頭否定這項提議。至少「黑」槍兵不可能允許她這麼做，她可不想被連累。

「──只有在要你出面作戰的時候才可以解開這些。你在這場聖杯大戰將會被徹底當成『棋子』運用。」

塞蕾妮可露出無情的笑，貼近他耳邊說：

「要恨，就去恨人工生命體吧。」

騎兵以茫然的表情看著塞蕾妮可說完後離開的身影，歪著頭說：

「……為什麼？」

塞蕾妮可錯就錯在認為自己的使役者是個「正常人」。騎兵完全無法理解她為什麼要說去恨人工生命體這番話，就算已經被「黑」槍兵的樁子貫穿，被主人痛罵也一樣。

塞蕾妮可前腳剛走，「黑」弓兵──凱隆就前來看騎兵。剛才在所有主人跟使役者都在的場合，他沒有說任何一句話。

「——如果你讓我處理這件事，就不至於受到這麼嚴厲的處分。」

這是真的。槍兵很欣賞弓兵的戰略眼光，也很信賴他高潔清廉的人格。只要他開口維護騎兵，騎兵只是挨罵幾句作收的可能性很高。

但騎兵一開始就對弓兵微微使了個眼色，阻止他這麼做。

「不不，沒必要因為這麼無聊的小事弄得陣營分裂。如果這次的事情因為我挨罵並受到懲處可以了事，那就這樣吧。」

騎兵理解自己為何會受到懲處。不管做的事情正確與否，以結論來講，劍兵死了是不爭的事實，所以作為王的槍兵當然需要找出懲處對象。既然最應該懲處的劍兵已經不在，那麼除了自己以外也沒有別人了。

儘管知道這沒道理，儘管知道自己沒有做錯事，騎兵仍不抗拒接受懲處，因為他在回到這裡之前就下定了決心。

——說起來，這也不是他第一次被關起來、被幽禁了，他甚至有被某個魔女變成樹木的經驗。

「可是……」

騎兵只擔心一點，如果弓兵說自己也在放走人工生命體這件事上幫了一把，槍兵可

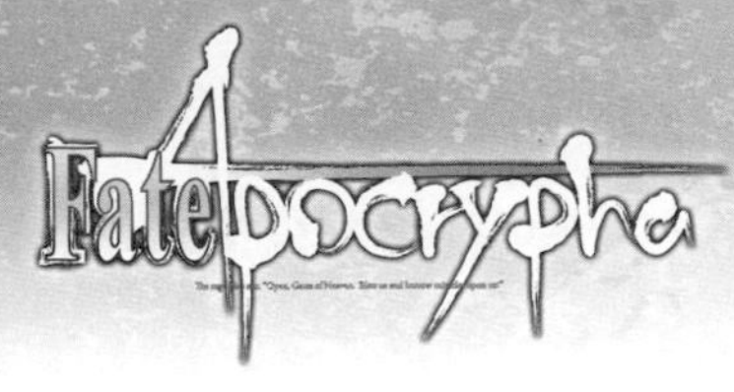

能就會疏離弓兵。

戰爭再過不久就要全面開打，要是王跟軍師鬧不合可就傷腦筋了。如果只是一個不用腦的騎士受罰就可以了事，戰線還不至於徹底瓦解。

「這樣就好了啦。而且只是失去劍兵並不代表我們就輸了，對吧？」

騎兵勾出一個囂張的笑容。

「——對，你說得沒錯。」

「黑」陣營確實失去了劍兵，但按照弓兵的考量，這並不代表他們完全喪失優勢。只要將「紅」狂戰士（斯巴達克斯）投入戰線，肯定能給對手造成莫大打擊。雖然只是無心插柳，但當時採取的捉拿戰術的確是那個狀況下的最佳選擇。如果打算消滅對手，或許會承受更多、更大規模的損害。

說歸說，但使用起來毫無疑問要小心謹慎。

「……不過，我沒想到劍兵居然會那麼做。」

「啊，關於這點我有同感。嗯，或許該多跟他說說話交流一下才對。到了現在，我才後悔沒有那麼做。」

「但既然主人戈爾德禁止他說話，我們也很難與他交流。」

「啊……」

對劍兵來說，最不幸的一件事應該就是在千界樹一族之中，偏偏是那個人當上他的主人吧。騎兵也不禁嘆息，那個稀世大英雄竟然被那樣的膽小鬼……更正，那樣謹慎的主人使役，只能說不幸到了極點。

「話說，他沒事嗎？」

「嗯，大概因為吸收了劍兵的心臟，不論是身高或面容都變成優秀的勇士模樣了。那樣的他沒有問題，依我看至少可以活上百年吧。」

「哦——」弓兵難得表露驚訝之情。

「劍兵……齊格菲是沐浴了龍血而變成鋼鐵身軀，並且聽說他喝下龍血使之在體內循環。心臟是輸送血液的器官，或許在這過程中混入了身為龍種的血統吧。」

「真好耶，屠龍者。我也想要屠龍者這個稱號啊！」

「——不管怎麼說，我想他應該可以順利融入這個世界活下去吧。」

不論是弓兵或騎兵，都不擔心這個部分。這座城堡為數眾多的人工生命體當中，只有他一個勇敢地明確表現出自己「想活下去」的意志。

不論是多麼困難的狀況，他一定可以強健地生存下去吧。

「話說回來，為什麼弓兵這麼幫忙啊？」

「說到底，我們只是沒有實際肉體的虛假亡靈，但這樣的我們——就算刻劃一個東西在世界上，應該也無妨吧。」

弓兵的聲音顯得非常穩重。

「我覺得你才應該當王耶。」

騎兵嘀咕著若被槍兵聽到，很可能小命不保的危險發言。但弓兵只是搖搖頭，苦笑著說：

「我不擅長站在第一線啊。」

騎兵聽到這句話，「唉」了一聲，怨嘆：「有一好沒兩好啊。」

§§§

齊格一邊走一邊心想：行有餘力是好事。如果是以前那副只走幾步就疲勞不已，甚至覺得痛苦的身體，連邊走邊茫然地想事情都很困難。

因為結界在運作，森林一如既往地沉寂，沒有生物的氣息。但已經離那座城堡有一大段距離，就算千界樹透過結界知道齊格大概在哪裡，也不至於再派人追蹤了吧。

來到山腰附近，開始可以聽到輕快的鳥囀，這就代表驅趕生物的結界已經沒有效力了。雖然因為大樹林立，導致周遭一片昏暗，不過似乎快天亮了。也就是說齊格已經走了好幾個小時，但身體還沒有產生任何疲勞。而且以他身上的穿著，要在晚秋的山區行動也顯得太過單薄，他卻完全不覺得冷。

就算身體變得健康，這也實在有些異常。齊格推測應該是「黑」劍兵齊格菲的心臟帶來的力量。

……想要更多可以思考的事情，想委身於複雜奇怪的方程式中。這麼一來，或許可以稍稍從剛才就一直纏繞於腦海揮之不去的真相不明的霧靄中逃脫。

雖然腳步依然緩慢沉重，即使如此——只要繼續向前，總有一天道路會敞開。

越過山頭，齊格看到眼下遠方有一座稱不上城鎮的小小村莊，那裡應該跟托利法斯不同，沒有被魔術師（千界樹）染指。

以暗示操控村民的意識應該用不著一天。也就是說，如果是在那座村莊就能獲得平穩的日常生活，或者也可能以這個地方為跳板，前往不同城鎮、不同國家。

所以只要踏出這一步就能開啟那樣的生活。不管怎麼說，沒有比之前的自己更糟的

狀況，而且只要踏出這一步就能使之好轉。

人們稱這樣的日子為——「自由」。

一切都是好事，都很美妙。不論怎麼做，都不會有比之前更糟糕的狀況，而要扭轉這樣的局勢，只需要踏出一步即可。

為了自己的這一步，一位英雄授與自己生命，一位英雄療癒了自己，然後一位英雄跟著自己一起走。

一切都是為了踏出這一步。

但是為何？為什麼？自己卻抗拒踏出這一步呢？

齊格嘆氣，似乎無法甩開覆蓋腦海的那片霧靄。如果自己要以一個人的身分活下去，是不是就得一輩子跟這片霧靄為伍呢？

但他還是勉強抬起腳——

『停下來！』

制止自己的聲音跟接著出現的聲音讓齊格急忙回頭。剛剛的聲音不是自然界的聲音，而是某種沉重物體倒下的聲音。

是追兵嗎？但沒有使用魔術的氣息，也沒有感覺到如同使役者那樣強大的魔力。齊格猶豫了一下，想說如果只是去看看應該還好，於是一個旋踵。

踏進稍微偏離山路的森林裡，想說聲音確實是從這附近的方向傳來而環顧周遭——發現了。

在那瞬間，齊格覺得靈魂都被奪走了。

「————」

他甚至無法吐出嘆息，只能看著倚靠在巨大樹木上痛苦蜷縮的少女。

在穿過樹木縫隙灑落的黎明微光照耀之下，微微飄動的頭髮有如金色絲線，凝視著這邊的紫水晶般的眼眸無比澄澈，讓齊格不禁產生一股不必要的罪惡感。

她沒有人工生命體那樣精巧的造型之美，也不像騎兵那樣有一種只是陪在自己身邊就令人心情雀躍的可愛，她擁有的是非常缺乏現實感的夢幻般的美麗。

少女身上穿著鎧甲——毫無疑問是使役者，不管是「紅」還是「黑」陣營，都不是自己應該有所牽扯的對象。

如果要說她是敵是友，那毫無疑問是敵吧。但齊格覺得離開這裡是非常可惜的事。這或許就是所謂被藝術品奪走目光的狀態。齊格不知不覺走向少女身旁，正當他蹲低打算伸手觸摸少女臉頰的瞬間，掛在腰際的劍警告般發出聲響。

彼此沉默，目光交錯，齊格陷入混亂。仔細想想，剛剛自己到底打算做什麼啊？竟然想伸手觸摸蜷縮的少女，這是何等下流的行為啊。於是他急忙打算縮回手，少女卻倏地握住他的手。

「太好了……我見到你了！」

微笑的少女如此宣告的瞬間，齊格心想：就算她是敵人——或者自己會在這裡被砍頭，但看過這個笑容也就值得了。

§§§

聖女貞德・達魯克在此次聖杯大戰以裁決者身分被召喚出來。她仔細檢查過作為第二戰中「紅」狂戰士（斯巴達克斯）和「黑」槍兵、騎兵之間，以及「紅」騎兵、弓兵和「黑」劍兵（齊格菲）、狂戰士、弓兵之間戰鬥舞台的森林之後，鬆了一口氣。

遭到破壞的只有戰鬥過程中被掃倒的樹木一類，而且沒有占去森林太大範圍。若「紅」槍兵——身負太陽的大英雄迦爾納也加入，森林就很可能化為一片焦土了。

先不論據守在千界城堡的「黑」陣營，她沒有看到應當進攻的「紅」方主人身影。不過若考慮到這場戰爭才剛開打，那麼這種情況絕非不可思議。參加聖杯戰爭的主人大多是魔術師，並不習於戰鬥這種事。

「……總之，這算是場一般戰鬥。」

沒錯，雖然參戰的使役者人數較多，但戰法合乎常理。弓兵在遠距離狙擊；狂戰士突破；術士以魔術統率駕馭魔像；槍兵召喚樁子刺穿敵人——騎兵和劍兵也不是逾越英靈範疇的不合常理的存在，不論「黑」或「紅」都一樣。

……當然，既然是使役者，力量肯定非常強大，其中就屬「紅」騎兵特別突出。按裁決者判斷，他應該擁有足以與「紅」槍兵匹敵的力量。

這也難怪，畢竟他是頗負盛名的大英雄。只要他存在，就可以扭轉戰局。光是有騎兵和槍兵，「紅」陣營在使役者的「質」這個層面上就占了優勢。

不過，這是單純比力量的評斷。使役者之間可以考量的因素包括有利與否、寶具能力、戰術、地點等不勝枚舉，狀況很有可能因為直到現在都還沒現身的「黑」刺客、

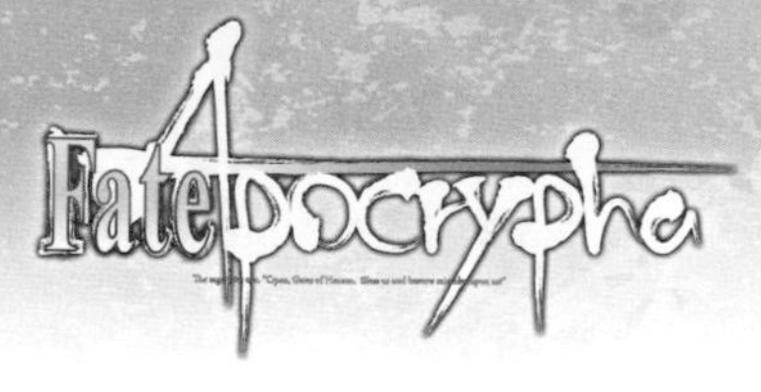

「紅」劍兵、術士、刺客的特性而產生相應變化……

不管怎麼說，現在還算在一般聖杯戰爭的範疇之內。即使進入十四位使役者的全面戰爭狀態，托利法斯這座城市人口只有兩萬，且處於一種孤立於外界的狀態，只要使用裁決者才有的特權就可能將損害壓至最低吧。

完全沒有可疑的部分，完全沒有——

但心中還是有一股無法掌握的疑慮。都已經像這樣在夜晚前來調查戰鬥痕跡了，還是無法得到什麼線索。果然唯一的線索就是「紅」使役者們想排除自己。裁決者知道「紅」槍兵是個高尚的人物，才會在主人的命令下前來收拾裁決者的性命。

……看樣子果然得想辦法接觸「紅」陣營的主人。

總之，今晚的戰鬥到此結束……就在裁決者這麼想的時候，身體突然沒了力氣……自己似乎是「想睡」了。說得更精確一點，不是身為裁決者的貞德．達魯克想睡，要求睡眠的自然是蕾蒂希雅的肉體。話雖如此，想睡覺這件事本身對使役者來說算是一種缺陷，這之間的落差為貞德帶來一種新鮮的衝動感覺。

「唔……不行……我還……」

這股睡意真的不是她可以靠意志克服的問題，必須回到鎮上、回到教堂、回到閣樓房間的床上才行。然而，身體太唐突地要斷電了。

貞德伸手按在大樹樹幹上支撐身體，但這樣還不夠，她只好捏了捏自己的臉頰，痛楚讓她的意識勉強清醒過來……這肉體還真不方便。因為召喚過程不上不下，雖然可以長時間忍耐，然而一旦超過極限，恐怕就會像斷電一樣瞬間失去意識。

貞德決定之後再來思考怎麼處理這個問題，總之先用聖水再次探測使役者所在的位置。如果沒有發生任何問題，今晚的任務就到此結束。

「黑」陣營五位與「紅」陣營一位在城堡內，那一位「紅」陣營的使役者應該是狂戰士。雖然是很大的獵物，但看來他們順利完成更換主人的程序了。這不算違反規則，變更主人或變更使役者是理所當然的事——不，等等。

「少一位……？」

駐留在城堡的「黑」使役者應該有六位，剩下一位怎麼了？就算將探查範圍擴大到極限也找不到。

……有股不祥的預感，應該——不是死了。十四位裡頭要是有人退出了，裁決者一定可以透過某種感覺察覺，而現在並沒有使役者退出。

不過，不太對勁。不是身為裁決者使役者的感覺，而是貞德・達魯克的直覺訴說

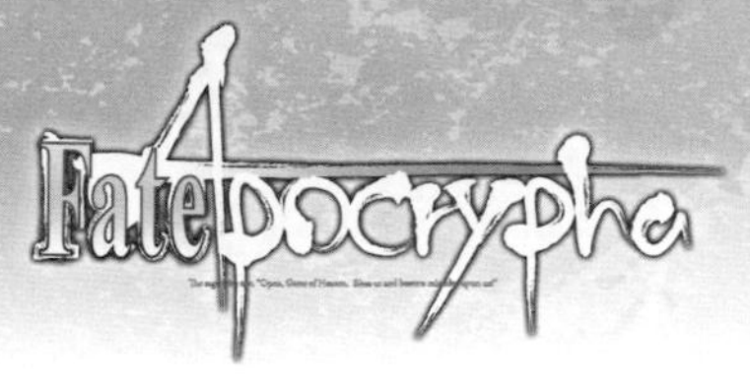

著，就在自己不知情的狀況下發生了什麼事。

必須盡快找出那一位不見的使役者，但要怎麼找？有可能在沒有任何方向性的情況下找出來嗎？

裁決者很確定不可能找到。神明只會幫助自助者，漫無目標地亂找只是一種停止思考的行為。

那麼——她看了看五位使役者駐留的城堡，直接去問他們或許還比較有建設性。

至少「黑」陣營還想拉攏自己，不會像「紅」陣營那樣打算殺無赦吧。

雖然這想法偏樂觀了點，但不採取行動就不會有進展，裁決者決定直接堂堂正正地前往城堡。

城堡屹立在睥睨整座托利法斯的小山丘上，略微朦朧地浮現於黑暗中的輪廓令人聯想到亡者蠢動的巨大地獄。雖然雄壯的外觀與人口只有兩萬的小都市太不相襯，但鎮上的人也都不打算將之當作觀光景點。儘管原因之一在於這座城堡不是公共建築，而是建造在私有土地上的個人建物……但更重要的是，鎮上所有居民都害怕這座城堡。

害怕的程度還不是覺得這座城堡受到詛咒這麼簡單。支配托利法斯的就是這座城堡——居民們的認知大多如此，實際上這樣的認知也屬正確。

裁決者來到城門前，抬頭仰望到感覺脖子都快折斷了。這座城堡毫無藝術性可言，實質上只因一個目的而被建造，易守難攻，但這座城堡真正的特性並不在此。

她輕輕碰了城堡一下，一股麻感瞬間竄過，應該是兼具強烈妨礙與探查功能的魔術造成。因為這裡施了無數防禦魔術，即使是使役者出馬，要攻陷這裡也需要相當大的破壞力。

裁決者來到城門前，還沒報上名號，門就自動開啟。一邊撼動地面一邊打開的大門另一頭，站著一位手持法杖的「老人」。

「你是千界樹的魔術師吧？我是——」

「負責裁定此次聖杯大戰的貞德．達魯克對吧？能夠迎接聲名遠播的聖女乃是我無上的光榮。我叫達尼克．普雷斯頓．千界樹，是逗留於此座千界城堡的魔術師一族，千界樹的族長。」

達尼克搶先誇大地行禮，之所以宣告貞德的真名，與其說是為了表示親近之意，更像是警告意味濃厚。但貞德的真名就算洩漏出去也無妨，更該說如果她持續隱瞞真名，

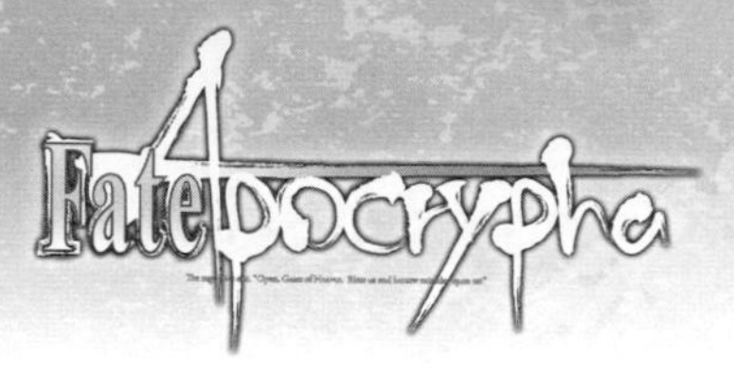

就很難獲得各主人和使役者信賴，才會故意在教堂以貞德自稱。

「……保險起見，我再表明一次。在此次聖杯大戰，我沒有打算協助『黑』或『紅』任一陣營，之所以來這裡是為了詢問兩三件事。」

就算貞德說得如此冷漠，達尼克還是維持臉上的笑容回應：

「這我當然明白，但總之請您先見見我等領主，他得知您來的消息後非常開心。」

「領主……？」

達尼克點點頭，露出足以讓裁決者抱持警戒的笑容宣告：

「瓦拉幾亞王弗拉德三世是我的使役者，『黑』槍兵。」

裁決者在達尼克引導下踏上石板地走廊，來往的僕人們接連鞠躬致意。她從這些人的面貌太過統一，以及體內蘊藏的魔力迴路看出他們都是人工生命體。

「我們認為連累的人類數量愈少愈好。」

達尼克一邊慢慢走著一邊如此嘀咕。這確實符合聖杯戰爭盡可能不要連累毫無關係的人類這個基本原則，但是——

「人工生命體也是毫無關係的性命。」

裁決者不帶感情地回應。

聖杯戰爭原本是世界上最小又最大的戰爭，應該是七位主人與七位使役者便足夠的狀況……不過這次的情況差別實在太大了。

「喔，聖女連人造生命都珍惜嗎？我們有違反您的規則嗎？」

對方投以挖苦的笑容，裁決者稍微繃起臉回答：

「——我沒有這麼說。」

……但是，以目前的戰鬥規模考量，也可說是無可奈何。裁決者確實沒有餘地以違反規則論處，很難說千界樹一族沒有強制人工生命體，但也很難說他們是小孩。他們只是被打造成這樣而已。

「我們跟對手魔術協會不同，賭上了我們一族的存亡，請您也將這點考量進去。」

通往謁見廳的門開啟。

「唔。」

裁決者雖然低喃了一聲，還是毫不猶豫地踏入謁見廳。王座上坐著「黑」槍兵——弗拉德三世，還有「黑」陣營的三位使役者弓兵、狂戰士、術士隨侍在旁。

除此之外，魔像與手持戰斧的人工生命體也齊聚一堂。

……雖說威脅意圖很低，但這種集團性的敵意還是帶來相當程度的威壓。儘管如

此，裁決者還在世時就已經體驗過身邊全都是敵人的狀態了。

她並不畏縮，處之泰然地來到王前。因為不是臣子，她並沒有低頭致意，王的表情也完全沒變。

「我是在此次聖杯大戰中身負裁定任務而被召喚出的裁決者，貞德．達魯克。」

「——嗯，與裁決者信仰同一神明，令孤感到莫大助力。」

「……正因為信神，所以希望你能理解我追求公平的態度。」

裁決者堅決的目光讓「黑」槍兵（弗拉德三世）嘴角勾出笑容。他大概認為這沒什麼好大驚小怪，只是鄉下姑娘講出的笑話吧。

「好了，天快亮了。裁決者啊，妳有何貴事？」

「深夜時，你們有與『紅』陣營發生戰鬥吧？對手應該是騎兵、弓兵和狂戰士。」

「嗯，怎麼了嗎？」

「以結果來說，騎兵和弓兵撤退，狂戰士則似乎遭到你們俘虜——但在那之後，到底發生了什麼事？」

「……」

裁決者的問題讓「黑」弓兵（凱隆）有了一點反應。不，不只他，握著戰斧的人工生命體們也表現出些許動搖。

但反應比任何人都劇烈的是「黑」槍兵。

「……真不愉快。」

槍兵只消說這些，謁見廳就充滿了殺氣。這反應跟小孩子鬧脾氣一樣沒道理，不過槍兵的力量卻與廣範圍鎮壓兵器相等。裁決者一派輕鬆地接受這有意識的兵器所投來的殺意。

這股殺意還不比她以一介村姑身分在席農城堡晉見王太子查理的時候，或是以俘虜身分遭到異端審問時接收到的惡意嚴重。比起當時她一舉手一投足只要有什麼奇異之處就會遭到誅殺要輕鬆多了。

「如果不便回答，那也沒辦法。我說完了，我會自己想辦法調查。」

就在她轉過身的瞬間，槍兵立刻放鬆了殺意。

「——失禮，孤似乎調侃過頭了。」

裁決者不禁對把方才那股殺意說成「調侃」的「黑」槍兵感到傻眼。不，這或許是他的本意。對王來說，喜怒哀樂都是為了為政。明明不悲傷卻得為了臣子哭泣，明明不開心卻得收下進獻品。對他來說，或許連憤怒都是一種表演吧。

「劍兵自裁了。」

「什……」

連裁決者聽到這句淡淡說出口的話都不禁啞口無言。「黑」槍兵則顯得悲傷地搖頭嘆息。

裁決者本想說「怎麼可能」，卻連忙閉上嘴……看樣子「黑」劍兵（齊格菲）是真的自裁了。不過這之中有一個矛盾之處。「黑」劍兵雖然快死了，卻還活著。

……主人不可能感受不到使役者的死活與否，如果感受不到，就代表因果線（Line）已經切斷了。

然而，裁決者擁有更勝「靈器盤」的察覺能力，她能夠明確地說，儘管微弱，但「黑」劍兵還沒切斷與這個世界的聯繫。雖然她無法得知對方身在何處——總之應該還活著。

「有人能具體說明狀況嗎？」

「前來報告的是『黑』騎兵……似乎是他教唆劍兵這麼做，因此孤將他關入地下牢房以示懲戒。」

「……這樣啊。」

「——好了，裁決者啊，孤就單刀直入地說吧。我們在毫無建樹的情況下失去了可謂關鍵的劍兵，那麼我們當然想補充不遜於劍兵的戰力。不覺得這想法很自然嗎？」

裁決者繃起臉，覺得話題往可疑的方向發展了。

「方才我也表明過，我是裁決者，經由聖杯召喚而出，是這場戰爭無可動搖的裁判……我有我的目的，而那不是與你們同在。」

「妳沒有願望嗎？既然被聖杯召喚，妳應該有私人的願望才是。」

「——關於這部分，裁決者也屬例外。要能以裁決者身分被召喚的條件之一，就是對現世不抱有任何願望。」

這句話讓在場使役者們微微起了騷動。

「……裁決者，妳沒有願望嗎？」

「是的，沒有。」

槍兵怒氣沖沖地「咚」一拳打在椅子扶手上並站起來，表現出過往的瘋狂，帶著怒氣大吼：

「貞德．達魯克，孤知道妳的下場！被所有事物背叛、奪走一切，最後落得冤死的妳怎麼可能沒有願望！回答孤，不許妳說謊！」

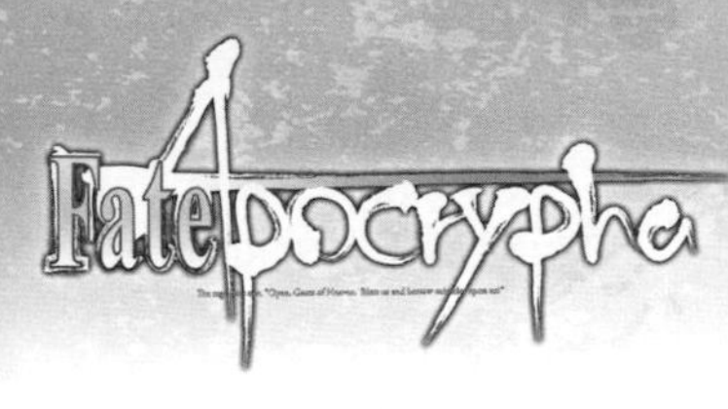

如果槍兵方才散發的殺意屬於廣範圍制壓兵器，現在這番話就帶有椿子般的尖銳。裁決者有預感，只要說謊或說出槍兵不滿意的答案，就會當場被刺穿。

裁決者凝視了槍兵一會兒，用足以壓過他氣勢的冷靜聲音說：

「沒有。所有人都認為我臨終時一定非常悔恨，認為我期望復仇或者期望獲救。但是──我走過的人生有著只有我才知道的滿足。雖然不是任何人都能與我有同樣感受，至少我對自己的人生沒有一絲悔恨，也沒有希望透過聖杯實現的願望。若要說有，只有把這場聖杯戰爭調整成正常狀態。」

「甚至被神捨棄的妳沒有願望？」

「──這樣說才真的是愚蠢。主沒有捨棄我們，不，說起來主沒有捨棄任何人，祂只是什麼也做不了。」

「什麼……？」

「不論是祈禱或奉獻貢品，都不是為了自己，而是為了主而做的吧？我們是為了療癒主的嘆息、主的悲傷而祈禱。沒錯，我確實──」

『聽到了主的嘆息。』

有慘叫、有嘆息、有嗚咽，也有悲傷。

世界直線朝著地獄滾落，沒人能阻止。不，或許那個——其實就是地獄本身吧。

主嘆息著，這是多麼悲傷的事啊。人們甚至不被容許簡單地活著，被迫只能選擇變成野獸，不然就是變成食物。

爭端沒有結束的一天，血不斷流下濡濕大地。

所以主才嘆息——祂的聲音傳到了我（貞德）的耳裡，我接收到那不論是誰都會忽略的細小呢喃。

其實我很清楚，只要聽了這道聲音訴說並且回應，就代表要捨棄自己至今的一切。

不論是簡單的村民生活，或者愛人、被愛的喜悅都要捨棄，除此之外還沒有回報。

我一定會被敵人和同伴——被許多人類嘲笑。

那是很可怕的事情。一個鄉下的村姑竟然要跳入人類殺意席捲的戰場，可不是一句「瘋了」就可以說明。

——但是，主在哭泣。

啊——我一定……無法忍受這一點，無法忽視這一點吧。

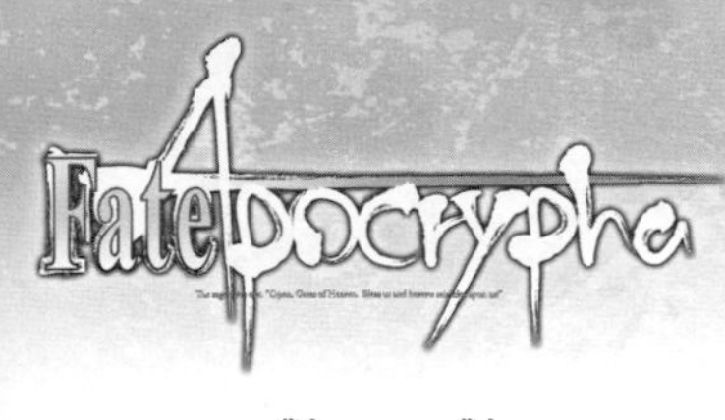

為了讓主停止哭泣，為了撫慰主，就由我前往這個世界的地獄吧。身披鎧甲、腰配利劍、手握旗幟——奉獻我的性命吧。

沒錯，我從主那兒獲得的啟示不是榮耀與勝利，不是義務與使命感，主只是嘆息，只是表達了悲傷。

——所以，我想至少接收了這些啟示的自己要讓主停止嘆息。

「黑」槍兵（弗拉德三世）瞪著裁決者一會兒，最終搖搖頭後坐下。

「——雖然信同一位神，但妳與孤似乎並不相容。」

「儘管信同一位神，還是有人把我送上火刑台。你我不相容也是當然。」

裁決者一臉輕鬆地說，這句充滿戲謔的話讓「黑」槍兵愉快地笑了。

「……這也沒辦法，但『紅』陣營想要妳的命是事實。我們只是想要拉攏妳，看來對方不是這麼回事。」

「是呢，以我來說也必須調查『紅』陣營葫蘆裡到底賣什麼藥。雖然我沒有與之敵對的念頭——」

「但被攻擊的話，又是另一回事了。」

「……確實是如此。」

「祈禱『紅』陣營是群想要妳性命的愚蠢之徒。」

「黑」槍兵這麼說完，再次露出笑容。

裁決者離開謁見廳之後，直接前往地下牢房。那裡應該關了在戰鬥中擒來的「紅」狂戰士（斯巴達克斯），和另一位「黑」陣營的使役者。照槍兵所說，那應該是「黑」騎兵。

地下牢房有一股長期未使用的感覺，八間牢房幾乎只看得到腐朽的木材、稻草和蜘蛛網而已。

「紅」狂戰士在一間牢房裡，被某種像是蠟的流體泥濘完全封住身體。雖說已經完成更換主人的手續，但「黑」陣營也不會隨便放他出來亂跑吧……在這種情況下，臉上持續掛著笑容的樣子實在詭異。

好了，重點在關在另一間牢房裡的使役者。

「——咦？妳是哪位？」

少年一臉傻愣的表情歪頭。雖然是不經意的動作，但束縛他的封鎖比方才的狂戰士還嚴密。手腳被樁子貫穿的模樣，看了都替他覺得疼。

「妳是『黑』騎兵嗎？我是裁決者使役者，名叫貞德．達魯克，為了管理此次聖杯大戰被召喚出來。」

裁決者這麼說完，騎兵就「喔喔」理解般點點頭。

「對喔，好像有聽說這類的被召喚出來了耶，不過妳沒騙我嗎？該不會是『紅』陣營的使役者吧？」

「黑」騎兵狐疑的眼光跟一副覺得事情變好玩了的微笑，讓裁決者思索了一下，接著脫下護手、捲起袖子，露出「那個」給騎兵看。

「哇……」

「這樣可以證明嗎？」

「……可以。嗯，妳確實是裁決者。原來如此，那就是裁決者的『特權』啊。真好，我也想要！」

騎兵理解般點了好幾下頭。

「多謝理解。好了，騎兵，不好意思，我有些事情想請教。」

「好喔好喔，只要是我能回答的就隨妳問嘍。」

騎兵以輕佻的態度回應。

「……我聽說『黑』劍兵（齊格菲）脫隊了。」

「嗯，是呀。」

……但應該不可能。不管是劍兵還是其他使役者，裁決者都能透過感覺知道這十四位全都還在，都還「活著」。他現在應該還在這個世上。

「不好意思，可以告訴我詳細一點的狀況嗎？」

「好啊，我正好無聊得發慌呢。」

騎兵笑著說起關於劍兵的事。那內容跟英雄事蹟相去甚遠，簡直可算是聖人般的故事。然後，被這位英雄拯救的無名（人工生命體）少年則為了追求自由踏上旅途。

「總之就是這樣，我也因此被獨自關在這間牢房裡嘍。哎，雖說『紅』狂戰士在旁邊，但他根本不說人話啊……你好嗎——？」

「黑」騎兵（阿斯托爾弗）出聲打招呼，隔壁牢房也傳來回應：

「我不打算奉承權力的走狗，話雖如此，還是回答你的問題吧。我很好，如果能解開這些束縛就更好了——」

「這個下次再說嘍。」

雖然發展令人震撼，但同時裁決者總算理解了。

「……劍兵的確消失了，但是他將『心臟』分給了那個人工生命體，對吧？」

那不是以魔力編織成的劍或鎧甲，也不是像頭髮那樣的東西，而是對人類來說跟腦一樣重要的心臟。就算是使役者，靈核也是存在於心臟和腦中。用手挖出心臟贈與他人可是前所未有的行為。

而且，贈與心臟的是「黑」劍兵……也就是沐浴龍血，獲得與龍種相近的肉體，變成幾乎是不死之身的英雄齊格菲。若因此對人工生命體的身體造成什麼影響也不奇怪。

「嗯，我在那裡與他分道揚鑣，然後他就順路往山道走去了。之前我試乘鷹馬的時候看到那邊有一座村莊，現在他應該在那裡吧？」

「原來如此，我明白了，謝謝。」

裁決者道謝，「黑」騎兵則露出有點複雜的表情詢問：

「……妳要去見他嗎？」

「嗯，如果妳所言屬實，會散發使役者氣息的除他之外，別無他人了。」

「關於這一點啊，我希望妳不要害他被這場戰爭連累呢。」

原本臉上帶著樂天笑容的騎兵突然以帶著些許敵意與強烈決心的眼光瞪向裁決者，眼神之中有非常堅定的決心。

「……我明白妳的心情。如果妳沒說謊，那他真的只是受害者。只要他沒有意願，我就不打算過度干涉。」

騎兵呼了一口安心的氣，敵意立刻煙消雲散。

「聽妳這樣說，我就放心了。嗯，只要他還活著，我落得這個下場也值得了。」

聽到騎兵如此嘀咕，裁決者提出了一個她仍不理解的疑問：

「騎兵，為什麼劍兵會出手拯救那個人工生命體？如果換作是妳站在劍兵的立場，那我還可以理解。如果是查里大帝十二勇士之一的阿斯托爾弗——」

若是貫徹騎士道，而且是徹徹底底的濫好人的阿斯托爾弗這麼做，還算是可以理解的行為。但「黑」劍兵是齊格菲，是一位王族，也是低地國的王子。當然，保護悲嘆的弱者、打倒驕傲的強者是非常符合英靈身分的行為，不過這之中也有限度。既然是被召喚來參加聖杯戰爭的使役者，他應該也有希望聖杯協助實現的願望。至少不至於捨棄性命，只為拯救一條甚至不是自己主人的生命。

對使役者來說，參加聖杯戰爭等於獲得第二人生，是幾乎在萬分之一的機會下才可能發生的奇蹟。所以如此輕易地——只為了一個不認識的人工生命體捨棄，實在太不尋常了。

「就算是使役者，也不一定就會做出跟生前同樣的事。甚至該說，就是為了抹去在世時的悔恨才做出完全不同事情的人也不在少數吧……哎，不過呢，做這些事大多會以失敗告終啦。」

英雄就是因為生前的事蹟才得以成為英雄，沒有人期望他們做出生前沒能做到的事情。

「……謝謝妳告訴我這麼多，願妳成為這場戰爭的贏家。」

「咦？妳要偏袒我？」

裁決者聽了，嘻嘻笑著搖搖頭。

「不會，我只是祈禱所有參戰者都能成為贏家。」

「喂喂，裁決者，妳怎麼這麼貪心啊？聖杯戰爭的原則不就是贏家只有一組嗎？」

「說得沒錯——儘管如此，我還是祈禱大家都能成為贏家。」

裁決者靜靜地離開地下牢房，留下的「黑」騎兵忽然想起劍兵臨終時。

為了拯救人工生命體而毫不猶豫地獻出生命，滿足地微笑著的那個男人算得上「贏家」嗎？

如果算就好了——不，騎兵打從心底認為必須算得上才對。

回程路上不是由達尼克，而是一位人工生命體僕人為裁決者帶路。一語不發地以正確步伐前進的人工生命體果然就像個人偶。

「我有件事情想請教，方便嗎？」

裁決者提問，人工生命體沒有停下腳步也沒有點頭，只是出聲回應：

「沒問題，請說。」

「你們人工生命體期望參加聖杯戰爭嗎？」

「當然，因為那是打造出我們的主人的心願。」

這回答淡漠且毫無窒礙，裁決者回了一句「這樣啊」……至少這狀況沒有背離聖杯戰爭的規則。他們和魔像都有遵從主人命令的意志，就算只是被製造出來的生命——那之中還是有意志存在。

如果是這樣，也只能予以尊重。

「送到這裡就好了，謝謝。」

抵達城門後，裁決者鄭重道謝。以清澈眼眸凝視著她的人工生命體則深深一鞠躬，

並且在打算背對裁決者離去的瞬間，先是有些猶豫地清咳了一聲後說：

「他會受到什麼樣的懲罰嗎？」

回過頭來的裁決者因這意料之外的問題而歪過頭。

「『他』是指？」

「他就是『他』，害我們主人的使役者劍兵喪命的人工生命體。」

原以為眼眸中沒有動搖也沒有感情……但裁決者再仔細觀察後，從他眼中的角落發現些許擔憂「他」的神情。

「不，照我聽說的內容，劍兵只是回應了他想『活下去』的願望。想活下去本身並不是罪。」

她不是以裁決者，而是以一個人類的身分篤定地回答。不管是多麼邪惡的人，想要活下去的意念本身都不是罪惡。當然，想活下去行惡則另當別論。

「……謝謝妳。」

人工生命體的表情稍稍放鬆。噢，他們果然「活著」——裁決者嘆息。他們的命運幾乎已經底定，短時間內創造出來的生命代價就是短命。

但是，身為裁決者的她就因為是裁決者，什麼也做不了。她並沒有權利拉起求救對象的手。

裁決者重新振作精神，往方才騎兵說的山頭方向踏出腳步。

「黑」騎兵（阿斯托爾弗）嘴上雖然那樣說，但從方才起不祥的預感就揮之不去。在聖杯戰爭之中，使役者自殘的情況絕非稀奇，狀況雖然千百種，但若是狂戰士職階，常有因為魔力用光而自滅的情形發生，也有使役者因為使用了強大寶具而跟著主人一起毀滅。

雖然前例不多，還是有使役者為了主人選擇自裁，也有為了保護無辜民眾而使用寶具的善良使役者。

但是現在這個狀況不一樣。因為是英靈本人挖出心臟，生前也沒有類似事蹟——完全沒有這類因素和理由，從根本上就徹底不同。如果不是這樣，使役者應該會只剩下十三位。

那麼為何還是維持十四位呢？為何直到現在自己還認為「黑」劍兵（齊格菲）「活著」呢？這場聖杯大戰果然很怪，有些地方不正常，而那位人工生命體是否就是造成不正常的原因之一？

不，這只是推測，實際情況不清楚。就是因為不清楚，更只能追上他問個清楚。

「聽說他是往這片山頭過來了……」

布滿結界的夜晚森林安靜得令人耳朵發疼，而且人工生命體不會散發如使役者那樣的氣息。也就是說，裁決者必須想辦法找出打算徒步穿過這片森林的「某人」。

她開始覺得……這應該是一件相當困難的事情。重點在於人工生命體正打算逃離千界樹掌控，應該能比一般人更敏感地察覺魔術師或使役者的氣息。

就算出聲呼喊，對方也不會主動露臉，甚至很有可能害怕地逃走。

腦裡瞬間閃過「別找了」的念頭。原本那位人工生命體就是不想與這場戰爭扯上關係才逃跑，對他來說，想帶自己回戰場的存在只會是惡夢一場吧。

然而——

壓縮魔力，勉強控制在剛好可以讓結界失效的程度。這麼一來，至少不會被察覺自己是使役者，而且可以接近對方到能以肉眼辨識的距離吧。

但這個狀態下的身體能力會變得跟一般人類沒兩樣。雖然頭上有月光照耀，但要仰賴這麼微弱的光線於山路行走，非常消耗體力。

少女調勻紊亂的呼吸，祈禱自己能追上對方，一股勁地登上山路。

一陣頭暈——但沒有餘力介意。

只是往前一步就嚴重地消耗體力——但告訴自己只要再忍耐一下。

為什麼要費這麼大的苦心——那是因為自己想見他。想見見讓「黑」騎兵出手幫助、「黑」劍兵毫不猶豫犧牲自己性命的人工生命體。

只是這樣嗎……？只是這樣，應該只是這樣。那麼，現在這種被逼急了似的使命感到底是什麼？

不，還是先別想這個。想見他的理由就先當成是出於自我意志吧。

……不過身體卻與精神背道而馳，愈來愈失控。

應該是因為這是人類（蕾蒂希雅）的肉體。目前早已超過她的活動極限，現在的裁決者只是憑藉一股意志力走下去。面對這急迫的狀態，裁決者壓抑內心焦躁。走在深夜的山路上可不能大意。

強忍住想休息的誘惑，只是專心一志地往上走。或許是因為切斷魔力輔助，鎧甲的重量令她有些吃力。

在以為綿延不絕的路上前進、再前進——來到穿過森林之後的另一頭，接近山頂附近的位置時，終於看到一個茫然佇立的人影。

「啊——」

忽然放心下來……但這一放心似乎成了致命錯誤，視野突然轉暗，世界跟著搖晃。

不行，還得——還得先撐住。

「停下來！」

裁決者反射性地對著他說，同時「失策了」的想法閃過腦海。自己明明為了不要嚇到對方才這麼辛苦，居然在最後的最後出聲叫了他。

體力完全用盡，意識在採取什麼對策之前就要先斷線，只能倚著一旁的大樹蹲下。動不了。雖說不至於因此死亡，但現階段實在不可能再動了，必須睡一下。不過——剛才的聲音應該會讓人工生命體知道自己正被追蹤，如果這時候不追上去就再也沒機會見到他了。

這說不定是致命性失敗。此時踏過草地的細微聲音傳進如此悔恨的裁決者耳中。她心想「不會吧」抬起頭，意識也變得鮮明了些。一位纖細、面貌優美的少年正戒慎恐懼地朝她伸出手。

裁決者反射性地抓住那隻手，呼了一口安心的氣，低聲說：

『太好了……我見到你了！』

——兩人就這樣相遇了。

雖是使役者卻沒有主人，只致力於運作這場聖杯大戰的少女；既不是人類也不是使役者，甚至連人工生命體都不是的少年。兩人在聖杯戰爭這場儀式裡都算是異端存在。

「啊，那個，呃，我不是敵人。」

少女覺得很抱歉地低聲說，少年則純真地點頭回應。

「……我隱約知道妳不是。」

少女搖搖晃晃地起身站好之後，說出自己的名字。

「我是以擔任此次聖杯大戰裁判角色的職階——裁決者身分被召喚出來的貞德．達魯克，我有事想請教原本是千界城堡裡的人工生命體的你，請問方便嗎？」

「嗯，沒問題。」

「因為身為裁決者的特性，我能感受到參加此次聖杯大戰的所有使役者是否退出了。現在，我認為所有使役者都還健在，不過呢——」

「……不，不對，方才『黑』劍兵退出了。」

「騎兵也是說劍兵已經退出了，但不可能會這樣。照我的感覺來說，使役者還是十四個沒錯。然後你身上散發著使役者的氣息，不過當我像這樣面對你之後，就理解你

並不是使役者。」

裁決者脫下護手，將手輕輕按在他的胸口，且毫不在意他困惑的樣子，感受著他的心跳。

「——心跳強而有力，有著跟普通心臟一樣的功能呢。太好了，果然他不是只選擇了毫無意義的死亡。」

她呼出一口安心的氣，然後才像意識到現狀一樣急忙抽回手，接著一副愧疚的樣子道歉：

「對不起，我不小心就——」

「不，無所謂……我沒問題嗎？」

少年有些不安地詢問，裁決者搖搖頭回答：「沒問題。」老實說，雖然很難相信，但「心臟」的確在發揮它該有的功能。扣除擁有魔術迴路、可以使用魔術這點，他跟一般人類沒什麼不同。

「就如『黑』騎兵（阿斯托爾弗）所說，你自由了。」

裁決者這麼說完，人工生命體不禁沉下臉。裁決者見狀疑惑地問道：

「怎麼了嗎？」

「沒有，我自認理解『自由』這個詞的含意，但是……我不知道該做些什麼。」

齊格老實地吐出自身煩惱，裁決者覺得很奇怪地歪歪頭。這是因為她知道「黑」騎兵在那座城堡裡曾興高采烈地訴說少年的將來。

「他一定會造訪村莊，然後把那邊當作墊腳石，接著前往城鎮吧。與許多人接觸，有時獲得療癒、有時受傷，並且繼續往前，然後愛上某個人。啊～～真是太美妙了！」

裁決者說完，他卻搖搖頭否定了這種將來。

「嗯，如果我確實『自由』——也可能迎接這樣的未來吧。但不知為何，我完全沒有想要這麼做的意願。」

接著以黯淡的表情說了聲「我覺得很對不起騎兵」後垂下頭，裁決者則安慰他：

「畢竟事情昨天才發生，我想這麼大的變化不是一朝一夕就可以切換過來……但說不定是你自己有其他願望？」

「其他願望……」

騎兵給予的未來藍圖毫無疑問充滿魅力，但不知為何不吸引自己。那麼，就是自己

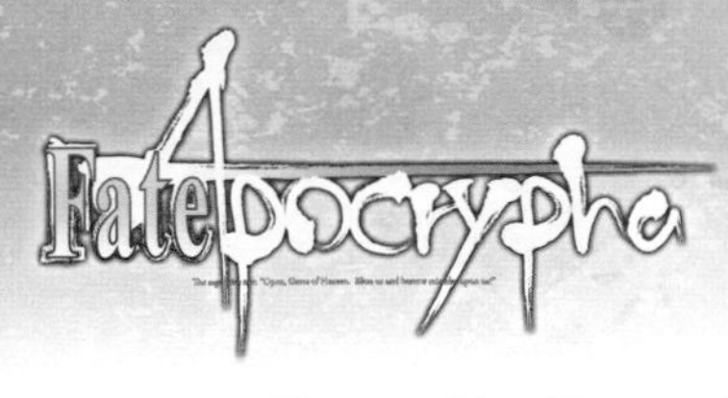

有其他願望……有期望的將來嗎？

「若說沒有任何夢想，那就先試著享受自由，再尋找自己的夢想吧。不過，如果已經有了夢想——我認為你應該試著用正確的形式說出口。」

夢想，自己的夢想，那究竟是什麼？齊格閉上眼——回顧自己的人生。為了求生而逃脫，乞求幫助，為了活下去而試著逃跑卻失敗，甚至一度面臨死亡，現在則像這樣復生並獲得自由。

雖然是非常短暫的人生，卻有一些幸運的遭遇。其實自己跟其他人工生命體沒什麼不同……沒錯，其他人工生命體跟自己有不同遭遇，他們將會死到一個也不剩，但自己能活下去。

如果要用一句「沒辦法」帶過是很簡單，只要用這一句話，自己就能輕易割捨掉他們。不過，絕對不能說這是沒辦法，因為之前儘管人工生命體伙伴們接收到搜索命令，仍然放過了自己。

事後從騎兵那兒聽到這消息時，感覺到的喜悅究竟是什麼？難道不是因為感受到一種超越主人命令的伙伴間的羈絆嗎？

那麼——

那麼，願望就再明顯不過了。

我自由了，所以也想讓大家自由，就像騎兵、劍兵、弓兵給我這樣的機會一樣。

「願望。我的願望、我的夢想是……拯救。拯救照這樣下去應該只能一死的過往的自己……拯救伙伴。」

「泡在腐水裡，只能擔心害怕。雖然世上萬物共通的未來乃終將一死，但直接被定案成至死之前『什麼也做不了』的話，實在太沒道理、太悲傷了。」

「就像騎兵拯救了我一樣，我想拯救他們。這麼一來，若將來我再見到騎兵，自己就能抬頭挺胸面對，說我拯救了想要自由的眾人——」

「他們希望獲救。我聽到了他們的聲音，沒辦法當作沒聽到，也沒辦法逃避。賭上英雄託付給我的心臟，只有這點我絕對不能逃避。」

「……想拯救。」

「拯救誰呢？」

「我的伙伴，跟我同種的存在們。包括明明希望獲救卻無法出聲求救，以及甚至沒想過要求救，只是為了死去而出生者。」

「……你是說，你想拯救那座城堡裡的人工生命體？」

齊格點頭正面回應裁決者的問題。

「但是……那並不是騎兵所希望的吧？」

沒錯，那位使役者只希望人工生命體能幸福地度過不需作戰的和平人生。

「我知道……不過，那種和平的日常生活，那樣的夢想……不是我的夢想。」

他很高興騎兵有這樣的心意，儘管如此，自己還是想那麼做。

「我聽到了，聽到『某人』渴望獲救的願望，我無法對此視而不見地活下去。」

這對他來說可謂一種枷鎖，經歷許多幸運的人工生命體非常理解其中的喜悅……理解有人抓住自己伸出的手時的歡喜之情，這應該是其他人工生命體一輩子都接觸不到的情緒。

……莫名的罪惡感竄過他全身，雖然沒辦法解決，心裡卻希望「能改善」。

齊格的話讓裁決者抽了一口氣。

儘管聽到聲音的對象不同，但他跟她有著一樣的決心。少女回應了主的悲嘆，少年則想要回應伙伴的悲嘆。儘管裁決者聽不到他們求救的聲音，但少年確實聽到了吧。

那麼——

「……我無法阻止你啊。」

「嗯？我想……以妳的能力，應該有很多方法可以阻止我。」

「不，先別說這個。簡單來說，你打算回到城堡，並說服那些人工生命體逃亡，是這樣沒錯吧？」

「……雖然想過很多方式，但基本上是這樣沒錯。」

「你評估的成功率有多高？」

「這樣下去幾乎是零吧，但我不能逃避。」

「請別魯莽亂衝，這樣等於踐踏騎兵的好意。」

齊格當然也不打算這麼衝動，然而……現在的他想不出什麼好對策。

「我想請教身為聖杯戰爭裁判的妳一個問題，『黑』陣營利用像我們這樣的人工生命體供應魔力，這種做法在聖杯戰爭算不算違規？」

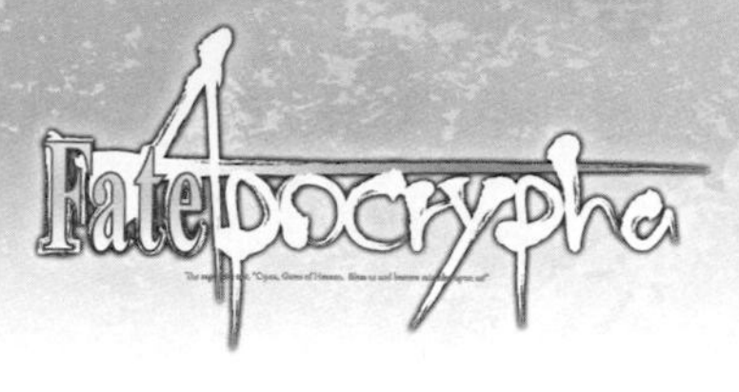

裁決者的表情略略一沉。沒錯，他的目的是拯救人工生命體，但前途有太多困難。眼前最大的問題，就在於這種做法經過嚴格比對規則之後，究竟算不算違規這個尷尬的點吧。

「……目前我必須認為人工生命體是自願參與聖杯戰爭。至少在我詢問某位人工生命體時，她是這樣回答的沒錯。」

因為有主人命令，所以願意作戰。這不光會發生在人工生命體身上，也是許多人類都會做出的行為。說起來，使役者就是依循著這種基本原則參戰。

「我們的個體意志極為薄弱，是一種只會遵照命令的存在。」

「但是，你正憑藉自我意志行動。」

「是沒錯──」

「如果是出於自我意志參加聖杯戰爭，那我就不好插嘴。我們能以詢問的方式來判別人工生命體是否有參戰的意願嗎？」

人工生命體說不出話了，因為很難斷定是否能以這種方式獲得理想答案。畢竟他們自出生以來，人生的一切就在回應他人的命令，幾乎沒有反抗意志可言。

「但這的確是不容忽視的狀態。供應魔力原則上必須在主人和使役者之間行使，如果是這麼大規模且公然無視規則……或許可以算是一個問題。不過，即使我下達修正命令，他們也沒有義務遵守。」

「既然是裁判，不就應該有這種權力？」

「有是有……但次數有限。說得更具體一點，就是我擁有能『命令各個使役者兩次』的權力。」

「這——」

裁決者對露出驚訝表情的他點點頭。沒錯，這就是裁決者最大的特權。跟各個主人所保有，能強制命令使役者三次的絕對命令執行權——也就是使用「令咒」的權力。

「不過，以裁判身分來說，除非有非常嚴重的狀況，不然我不能使用令咒……不，這當然只是一種自我規範。」

會這麼說當然是因為說得極端點，只要裁決者使用令咒，甚至能控制由誰取得聖杯，因為只要命令自己不希望的對象自裁便可。

但也因為如此，才更需要自律。如果不能做到這點，就不再是裁決者，而變成單純的獨裁者了。

看人工生命體失望地垂肩，裁決者有種揪心的感覺。他沒說錯，要求人工生命體有

「自我意志」確實太苛刻了。

「……我也想請問一點。如果由你去問，你認為人工生命體會敞開心房嗎？他們會願意表現出支配這方所看不到的真相嗎？」

「這……」

少年「唔唔唔」地開始思考，如果是同種的他出面，人工生命體們或許願意訴說目前的困境，這麼一來，裁決者就能夠稍微採取行動。起碼可以讓出面尋求幫助，希望退出戰鬥的人工生命體離開城堡——

「如果伙伴可以獲救，我會想試試看。」

「這樣啊……那麼——」

老實說，目前的行為已在裁決者管轄範圍的界線上，她太偏袒這個人工生命體了。

但是……假如在這裡說出自己無法出手幫助，他應該也不會就此罷休。

只要「黑」騎兵（阿斯托爾弗）在，他就毫無疑問會給「黑」陣營帶來混亂。「紅」陣營想要自己性命的現況已經夠麻煩了，裁決者不能眼看秩序進一步遭到破壞。

她輕咳一聲，挺起胸，刻意用有些帶刺的態度說：

「——沒辦法，畢竟這是無可避免的狀況，今後就由我來管理你的行動。你不用擔心，我會盡可能回應你的需求，但請你盡量避免做出未經思考的行動，明白了嗎？」

「唔……」

「現在的狀況不是靠你一個人就可以解決吧？」

「是這樣沒錯……可是……」

「更重要的！如果現在讓你一個人回去那座城堡，『黑』騎兵……阿斯托爾弗不知道會做出什麼，我很擔心這個……」

裁決者一副打從心底感到不安的態度嘀咕。

「……確實是。」

畢竟他可是個理性全都丟到月球的英靈，一個搞不好或許會為了人工生命體（自己）大鬧千界城堡。

「所以，要麻煩你遵從我的指示，可以嗎？可以吧？好！」

少年被積極逼過來的裁決者的氣勢壓倒，連忙點頭應允。

「我、我知道了……我會服從妳。」

脫下護手準備伸出手的裁決者這才發現自己忘了問他的名字。

「對不起，你有名字嗎——」

「請叫我『齊格』，雖說這不是我，而是他的名字。」

少年顯得有些自豪地將手放在胸前說道。

「如果沒有他，我就活不下來。想到這裡，就覺得這個名字比較恰當……這是我的想法，妳覺得呢？」

「我明白了，你叫齊格菲對吧。」

「不，不是這樣，『只叫齊格就好』。那個英雄的名字對我來說負擔太重了，我想我一定無法活得像他那樣。」

自己一定做不到毫不猶豫獻出性命這種事——

他有些悔恨地低聲說道。

「這是理所當然，因為你才剛站上總算可以做些什麼的立場，並不像他那樣是個做到應做的事情的英雄。」

強迫一個擁有無限寬廣未來的少年奉獻自身性命，只是一種無比可怕的傲慢行為。就算他的外表是個明白事理的成熟大人，但他——還很幼小。

「這樣啊……嗯，我明白了。」

齊格老實地點頭應允。裁決者很窩心地心想：他真是個好孩子，接著才重新伸出手。齊格有點戒慎恐懼地回握裁決者的手。

「那麼事不宜遲，我們先回城堡吧……如果遇到騎兵，你要想個好理由搪塞，避免惹出麻煩。」

「我知道了，那麼我們走吧。」

「嗯，出發吧！」

裁決者一轉身背對山麓的村莊，踏出一步、兩步、三步之後就虛弱地軟倒在地。

「妳、妳怎麼了？」

裁決者一臉非常抱歉的表情，對急忙跑來關心的齊格說：

「那個……非常抱歉，我們還是去山麓的村莊吧。」

「為什麼？」

一道聲音以事實勝於雄辯的態勢回答齊格這個問題。那是胃的蠕動聲，也就是所謂的肚子叫。

「雖然我想該不會──」

「對不起，還要麻煩你揹我，我肚子太餓了，一步也動不了……」

就是那個該不會，沒油了。回想起來，吃過晚餐之後直到黎明時分，裁決者沒吃沒

喝地去了那裡又跑來這裡，還使用聖水搜索，根本沒時間休息，而且剛剛才發生過短暫失去意識的狀況。

如果是使役者就完全不用介意，但身為人類，她消耗太多熱量了。如果花費大量魔力，是可以繼續行動——但她必須一直忍耐這強烈到令人絕望的飢餓感。

「……感覺前途多難啊。」

裁決者無法反駁。

§§§

「槍兵怎麼了？」

「領主沒有靈體化，坐在王座上思考事情。與裁決者的會面似乎讓他有些想法。」

待在城內一個房間裡的千界樹一族族長達尼克，正和弓兵面對面探討今後的策略。

「沒想到劍兵會這麼早退出……」

達尼克的表情沉鬱。這也難怪，被譽為七位使役者中最優秀的劍兵是應該要保留到最後的人才。雖說與術士或刺客這類擅長針對對手弱點攻擊，或者騎兵這樣以豐富寶具壓倒對手相比——劍兵並不會明顯有利，但跟較易受有利、不利影響的他們不同，劍兵不管面對怎樣的敵人都能全方位應對。

遑論「黑」劍兵（齊格菲）可是低地國的大英雄齊格菲，扣除那個「紅」騎兵，不管對上哪位使役者，應該都能居於優勢對抗。

「後悔已經發生的事情也於事無補，『紅』陣營遲早會發現劍兵退出吧。一旦被他們發現，他們一鼓作氣攻打過來的可能性絕對不低。」

「紅」陣營也因為狂戰士遭俘虜而剩下六位。如果自己是「紅」陣營的指揮官，就會想在對手採取失去劍兵的應對方案前先下手為強，還沒重整旗鼓的現在是致勝良機。

「我們需要術士的寶具。」

「……我聽說啟動寶具所需的素材還沒湊齊。」

寶具是使役者在召喚現界時帶過來的東西，當然是由魔力構成。若說必需符合條件還好理解，但一般來說，啟動寶具本身並不需要素材。

要說的話，應該就是那寶具如今仍存在於世上，是現存之物。但這種情況下需要的是寶具本身，而不是素材。

寶具並非神祕兵器，只是與該英靈有關的傳說昇華而成的尊貴幻想（Noble Phantasm）。因此按原本來

說……寶具應該是已經完成的存在。

如果有不在這些邏輯之下的寶具，那要不是讓單一英靈擁有顯得太過巨大的東西，就是——因為還沒有完成，所以只是刻劃在傳說之中的物品。

「素材還缺一樣，只要補上那個就可以發動。」

「那樣素材是？」

「……一級『魔術師』。」

達尼克表情嚴肅地說，弓兵聽他說到這裡，終於理解一連串事情的前因後果。

「……原來如此，所以術士才想要那個人工生命體啊。」

「沒錯，『爐心』的性能會直接反映在術士的寶具上，要說我們一族之中，擁有這樣程度才能的人——」

「就是成為主人的七人，與那個人工生命體了。」

「如果是二流、三流魔術師，那要準備幾個出來都沒問題。但是繼承了上百年程度魔術刻印的魔術師，真的沒辦法輕易拿出來。」

「雖然我不認為人工生命體身上有魔術刻印——」

「但那個人工生命體沿用了艾因茲貝倫的技術，很難保證不會在製造過程中產出突變的怪物，術士應該就是看穿了這一點吧。」

弓兵在心裡點頭同意，那個人工生命體的魔術迴路確實屬於一級品。也是因為如此，那虛弱的肉體才無法承受啟動魔術迴路時帶來的衝擊。

「不過照現在的狀況來看，能抓回那個人工生命體的希望渺茫，也就是說……」

「必須找個人當成材料交出去犧牲，這樣對吧。」

「嗯，在這個狀況下，對象只有一個人了。」

達尼克苦笑著低聲說。

弓兵推測那人恐怕是戈爾德．穆席克．千界樹吧。劍兵之所以選擇一死，跟那個主人絕對脫不了干係。

醒過來的戈爾德在槍兵的質問之下，慌亂到讓人不禁可憐起他的程度，甚至開口痛罵劍兵跟騎兵。就算身為使役者的弓兵來看，也會對他這行為感冒。

戈爾德忘了劍兵不僅是他的使役者，同時是古今馳名、舉世無雙的不死身英雄齊格菲……與其說他忘了，不如說他刻意忽視了這點。

如果劍兵沒有遵從主人的命令，代表他基於自身信念而不願意遵從，但戈爾德想以高壓態度強迫劍兵接受的做法實在太離譜。弓兵甚至覺得，或許槍兵就是看到戈爾德囂

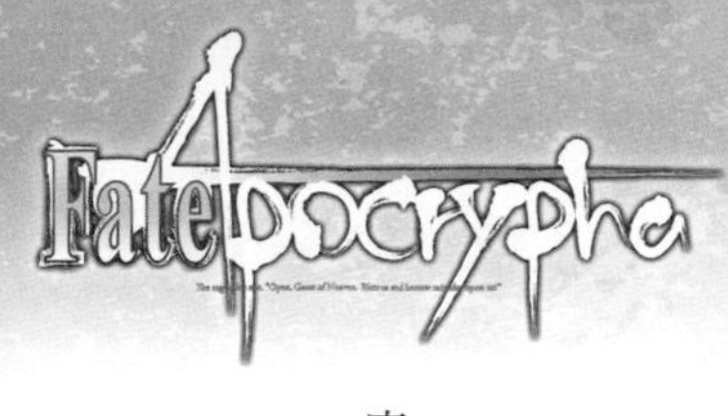

張跋扈的態度而消了大半對騎兵的怒氣。

「『紅』狂戰士（斯巴達克斯）的主人轉給術士就好嗎？」

戈爾德雖然失去了劍兵，但手上還留有一條令咒，也還保留著身為主人的權限。如果要重新締結契約，對象自然是「紅」狂戰士——

不過以術士為代理主人的契約儀式已經完成。

「我完全不期待狂戰士的主人能有什麼作為，只要把戈爾德的令咒轉移到術士身上，以此誘發狂戰士失控就完成他的工作了。」

「……原來如此。」

達尼克無奈地仰頭。

「刺客的主人還沒來聯絡嗎？」

「嗯，從『靈器盤』可以看出刺客還沒退出——」

最壞的狀況閃過兩人腦海。身為千界樹一族的相良豹馬特意前往自己家鄉的極東國度，在準備萬全的狀態下執行召喚。

召喚本身成功這點有記錄在「靈器盤」上，但無法看出主人是不是相良豹馬。

也就是除了相良以外的人成為主人的可能性很高。「黑」刺客——開膛手傑克的傳聞歷史雖然尚淺，而且是個與英靈相去甚遠的連續殺人犯，但以其職階特性來說，肯定非常擅長殺害主人。

就這個層面來說，其實刺客才是作為敵人最可怕的使役者。

「如果『紅』陣營有兩位刺客，那就是最糟糕的發展了……」

聽到弓兵這麼說，達尼克彷彿不願去想般搖搖頭。這時房門突然打開，兩人同時往門的方向看過去。

「叔叔、弓兵，可以打擾一下嗎？」

闖進來的是「黑」弓兵（凱隆）的主人菲歐蕾・佛爾韋奇・千界樹。以平常總是用優雅態度處理任何事情的她來說，臉上帶著略顯困惑的表情。

「菲歐蕾，妳怎麼沒敲門——」

菲歐蕾沒有回答，不發一語地在桌上攤開報紙，達尼克和弓兵的視線集中在全版報導上。

「這是……」

「連續殺人魔似乎出現在羅馬尼亞的布加勒斯特，然後從布加勒斯特北上，現在甚至波及錫吉什瓦拉。」

達尼克連忙仔細讀起報導內容，雖然殺人的詳細過程省略，但似乎已經有超過三十人遇害，整個羅馬尼亞都陷入了恐慌狀態。

「我原本以為是偶然，但請看犧牲者一覽這邊──」

菲歐蕾手指著一張女性照片，雖然照片解析度不算高，但仍可清楚看出受害者端整的面容。照片下面的圖說寫著「身分不明」。

「她叫佩梅崔祺絲──是跟我同科的魔術師。」

這句話讓達尼克知道事態有多嚴重。如果只是一般連續殺人案，或許還可以用偶然帶過；但如果犧牲者裡面出現魔術師，就不可能這樣看待了。遑論她可能是被派遣到托利法斯的魔術師之一。

「她是會被連續殺人魔殺害的魔術師嗎？」

「……不是。佩梅崔祺絲是特別專精在諜報技術上的魔術師，如果算上使魔們的戰鬥力，一般魔術師根本無法與她對抗吧。」

「──也就是說，這個連續殺人魔擁有能夠殺害魔術師的能力了。」

如果連續殺人魔只是單純比她高明的魔術師，那還好說，但他們腦海中浮現的是遠遠強過魔術師的著名怪物。

刺客使役者——開膛手傑克，他該不會來到羅馬尼亞了吧。那麼，他的主人到底在想什麼？從對方眼睜睜看著異常事態發展到上報程度來看，這個主人的腦袋想必不太正常，遠遠背離了魔術師要盡可能隱匿神祕的大原則。

「是的。叔叔，你怎麼看？我認為不能放置不管。」

達尼克思索了一會兒，決定派遣幾位駐留在托利法斯的一族魔術師前往探查。

「……如果真的是『黑』刺客（開膛手傑克），魔術師應該無法對抗吧。」

不管是多麼弱小的使役者，畢竟仍是英靈，是已經到達幾乎可謂神祕極限領域的存在，而且對方還是在殺害主人方面擁有特殊強化技能的刺客。

「我們是不是該親自前往探查？」

菲歐蕾的提案確實合理，但要離開托利法斯前往錫吉什瓦拉又另當別論。在這種情況下派出使役者，弱化城堡防禦力——

正當達尼克認真思考時，術士傳來了念話。

『報告，「紅」劍兵和其主人似乎離開托利法斯了。』

『移動了……知道往哪裡去了嗎？』

『似乎打算前往錫吉什瓦拉。如果要以千里眼監視那座城市，會分散掉一些城堡這邊的人力……怎麼辦？』

『你繼續監視托利法斯，但還是希望能有多一點關於錫吉什瓦拉的情報，若有餘力就分配到那邊。』

「紅」劍兵與其主人——賺懸賞金的死靈魔術師獅子劫界離會往錫吉什瓦拉去，理由只有一個。

不是去收拾「黑」刺客，就是想與其主人結盟吧。不管是哪一種，都不是該袖手旁觀的狀況。

現在這邊雖然有六位使役者和六個主人可運用，但只有一位能派做偵察的斥候。考慮到防衛層面，也不能派出兩位使役者。

「弓兵和弓兵的主人菲歐蕾啊，請你們前往錫吉什瓦拉。『黑』刺客和……『紅』劍兵在那裡。」

「紅」劍兵這個詞讓菲歐蕾的表情閃過一絲緊張。這一去就很可能與此次聖杯大戰數一數二的強敵使役者，以及其主人獅子劫界離交手。就是因為這樣才緊張吧。

「……明白了，我們準備完畢就出發。弓兵，我們走吧。」

點頭回應的菲歐蕾雖緊張卻不害怕。除了她信賴使役者外，還因為——她對自己的能力抱有絕對的榮譽感。

「主人，明白了。達尼克閣下，先失陪了。」

菲歐蕾跟著弓兵一起離開房間，達尼克呼了一口氣。

「世事果然不盡如意啊。但無所謂，原本我們就決定賭命叛離魔術協會，這點程度的意外還在預料之內。」

達尼克當然想過自身失敗，一族遭到抄家滅門的可能性。但那又如何？達尼克記得很清楚，過去有太多魔術家族甚至無法獲得抵達根源的機會，只在暗地裡一一滅亡。

但現在自己一族獲得了這個機會，光這樣就是格外幸運了，而達尼克當然沒打算就這樣走向失敗。

§§§

——不是我的錯。

戈爾德一個人躲在自己的房間裡，被屈辱跟害怕逼到快崩潰。

「那不是我的錯。」

戈爾德這麼嘀咕，顫抖著一口氣飲盡杯中酒，不肯面對自身失敗。放在床頭櫃上的昂貴酒類味道並不好，有一種刺激舌頭的苦澀。味道不好，卻喝不醉——簡直就像詐騙一樣。

「對，詐騙，那個臭英雄……怎可能是齊格菲。」

不可能——喝不醉。醉了，自己確實醉了——但頭好痛，回想起來的都是那個劍士的眼神。

光是想起這個，思考和精神就漸漸找回冷靜。

那眼神與美醜無關，也並不冰冷或充滿殺意，只是「在等待」而已。

「該怎麼辦？」

如果對自身的答案有所期待，或許還有思考的餘地。如果那是冷漠或蘊含怒氣的眼神，他也知道自己應該會害怕——即使自己是主人也一樣。

若對方提出穩重且包含某些利弊的提案——戈爾德可能會拒絕，但並不會像那樣暴怒。

但他不是這樣，只是無機地靜靜等待，等待自己做出「是」、「否」的決定。

這之間沒有主人和使役者的牽絆，甚至沒有認知到彼此乃有智慧的生命。戈爾德認為——自己只是一塊石頭。

從他的角度來看，自己就是達到目的途中的一塊石頭。因為礙事，所以踢到一邊去，應該只有這點程度的認知吧。

「那怎麼可能是英雄。」

他很清楚自己只是在埋怨——卻刻意不面對，一直不肯面對。為什麼呢？因為這等於要面對自身的愚蠢。

「你什麼都不懂」。

被使役者看穿這點的恐懼、恥辱、悲傷。其實說到底，是自己讓事情變成這樣。不跟他說話，也不讓他說話。就像戈爾德把他當道具（使役者）看待，劍兵也只是把戈爾德當成道具（主人）對待。

這也當然，對戈爾德來說，除了自己以外的一切都是這樣。他的目的是復興榮耀的

鍊金術師穆席克一族。之所以加入千界樹，只是要把千界樹當成墊腳石罷了。他「被教導成這樣」，父母這麼說，祖父母也這麼說。

……他知道這並不正確，雖然知道，卻沒想過要改正。走在安排好的軌道上很輕鬆、很安心，遲早有一天要給大家好看的復仇心推動祖父母、父母與後進們。

他當然也打算這樣教導兒子，他打算這場戰爭結束後，按部就班將魔術刻印移植給兒子。

兒子也是把自己當成道具看待。看看他那想隱瞞卻有些糾葛，一副看清一切的眼神，很快就能明白……畢竟，那眼神跟鏡子中的自己眼神極為相似。

突然覺得，如果有如果。

如果自己能像佛爾韋奇家姊弟那樣，不把他當成使役者，而是當成一個擁有人格的英雄看待。

劍兵那冰冷無機的眼神會不會有什麼變化呢？是否能迎向不一樣的未來呢？

戈爾德對自己的想法哼笑了一聲，倒酒進酒杯中。

「愚蠢，現在想這些有什麼幫助？」

一口喝乾。儘管如此——戈爾德心想，如果當時接受劍兵提議——不，愚蠢，太蠢了，還是別想了吧。自己是輸家、是脫隊者，剩下的事情只能交給別人了。

得到這個結論後，戈爾德終於開始有些醉意。

——真是可恨。

塞蕾妮可伶俐的美貌因憤怒而扭曲，腳步粗重地走在走廊上。不管她怎樣凌遲自己的使役者，都只換到對方膚淺的笑容，讓她怎樣也愉快不起來。

眼前明明擺著一桌高級美味大餐，卻無法動手。不僅無法動手，甚至是拿叉子叉了都硬得無法咀嚼。

對於在黑魔術老婆婆們溺愛下成長的塞蕾妮可來說，忍耐就等於拷打。她唯一能夠忍受的，只有跟魔術有關的事情。

如果想讓塞蕾妮可扭曲的臉恢復原樣，恐怕得將騎兵包庇的那個人工生命體帶到她面前，挖出人工生命體的眼珠、砍斷手、拔掉舌頭，並且讓他吞下自己的腸子。這麼一來，想必連騎兵都會絕望地悲嘆吧。

好想看看騎兵絕望的表情，無論如何都想看看。如果能看到查里大帝十二勇士中最可愛的阿斯托爾弗因絕望而扭曲的神情，就算死了也無所謂。

——同時也非常憎恨讓騎兵如此痴迷的人工生命體。

自從成功召喚「黑」騎兵(阿斯托爾弗)以來，就有一樣塞蕾妮可無論多想要也得不到的東西。那應該算是愛情吧。以愛憐、疼惜為基礎的喜悅，是塞蕾妮可最難理解的感情。

為什麼不把那些感情給自己？對方明明如此可憎，而且跟孑孓一樣只擁有虛渺的生命。

原本塞蕾妮可無論如何都想找出那個人工生命體，她不僅在魔術上的造詣一流，偏執的資質也不輸給千界樹一族中的任何人。對她來說，人工生命體除了是害蟲以外什麼也不是，而且是必須挖出來斬草除根的程度。

但實際上不可能只為了尋找一個人工生命體而花費太大功夫。如果利用塞蕾妮可的黑魔術，當然不至於找不到。但要做到這個程度不僅需要相應的準備，而且為了一個行蹤不明的人工生命體使用優秀魔術，也只是損失罷了。

把對方逼急說不定還會被反咬一口，根本得不償失。看來關於這個人工生命體，只能忍耐到這場戰爭結束為止了。

想看騎兵苦悶的表情，想讓他的表情變得更扭曲，想蹂躪他、凌遲他，讓他充滿絕望——塞蕾妮可勉強壓抑邪惡的衝動，只要這場戰爭結束、只要能獲勝，就沒有問題。

要是「紅」陣營獲勝，就放棄自己的願望與作戰，用上三條令咒侵犯騎兵直到死為止。

或許因為塞蕾妮可走起路來太怒氣沖沖了，只見她「咚」一聲撞上一個正在配膳的人工生命體。少年帶著空虛的雙眼低頭致歉。

塞蕾妮可決定：就找他吧。

「你過來一下。」

人工生命體沒有權利拒絕，同時塞蕾妮可也對人造生命(人工生命體)的僕人們不抱一絲感情，更何況消費可是魔術師的美德呢。

塞蕾妮可打算用連魔術師都不屑的噁心娛樂，暫時消除一下累積已久的壓力。

——事情很奇怪呢。

羅歇·弗雷因·千界樹嘆了一口氣，接著搔搔一頭亂翹的頭髮，想好好整理混亂的思緒。

我方的劍兵脫隊了，而且是以自裁的形式脫隊。羅歇原本以為英靈都該更理性一些，但似乎不是這樣。

「唉，感覺好愚蠢啊。」

這場戰爭打起來應該更行有餘力才對啊。

只要有「黑」槍兵(弗拉德三世)、「黑」劍兵(齊格菲)、「黑」弓兵(凱隆)以及自己和術士的聯手搭配，羅歐有自信能打倒任何敵人。說得更精確一點，是能夠造出可以應對任何敵人的魔像。

「黑」陣營的主人都太小看魔像了。確實，魔像被「紅」劍兵一刀劈成兩半，但那是打造來監視用的魔像。雖然不代表它比其他魔像遜色，但最基本的功用不是戰鬥，而是探查和報告。如果是能十足發揮戰鬥性能的魔像，就不至於遭到那樣單方面的踐踏。

當然，最終魔像還是會被「紅」劍兵擊敗，但魔像可有上百尊，若一口氣派出十幾二十尊魔像圍攻，就有可能讓劍兵負傷。而且要是上百尊魔像接連不斷波狀攻擊，又會怎樣呢？

……羅歐知道這只是紙上談兵，但這樣的可能性絕對不能算低。

不過實際上他也知道，想利用戰鬥型魔像拿下劍兵應該是想太多。

關鍵在於術士的對軍寶具「王冠・睿智之光(Golem Kether Malkuth)」。當然，目前推測術士的這款寶具也是一種魔像，但說到具體的型態，不知為何術士都顧左右而言他。

……羅歐希望那是因為自己還不成氣候。不過，從「黑」術士(亞維喀布隆)不時吐露出的話語來看，那魔像應該非常巨大，而且他也這麼說過。

——這尊魔像絕非無敵。

——甚至該說，我們得決定用什麼方法可以令它死去。

——我打造的魔像將獲得生命，也因此會死。

——所謂魔像，不單是讓泥人動起來的術式。所謂魔像是創造生命，也就是模仿人類之祖（亞當）。

這就是術士的目標，跟只想著要打造優秀魔像的羅歇相比，術士的想法給他帶來很大衝擊。

羅歇想幫助他。若無法幫忙，起碼想在一旁觀看。老實說，聖杯大戰對羅歇來說只是一項麻煩的活動，但如果沒有爭奪聖杯，就無法親眼看到召喚英靈這種奇蹟儀式，當然也無法與「黑」術士——亞維喀布隆相遇了。

所以，投入作戰是沒辦法的事。羅歇還有很多事情想請教術士，可惜聖杯大戰本身實在太過短暫……因此，羅歇已經決定好自己的願望。

他的願望就是「黑」術士獲得肉體重生。術士還有想在世界上實現的願望，那麼，自己能夠幫上一點忙就好。

「黑」術士聽到羅歇的願望之後，對他說了聲「謝謝」，不僅不改淡薄的態度，也不會因此疏於指導。

但兩人彼此心靈相通，只是知道這一點對羅歇來說也是收穫。

過去羅歇從不覺得與他人交流如此有趣，更別說「黑」術士是他可以打從心底尊敬的對象。羅歇的父母對他沒興趣，不，以弗雷因家的傳統習慣，小孩都由魔像養育成人來說，這雖然是無可奈何，但除此之外他一次也沒有從父母身上感受過愛情。

或許以魔術師而言，這是必要的現象。既然對家族的愛有時會給追求魔導造成沉重負擔，那麼打從一開始不愛就好了，至少弗雷因家族採取了這種方針。

何況，羅歇是弗雷因家加入千界樹一族之後，被譽為最高傑作的小孩。

羅歇自己也知道這一點。他閱讀祖先以血淚留下的許多祕籍後，心裡只有一個感想

——為什麼要花這麼大篇幅說明這麼簡單易懂的事情呢？

這時候召喚出天才的羅歇一開始受到震撼，接著產生崇拜之情。跟自己同等……

不，對方說不定是為了配合自己而壓低自身水準的傑出人物。

羅歐根本沒想過要使役對方，自己才是那個該被他教導的人。然後總有一天，自己要在他身邊看著他實現願望的景象。

為此羅歐願意做任何事。如果需要人命，不管幾條都可以殺；就算會折損一族利益，他也甘願接受。

沒辦法，這是為了實現老師的、「我們的」夢想——

——噢，好可怕。千界樹一族佛爾韋奇家長男卡雷斯・佛爾韋奇・千界樹一邊走在走廊上，一邊想起方才的光景，不禁抖了一下。

寸步不離跟在他身後的，是他的使役者「黑」狂戰士（佛蘭肯斯坦）……簡直就像附身的背後靈一樣，卡雷斯都不禁覺得她靠太近了。

讓卡雷斯覺得恐怖的不是敵人，而是同陣營的伙伴「黑」槍兵。

卡雷斯雖然還無法完全掌握到底發生了什麼事，但似乎主人戈爾德和「黑」劍兵之間出了一點狀況。

總之，以結果來看，劍兵還沒上場戰鬥就退出了，這樣的發展有如惡夢一場。成功捉拿了「紅」狂戰士（斯巴達克斯），並完成轉換主人的程序，使我方的使役者將有七位。儘管刺客尚

未會合，但至少我方在戰力上將處於優勢——才剛這麼想，就出了這麼大的問題。

「黑」槍兵接到這項報告之後毫不意外地勃然大怒，那樣子就是氣瘋了。槍兵的魄力誇張到連冷血的黑魔術師塞蕾妮可都嚇到花容失色。老實說，卡雷斯認為自己現在還活著根本就是奇蹟。

那就是英靈，就是使役者，何況槍兵是以苛刻的執政手腕與穿刺馳名世界的弗拉德三世，是能毫不猶豫刺穿親戚貴族的的男人。

另一方面，召喚出來的使役者們都不太懼怕槍兵，這點也讓卡雷斯嘆為觀止。不難理解身為第三者的弓兵、狂戰士、術士可以處之泰然，但不管槍兵怎樣震怒，應該身為當事人的「黑」騎兵（阿斯托爾弗）都還是很平常……甚至可說他很開心地笑著。

之所以在那種狀況下可以毫不恐懼地笑，就是因為他是「黑」騎兵嗎？看著另一位當事人戈爾德拚命找理由解釋，卡雷斯心裡只覺得那是他咎由自取。

很遺憾的，我方陣營（千界樹）失去了「黑」劍兵。

但卡雷斯並不太悲觀地看待這件事情本身。看樣子「黑」劍兵是低地國的大英雄齊格菲，雖然因為沐浴龍血而成了無敵的化身，但也因為貼在背上的一片樹葉導致他被貫穿背部，迎來了悲劇性死亡。

然後那件事——因為戈爾德錯亂而強制以令咒想讓劍兵解放寶具，導致劍兵的真名可能已經洩漏。如果「紅」陣營藉此得知齊格菲的真名，自然能夠採取多種對策，並不會單純伺機偷襲他的背。

首先，既然齊格菲是屠龍英雄，對方一定會避免讓繼承龍血的英雄對上齊格菲。反過來說，身為屠龍英雄卻沐浴了龍血的齊格菲，也可能因為對龍有強大效力的寶具而造成致命傷害。

事情當然不可能這麼順利，但是……總之，只要知道對手是誰，就有辦法採取對策。當初我方預定以「黑」劍兵為主軸安排戰術戰略，但既然真名可能被看穿，就必須重新考量。不過——其實真名也可能還未洩漏出去。

結果，這種不上不下的狀況只會在戰場上招致混亂，這才是最糟糕的。本來戰場就總是被混沌支配，要是在那之中更加入招致混亂的因素，根本不知道會產生怎樣的結果。卡雷斯不喜歡這樣賭博，既然劍兵死了，那麼打造新的秩序便可。

原本我方就有地利，以聖杯戰爭的系統來說，不可能採取長期抗戰的方式。再加上四散全世界的魔術師都已經知道托利法斯的戰爭了。

……沒錯，從注重名譽的魔術協會的角度來看，根本無法忍受這千界城堡多存在一

天、一小時。

既然這樣何不乾脆一點，丟一個集束炸彈下來就解決啦——但魔術協會當然不會採用這種方式。

名譽、傳統以及習俗……世界上有太多不盡如意的事，魔術協會和千界樹一族都被這些束縛著。

如果要用一句「無聊」打發當然很簡單——但卡雷斯心知肚明自己也是被束縛的人，因此無可奈何。所謂世界、所謂人生就是這麼回事。

「就這樣吧。」

自己只是去做該做的事，要是在途中死去，就代表自己只能到那裡——卡雷斯得出這個結論。

「？」

狂戰士大概在意起突然自言自語的他，探頭過來觀望。

「啊，抱歉，沒事。」

卡雷斯嘆口氣，雖說只是去做該做的事——但他也拿這個狂戰士沒辦法。失去理性的她一旦上了戰場，就只有剷平眼前的敵人一途。

也就是說，她根本不需要卡雷斯的指示。

儘管如此，這個狂戰士對卡雷斯來說還是難得好配合的使役者，因為她不需要卡雷斯供應魔力。她能夠吸收戰場上的殘餘魔力，如永動機那樣持續作戰。

雖然只要有人工生命體供應，就不用擔心魔力枯竭的問題，但人工生命體的數量畢竟有限。更重要的點在於，卡雷斯懷疑人工生命體們究竟養不養得起除了劍兵以外的七位使役者。

召喚狂戰士之後沒多久，卡雷斯在不以她的寶具「少女的貞潔（Bridal Chest）」吸收魔力，同時切斷人工生命體供應魔力的狀況下，嘗試了模擬戰鬥。

結果狂戰士只是活動揮了幾下戰鎚，卡雷斯頭就暈了起來。這種狀況大概只要持續五分鐘，卡雷斯應該就連站都站不了了吧。

這就是狂戰士原本該有的魔力消耗，對不論自認還是公認都是三流魔術師的卡雷斯來說，負擔實在太重。

但既然狂戰士擁有「少女的貞潔」，就不用擔心魔力問題。當然，一旦狂戰士失去寶具就會陷入危機——不過如果狀況變成那樣，他也早就沒有其他解套方式了。

只是要說狂戰士本身有沒有問題呢，問題可大了沒錯……

這時熟悉的輪椅嘎吱聲傳進卡雷斯耳裡，他停止思考往前一看，親姊姊菲歐蕾・佛爾韋奇・千界樹就在那兒。幫她推動輪椅的則是她的使役者，「黑」弓兵凱隆。

「……姊姊？」

卡雷斯覺得情況有異而停下腳步。情況有異並不是因為使役者幫姊姊推輪椅，而是她大腿上的黑色行李箱。

「哎呀，卡雷斯。」

「姊姊，妳抱著那麼大一個箱子要出門？」

看樣子沒錯，只見她一臉嚴肅地點點頭。

「嗯，我打算去接觸『黑』（開膛手傑克）刺客和其主人。」

「接觸……如果只是這樣，感覺妳很謹慎呢。」

收在菲歐蕾行李箱裡面的，是她自己設計的連接強化型魔術禮裝（Bronzelink Manipulator）。

「卡雷斯，你愛玩電腦是沒關係，但也該看看地方報紙。」

菲歐蕾板著臉嘮叨了一下卡雷斯，看他「好啦好啦」地隨便回應，菲歐蕾更揚起了眉，但弓兵推了下輪椅，阻止菲歐蕾繼續說教。

「……真是的，我回來再找你。」

「好啦好啦，等妳回來我會乖乖聽妳說。」

「是嗎？那我走了，要好好看家喔。」

菲歐蕾留下這番話，與弓兵一同離去。卡雷斯嘆著氣目送兩人離開，這時袖子被狂戰士拉了兩下。

一轉頭，就看到長長瀏海下的銀灰色與黃金色眼眸中彷彿燃燒著熊熊火焰。

「怎麼，妳生氣了？」

點兩下頭。

看樣子狂戰士正在氣頭上。氣誰？當然是卡雷斯，但因為卡雷斯無法跟她以言語溝通，所以不清楚她到底在氣些什麼。

「是因為姊姊的事情嗎？」

卡雷斯先試著這樣猜測，狂戰士就給予了肯定的回覆。卡雷斯必須花費心力，想辦法從她肯定與否定的態度中找出答案。

兩人回到卡雷斯的房間面對面而坐，卡雷斯坐在椅子上，狂戰士則直接往地板一坐。是說在千界城堡裡面，卡雷斯的房間肯定最奇特。書架上擺著幾本魔術書，桌上有水晶球，房屋角落則為了張設結界而安置了西洋棋子。這些都還好，問題在坐鎮於書桌

上的電腦。

雖然達尼克皺眉、戈爾德嘲笑、菲歐蕾嘆氣，但卡雷斯認為不該就這樣捨棄科學技術。說來時代已經改變，現在的魔術師也該學會應對與此相關的情報技術，意外的是學習黑魔術的塞蕾妮可倒是在這方面有一定涉獵，似乎透過網路研究咒術一類。

「……妳不滿的是這個嗎？明明是遲早要一決雌雄的對象，我卻被她壓著打？」

肯定。原來如此，狂戰士擔心的點的確很難算是杞人憂天。

「哎……雖然我知道對使役者說這個很沒說服力，但我家老姊是個怪物啊。」

嘆著氣這麼說的卡雷斯眼中產生了一種有如鄉愁的氣息。儘管一邊抱怨姊姊是怪物，但話中又帶著一些自豪的感覺。

「哎，我沒有笨到自知會敗還殺上去壯烈成仁啦。而且更重要的是要先面對與『紅』陣營的戰鬥吧。如果弓兵所言為真，那對面的騎兵就真的『太犯規了』。」

說起來沒有神的血緣就無法打倒的英雄本身就太破格，但幸好「黑」陣營有弓兵。雖然將他以英靈形式召喚出來使他降級了，但他毫無疑問繼承了神血。

如果我方沒有召喚出他，在當下就已注定失敗。當然還有不打倒使役者，直接殺掉主人這種做法，但以狂戰士和三流魔術師的組合來說，這是個希望渺茫的方式。

「我想妳應該明白，絕對不可以挑戰那個騎兵喔，知道嗎？」

狂戰士猛力搖頭，看來交手過一次讓她學到教訓，當攻擊根本無法生效時就一點辦法也沒有了。

卡雷斯心想好險那時候是採取團隊作戰。如果這是普通的聖杯戰爭，老實說不管狀況怎麼變化，他都不覺得自己可以獲勝。雖說「少女的貞潔」是很方便的隨時運作型寶具，但狂戰士手中另外一樣寶具，解放所有限制後使出的「磔刑雷樹（Blasted Tree）」……這個雖然擁有非比尋常的威力，但必須付出的代價也很大。

其代價就是死亡。當「黑」狂戰士弗蘭肯斯坦解放所有限制，並開出寶具的最大威力時，就會停止所有機能。既然弗蘭肯斯坦博士留下的設計圖上都明白地這麼寫了，卡雷斯只能相信真的是這麼回事。

當然，這款寶具可以在不解放限制的情況下使用，但威力就會打折。卡雷斯為了盡可能避免「事出突然」，也測驗過在不解放限制下發動寶具時的威力。

白天在森林設下趕人結界，並退到自認安全的距離下發動寶具。

但威力頂多到C，運氣不好甚至只有D吧。卡雷斯利用拜託羅歇拿來的魔像測試威力，離狂戰士愈遠，雷擊的威力就愈弱，相反的，在她身邊的魔像則如同文字所述，化

為塵埃。

卡雷斯推測只要能在極近距離下解放限制使用寶具，應該能夠收拾絕大多數使役者吧……但代價真的太大，用這種一個換一個的方式實在太不划算了。

「……狂戰士，雖然我覺得不用我叮嚀，妳不能解放『磔刑雷樹』的限制喔。」

聽到卡雷斯警告，狂戰士覺得很不可思議地歪歪頭。果然，雖然她智商很高，但狂戰士畢竟是狂戰士——卡雷斯忍不住嘆氣。

總之，以三流魔術師的自己和寶具刁鑽的狂戰士組合來說，只能絞盡腦汁想好作戰對策。雖然身為魔術師的本事是三流，還是得做好身為主人可以做到的一切事情。

「……對了，姊姊好像叫我看報紙？」

卡雷斯突然想起方才菲歐蕾說的話，於是叫人工生命體拿今天的報紙來。道過謝接下報紙後攤開，卡雷斯讀起菲歐蕾應該會在意的報導內容。

……原來如此，她說的確實有理。讀完有關殺人魔的報導後，卡雷斯站了起來。

「好了，狂戰士，不好意思，麻煩妳看家一下。」

「？」

卡雷斯從書桌抽屜取出幾個用來召喚低階惡靈或野獸的魔術道具，並將之穿戴在自己身上。刻了野獸名字的手環套上手腕，鞋子前端則塞入黑蟲卵。

雖然獵豹使魔和會鑽進體內引發劇烈痛楚的大群蚯蚓，對上使役者根本撐不過一秒，但拿來應付魔術師可會有一定成效吧。

卡雷斯的衣服又被拉了兩下，狂戰士的眼神要求他說明。

「……沒什麼，我只是要去幫姊姊忙。」

卡雷斯說完瞥了電腦一眼，收到的電子郵件裡面記載了駐留在錫吉什瓦拉的魔術協會魔術師一一遭到殺害的消息。

這些情報意味著兩點：一是至少殺害那些魔術師的並非千界樹一族；二是既然菲歐蕾準備前往，那麼有很大機率是使役者所為。

然後，這雖然是推測，假設「黑」刺客及其主人與千界樹一族為敵，同時也與「紅」陣營為敵……那麼「黑」弓兵（凱隆）、刺客與「紅」陣營之間很可能發生衝突，也就是將演變成三方抗衡的狀態。

這狀況——非常不妙。

「現在無論如何都不能失去弓兵。狀況是一對一就可以專打對方的魔術師，這才是專家。但如果變成二打一——就算我再弱都可以逃跑，因為我也是專家。只是，我們也

確實必須好好守住這座城堡，所以妳要留下來看家。總之若有緊急狀況，我會以令咒呼喚妳。」

「黑」狂戰士（弗蘭肯斯坦）雖然希望可以同行以保護主人卡雷斯，但也認為主人要求她守住城堡的命令很合理。

「放心吧，我沒打算戰到跟對方互相廝殺的程度，面對二打一的狀況還打算打下去的人不是超強，就是超笨。」

卡雷斯的話沒有任何虛偽，他真的不打算交戰。總之姊姊很強，別說一般魔術師，甚至對上一流魔術師都不見得會輸。被譽為僅次於達尼克的變質型魔術刻印精緻得有如精密機械。

她的使役者「黑」弓兵也是一流英靈，從我方陣營（千界樹一族）的角度來看，「黑」槍兵是象徵，「黑」弓兵則是關鍵。

就因為這樣，才更怕有什麼萬一。若「紅」陣營使役者抓準了「黑」弓兵和「黑」刺客衝突的機會打倒弓兵，那我方就真的玩完了。

但只要卡雷斯加入，「紅」魔術師就會選擇撤退，使役者當然也會撤退。如果自己不需要出力，只需要在那裡就能得到這樣的結果，還算是一件輕鬆的差事。

狂戰士目送卡雷斯離開房間後，突然將目光停留在電腦上。看樣子卡雷斯忘了關電腦。這個主人真的很隨便，節約用電明明很重要——狂戰士嘆氣，毫不猶豫地拔掉電腦插頭。

身為使役者做出的貼心舉止，應該可以得到主人稱讚吧。

§§§

就這樣，史上最大規模的聖杯戰爭——「聖杯大戰」宣告結束，「黑」陣營失敗，「紅」陣營則被認定獲勝。遺憾的是大聖杯的機能已經停擺，所以無法實現願望，但魔術協會給出的莫大報酬安撫了大家。既然大聖杯已經停擺，這時候也沒必要彼此相爭了。

「紅」陣營的主人們各自抱持想法休憩，消除戰爭帶來的疲勞。

「辛苦各位了。」

言峰四郎就像一開始見面那樣奉上紅茶。

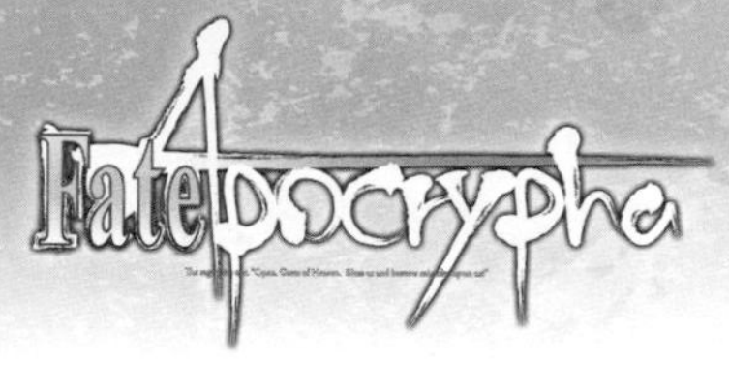

「那就不客氣了。」

喝下一口，清涼的香氣湧進胸腔；舒暢的感覺不光來到肺部，甚至充滿所有內臟。雖說或許跟毫無窒礙地完成工作有關，但成為魔術師以來，還是第一次這麼沉靜。

「好茶。」

「謝謝稱讚。」

「四郎，你不喝嗎？」

「不，我雖擅長沖泡，卻不太習慣喝紅茶——」

他苦笑著將白開水倒進自己的杯中。魔術師茫然心想：日本人就是這麼回事吧。

「噢，對了對了，我想到了，要麻煩各位將令咒交給我。」

「令咒？為何？」

令咒是——非常重要——的東西——是在戰爭中——取勝——所必須——

「各位是怎麼了，『聖杯大戰不是已經結束了嗎』？」

「……這麼說來，好像是這樣。」

「……這麼說來，似乎是如此。」

沒錯，聖杯大戰結束了。雖然裁決者中途投靠了千界樹陣營時真的嚇出冷汗，但在他的應變之下也總算度過難關。這場戰爭打得確實辛苦，從開戰前準備——沒錯，從開始準備時就很累人了。

「我是監督官，必須回收各位的令咒，以準備應付下一場聖杯戰爭。雖然抱歉，但這點真的無法退讓。」

「這也是沒辦法，反正我們持有也沒用。」

「……說得也是。」

「不然各位可以向教會請款看看？如果是以我們花錢購買令咒的形式——」

「這樣比較能接受……但真的好嗎？」

「反正請款的對象是教會，不是我。就當作是我對他們把這麼重責大任丟給我一個年輕人處理的一點小報復吧。」

四郎露出喜歡惡作劇的少年般的表情，逗得在場所有人都笑了。開戰當初，大家都認為他是教會派來的刺客而倍加戒備，但打完之後回顧下來，他還真的做了很多事情。

「辛苦你完成監督的重責大任，雖然我們也想好好慰勞你——」

「噢，關於這點無須介意，因為我也確實從各位身上獲得了東西。」

有人問起那是什麼，四郎露出一如往常難以捉摸的笑容說：

「各位的主人權啊，作為報酬來看很值得吧？」

有個人點點頭說：「原來如此。」

「『這種東西真的夠嗎』？」

「嗯，當然。那麼我要準備轉移儀式，請各位慢聊。」

「就這麼辦。」

——終於，到最後的最後魔術師都沒有發現可疑之處，決定將有時候甚至應該比性命還重要的「那個」無償轉讓給滿面微笑的少年。

「比起這個，各位想怎樣花用報酬？」

「我們應該會逍遙一陣子吧，這陣子的工作壓力太沉重了。」

「鐘塔似乎要辦魔術書籍的拍賣會，有了這份報酬，至少可以買進三本長年想要的書。」

「我會以私人名義捐獻給學會，畢竟預算被砍了。」

「隸屬魔術協會也真不輕鬆。我呢……」

戰爭結束了，之後只需要領取報酬。話說，他們其實不明白一點。

「自己是怎麼獲勝的」。

明明是非記得不可的事，不知為何沒有一個人可以回答。可是一喝下紅茶，就覺得這都無所謂了。

安寧與墮落的生活占據腦海，一切看起來是那麼光輝耀眼。沒有榮譽、沒有名聲，只有安穩的時光無意義地流逝而去——

第二章

第二章

參加聖杯戰爭者有時候會作夢。或許是主人與使役者之間會連結到精神的深層之故吧。

他們以作夢的形式閱覽對方的過往，這是在第三次聖杯戰爭與亞種聖杯戰爭中也很常見的現象。

——所以，當獅子劫界離發現自己身在遙遠過去的不列顛時，也絲毫不感意外。

「……哎，總是會有這麼回事吧。」

這應該是自身使役者莫德雷德的過去吧。獅子劫忽然發現她就在身邊，手中握著這場聖杯戰爭中所愛用的武器——「燦爛閃耀王劍（Clarent）」。

這原本不是她（莫德雷德）的武器，而是亞瑟王獲得後保管在武器庫內，象徵王位的劍。

莫德雷德搶走這把劍並自稱「王」，發起大規模叛變。然後她在亞瑟王面前握緊此劍，挑戰一對一對決。

「……也就是說，這裡是卡姆蘭了。」

沒錯，這裡是卡姆蘭之丘，莫德雷德率領的叛軍跟亞瑟王率領的正規軍進行最後決戰的場地。亞瑟王傳說中華麗的騎士故事，終於在這場慘澹的戰爭後劃下句點。

射出的箭貫穿輕裝士兵，但鋼鐵鎧甲包覆的莫德雷德不把任何攻擊放在眼裡，不斷向前衝。

亞瑟王擁有強大的個人魅力，最終完成一統不列顛的偉大志業。儘管如此，為什麼還有這麼多士兵支持莫德雷德叛變呢？

鄰近統一時期，國內瀰漫著一股厭戰的氣氛——這是原因之一。

儘管被譽為完美，還是因為墜入不倫戀情的湖之騎士（蘭斯洛特）與王妃（格妮薇兒）之間的醜聞而喪失王的威權——這也是原因之一。

騎士們對太過於清廉，完全不夾雜任何個人情感的王抱持莫名的恐懼，甚至是汙衊之情——這當然是原因之一。

但還有一點。

在戰場上看著莫德雷德的獅子劫明白她的戰法很野蠻。騎士們誇耀的華麗雄壯劍術什麼的，在這種打法之前就跟脆弱的枯枝一樣。

彷彿遵循本能，卻最有效率、最理想的殺人手法。

跟在莫德雷德背後的士兵們士氣高昂，那是有如對著人類本能呼喊的節奏，踏出的腳步就像大太鼓那樣發出雄壯的聲音。

——簡直是龍捲風那樣的自然災害。

莫德雷德是出名的騎士，她為了讓自己出名而努力，實際上也做到了。儘管如此，若她保持「騎士」的態度上戰場，不會有十萬士兵願意跟隨她吧。

她真的很強，而且她的強帶著一點瘋狂。但在戰場上，這種瘋狂才是最值得讚賞的存在。

士兵們就像被瘋狂驅使，追著她如怪物般強悍、如勁風般掃蕩敵人的背影而去。

——想看看這個瘋狂的戰士可以殺到哪裡。

歸納士兵們的動機，最終大概都會來到名為狂熱的信仰這點上。但士氣高昂的他們人數還是有限，少了一人、少了兩人、少了百人、千人，就這樣接連減少人數。

莫德雷德顧不得他們，畢竟她認為士兵——不，人類是在獲勝之後會自然增加的玩意兒。

她優先選定敵方陣容龐大的部隊衝刺，將之擊潰後，又找出下一個龐大部隊進攻。

不論是害怕的對手、抵抗的對手、逃跑的對手悉數斬殺，堆起屍山。

莫德雷德毫不在意雜兵，她關注的對象只有自己的父親——亞瑟王一人。

「亞瑟王在哪裡！騎士王上哪去了！」

高聲怒吼的同時砍倒圍成兩圈、三圈的敵兵，之所以選擇陣容龐大的部隊，是因為她判斷王在這類部隊內的可能性較高。但命運彷彿拒絕她一樣，兩個人在戰場上就是碰不到面。

不過——只要沒了人牆，就能實現命運。亞瑟王的軍隊和莫德雷德的反叛軍士兵幾乎死光，亞瑟王終於出現在拄著劍休息的莫德雷德面前。

王的表情無比沉靜，沒有任何對敵人的憐憫與憎恨。看王面無表情的樣子，莫德雷德明顯地變得不悅。

兩人總算對峙了，戰場上已經沒有任何可以妨礙的生命。

莫德雷德張開雙臂，放任自己憑藉一股激情大吼。灌注滿腔怒火、歡喜與難以形容的感情大吼：

「怎樣！怎樣啊，亞瑟王！你的王國到此結束了！結束了啊！不管是我勝還是你贏——一切早已灰飛煙滅！」

接收這句話的，是長相與莫德雷德相似，有如少年一般的王。

王毫不介意莫德雷德的激動情緒，也沒有回話，機械似的舉起劍。

那對莫德雷德來說是最不能接受的答案吧，她怒吼一聲砍了過去。

亞瑟王接劍，兩把聖劍迸出火花。儘管彼此疲憊不堪，但都憑著一股不能輸的氣勢奮戰。然而，結果依然沒有改變。莫德雷德說得沒錯，不管誰獲勝，這個國家都會迅速地衰退滅亡。

「你應該知道會變成這樣！知道會走上這樣的結果！知道只要將王位讓給我，就不會落到這個下場……！」

但莫德雷德的劍依然不改刁鑽鋒利。

在亂倫之下出生，崇拜父親、被父親拒絕、憎恨父親——然後，就這樣在戰場上彼此廝殺。

——我恨你，我恨你。我恨你是個完美的王，我恨你不認同我。我只要能當你的影子就好，你卻連回頭看我一眼都不肯。

——所以亞瑟王，這是你理應受到的報應，我把你的、你的，你一切的一切都毀了

啊！

「恨我嗎？你就這麼恨我嗎？這麼恨我這個莫歌絲之子嗎？回答我……回答我啊，亞瑟！」

接招的亞瑟終於回應了這句怒吼。王以冷漠不帶任何感情的聲音宣告：

「我從來沒有憎恨過妳。我之所以不讓位給妳──」

「『是因為妳沒有成王的器量』。」

這是一種「漠不關心」的答案。只是理解了莫德雷德的功能，直接不帶任何情感宣告她不是當王的料。

下一刻，亞瑟王所持的聖槍先鋒之槍貫穿激動地揮劍砍過來的莫德雷德胸口。不管是多麼堅固的鋼鐵鎧甲，在這把槍之前都毫無意義。

──但是……

儘管身負致命傷，莫德雷德仍絞盡臨死之力，終於給了亞瑟王決定性的一記。莫德雷德的頭盔裂成兩半，獅子劫熟悉的少女臉孔暴露在外。

莫德雷德嘴角淌著血，朝眼前的亞瑟王伸手過去。

「———父、王。」

莫德雷德最終還是無法觸碰父親，就這樣跌落在地。亞瑟王見狀，理解自己獲勝，無言地背對她離去。

……之後，亞瑟王在殘存的騎士貝迪維爾帶領下，將劍投入湖中歸還。有一說他死了，但也有傳聞表示他去了妖精鄉(亞法隆)療傷。

這就是亞瑟王傳說的結局。

獅子劫不看離去的亞瑟王一眼，俯視著頹喪在地的莫德雷德，嘆了一口氣。

「……去你的，討厭的夢。」

實在太真實了，這場夢逼真到甚至能聞到血腥味。莫德雷德眼神空虛，失魂落魄地坐在地上。

沒錯，現在的莫德雷德已經是屍體了。總有一天她身上的鎧甲、衣服會剝落，肉身則會腐爛，被蟲子啃食掉吧。

亞瑟王成為傳說，莫德雷德變成傳說中遭人唾棄的騎士。

既然跟隨她的士兵全數陣亡，自然沒有人能為她說話。這也是當然，這裡是戰場……輸家的屍體就是拿來示眾的無用長物。

她的激情、她痛切的願望沒能留下，就這樣消失。真的，直到最後的最後，仍得不到親生父親絲毫憐惜而死去。

「——啊～～真是的，抽到個麻煩的使役者啦。」

獅子劫心想：再怎麼合拍也要有個限度啊。使役者說穿了只是過客，雖然心意相通很重要，但牽扯太深可不好。因為一旦獲得聖杯，兩人之間的關係就到此為止。

所以，這場夢根本是個下馬威，想要父愛的孩子對獅子劫來說是最大的罩門。

獅子劫一邊等待夢醒，一邊在莫德雷德的屍體旁坐下。然後，只是茫然地望著即將毀滅的國度裡即將毀滅的人們。

不管什麼時代、什麼國家，最終的景象都一樣——

早晨到來，獅子劫一開口就是跟「紅」劍兵抱怨。

「妳喔，不要讓我作奇怪的夢啦。」

「……我不太懂你說什麼，是我害的嗎？」

莫名其妙的抱怨讓「紅」劍兵也不禁傻眼。

兩人醒來的地方不是托利法斯的地下墓地，而是錫吉什瓦拉一間小飯店的房間裡。而且為保險起見，他倆並不是睡在自己原本的房間，而是以暗示占據了別人的房間。

接到來自魔術協會聯絡的獅子劫先從原本藏身的托利法斯撤回錫吉什瓦拉。因為這座以歷史建築聞名的城市，似乎正因突然出現的連續殺人魔陷入恐慌。

「……所以為什麼我們要來這裡？」

「在這裡為了後勤待命的魔術師全部被殺害了啊。」

在晴朗的秋日天空之下，與露天咖啡座不太搭調兩人組正喝著早晨咖啡。「紅」劍兵不悅地別過臉，獅子劫則默默地閱讀當地報紙。

「魔術師全被殺了啊……」

托利法斯雖然沒有空檔讓魔術協會的魔術師介入，但鄰近的錫吉什瓦拉可不一樣，這裡有許多魔術師作為後勤人員屯駐。這些人的戰鬥能力雖然比不上被僱用來當「紅」方主人的魔術師們，但可以監控敵方動靜或派遣使魔，能做的事情很多。

他們明確地監控了在托利法斯郊外進行的「黑」劍兵與「紅」槍兵戰鬥，並將貴重

的情報提供給獅子劫。

但他們似乎突然斷了聯絡。魔術協會要求他們要定期報告，合理推論下這狀況確實異常。

「這之中很可能與使役者有關，就是因為這樣，能自由活動的我們才被叫過來。」

「食魂者啊……但為何不是在托利法斯，而是這裡？」

要讓使役者繼續留在世上，必須消耗非常大量的魔力，而供應魔力就是主人的工作。如果主人是二流、三流魔術師或一般人，甚至會連這點也做不到。因此，這些使役者就必須襲擊毫無關連的人們，藉此補充靈魂。

這雖然是常套手段，但也會因為英靈個體的性質差異而出現反對這種做法的人。另外，以魔術師的立場來說，採用這種方法等於把自己逼上死路，或者就是對外宣稱自己是個二流的恥辱行為，因此願意這麼做的人並不多。

「這也是需要調查的項目之一。對方有可能不想在托利法斯引起騷動，或者——」

獅子劫攤開報紙，手指在簡易地圖上。一開始在布加勒斯特發生的連續殺人案正漸漸北移，劍兵看到後理解般點點頭。

「一邊往托利法斯前進，一邊沿路食魂是吧。」

「沒錯，按四郎所說，『紅』使役者已全部齊聚，且沒有人做出食魂行為。如果這番話可信，那麼這位使役者毫無疑問是『黑』陣營中唯一沒能確認存在的——刺客。」

雖然覺得相信言峰四郎的話有些危險，但他應該不至於說這種程度的謊。還有「黑」陣營的使役者之中，劍兵已經退出，槍兵應該守在千界城堡裡，而騎兵、弓兵、狂戰士都曾一度與「紅」陣營的使役者交手過。另外從交手的魔像品質來看，駕馭魔像的術士應該也已經在托利法斯會合了。

因此，目前沒有確認過身影的只剩下刺客。當然，因為刺客擁有職階技能「斷絕氣息」，不排除其實已經悄悄溜進千界城堡裡面……

總之必須確認。如果連續殺人魔是使役者，就讓劍兵對付；若不是，對方既然已下手殺害協會派遣的魔術師，就依然是敵人，盡可能排除後顧之憂比較好。

「希望是使役者啊……所以我們該怎麼辦？」

「等到晚上再說吧。在那之前，我想去停屍間看看魔術師們的屍體。」

「哦～～那我咧？」

「若妳能跟我一起行動當然是最好嘍。但畢竟現在是白天，我不強迫。而且雖然浪費，如果我判斷狀況有危險，會用令咒緊急呼喚妳來。」

話雖如此，獅子劫認為基本上應該用不到令咒。因為這些案子都在晚上才發生，對方不是遵守了夜晚才行動的最基本原則，不然就是有什麼必須等到夜晚才行的理由。不管怎樣，對方在白天就攻過來的可能性低到可以忽略的程度，獅子劫實質上打算認定這是自由活動時間。

「誰要去停屍間那種陰森森的地方啦，我該做什麼好咧……」

劍兵決定在城市內閒晃。幸好錫吉什瓦拉保存許多數百年前的建築物，是羅馬尼亞的觀光景點之一，應該不至於——不，等等。

獅子劫跟劍兵道別，正前往停屍間的途中才想到這點關鍵。她可是使役者，也是活在古代的人類。

「仔細想想，那傢伙看了古蹟也無動於衷吧。」

雖說保留中世紀的影子，但那正好是她生存時代的建築物啊。

獅子劫猜測劍兵一開始還能興致勃勃地走在城市裡，但走著走著就會發現「欸，怎麼跟我生活的時代差不多啊？」並不爽起來，只能百無聊賴地打發時間了吧——

「好無聊喔……」

獅子劫與劍兵在太陽開始下山時會合。只見劍兵滿臉失望的表情，半是自暴自棄地吃著應該是在攤販買來的大量烤餅乾。

「……我想也是。」

「我明明想看高樓大廈但一棟也沒有，觀光客多的建築物一點也不稀奇……呿，白期待了。」

「……我想也是啊。」

「既然這樣，不跟使役者好好打一場我可不會罷休啊！所以你那邊呢？」

「劍兵，高興吧，我有個好消息要告訴妳。我去確認過屍體了，每具的死狀都非常悽慘。」

獅子劫高興地說，劍兵則狐疑地瞇細眼睛。

「什麼意思？」

「對方使用了刀刃與鈍器……或者是用拳腳揍的。犧牲者中的幾位有用過火槍或魔術的痕跡，然後幾乎所有人都被挖走心臟。」

「心臟？」

「對使役者來說是靈核所在的位置，對人類來說則是生命泉源的器官。或許對方是

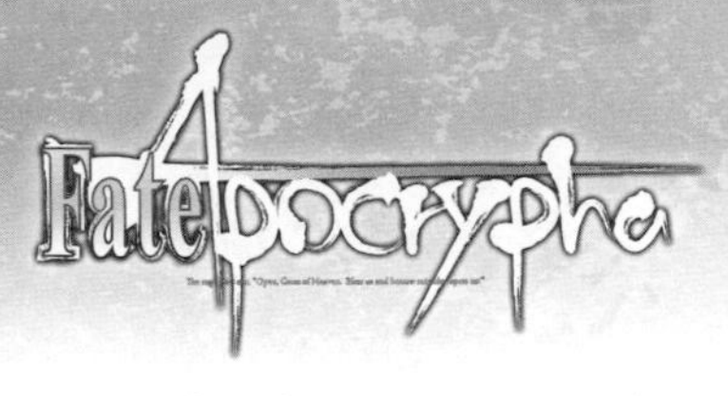

透過什麼儀式吞食這玩意兒以補充魔力。」

劍兵思索了一會兒，小聲嘀咕：

「……生吃是嗎？」

「妳真的很會問刁鑽的問題耶……我反而覺得烤熟了再吃更可怕。」

如果生吃可以視為一種儀式，但料理過後才吃根本是嗜好問題。要說哪一種比較可怕，當然是後者。

「總之，我會期待對手是使役者。要是連這也搞錯，我可不會放過你。」

「我來處理主人吧，畢竟那傢伙徹底打破魔術師應當隱匿神祕的最基本原則……」

報紙上已經寫出「開膛手傑克在羅馬尼亞復活」這種誇大的標題，羅馬尼亞國內陷入恐慌。獅子劫不管怎麼想，都覺得放任這種狀況不處理的魔術師腦袋一定有問題。

錫吉什瓦拉這裡才剛入夜，但觀光客和當地居民都已經躲在安全的屋子裡避難了。

「隨便亂晃會碰到嗎？」

獅子劫點點頭。一開始遇害的都是些小混混或黑道一類，推測最初應該是闖入這類人聚集的建築物並將之全數殘殺。但是在那之後——剛好在後勤支援的魔術師被派來錫吉什瓦拉之後，對象就被鎖定在他們身上了。

也就是說，現在錫吉什瓦拉裡唯一的魔術師獅子劫界離有很高的機率會被對方找上。

「劍兵，為保險起見，妳還是換上鎧甲裝備吧。對手是刺客，要是被偷襲，妳可能根本沒空換裝。」

劍兵點頭同意這番話，並以鋼鐵鎧甲包覆全身。幸好因為連續殺人魔案件的影響，晚上只有他倆走在路上，雖然有可能碰到巡邏的警官，但那時候只要用暗示矇混過去就好了。

「好……走吧。」

魔術師和使役者把自身當成誘餌，就這樣堂而皇之地在大馬路中央散起步來。

§§§

「人都不見了呢。」

六道玲霞嘆口氣，從三樓窗戶俯視毫無人氣的死寂街道。這幾天都是這樣，一到晚上城鎮就完全沉靜下來。

「媽媽（主人），要不要移往下一座城市？」

玲霞的使役者——「黑」（開膛手傑克）刺客拉了拉她的袖子。

「也好，下一站是托利法斯嗎？」

刺客點點頭，但臉上表情馬上沉下來。

「可是，那裡可能有點危險，因為大家都還活著。」

「大家？」

「跟我一樣的使役者。」

「……喔喔，對呢，除了妳以外還有其他的呢。確實有點可怕。」

玲霞口氣輕鬆，傑克也同意。

「嗯，我們是刺客，雖然擅長偷襲，但不可能同時對付複數敵人，毫無疑問會死。」

刺客以稚嫩少女的聲音，稀鬆平常地說出冷酷的事實。

「不過你們要彼此廝殺對吧？」

「對，魔術師和使役者應該分成紅黑兩組彼此廝殺。」

「這樣我們要不要先去看看狀況？如果有機會就吃，碰到危險逃跑就好了。」

「黑」刺客稍稍考慮了一下玲霞的提議。雖然玲霞和刺客締結了契約，但在魔術這方面完全是個大外行的玲霞，幾乎無法補充魔力給刺客，所以得採用這種食魂的方式補給魔力。

當然，這對使役者來說壞處多多，但也有一些好處。因為玲霞身上完全沒有魔術氣息，等於她洩漏主人身分的可能性極低。只要活用「斷絕氣息」，六道玲霞就會被當成一般人放過吧。

更重要的點在於，現在還有多少刺客無法應付的使役者存活？這還是得好好掌握清楚才是。

「說得也是，我們走吧——不過，好像又有魔術師來了喔。」

「哎呀，是嗎？那要不要享受一下錫吉什瓦拉的最後晚餐？」

猶豫要不要前往托利法斯的兩人，總之先得出這個結論。

「……嗯，就這麼辦。不過媽媽(主人)，今天妳不能來看，因為可能會比平常危險。」

「我知道了，那我就在這裡等，慢走唷。」

「嗯，我出發了。那個、那個啊，我回來之後還想吃漢堡肉……可以嗎？」

「當然嘍，我買好材料了，借用一下廚房喔。」

聽到這句話的刺客高興地微笑，接著跳出三樓窗戶。玲霞面帶笑容揮手送行。

好了好了，雖然不知道刺客什麼時候回來，但總之得為了那個可愛的少女準備美味的餐點——

§§§

如果不單從羅馬尼亞，而是整個歐洲的角度來看，也沒有多少城市像錫吉什瓦拉這樣特殊。這邊的特殊是指「沒有變化」。雖然是個人口約三萬的小城市，但來觀光的人們光是走在登記為世界遺產的歷史地區，就會有種彷彿穿越到中世紀的錯覺。

走在凹凸不平的石板路上，路旁是一整排從十六世紀開始就沒有改變的民房，過去執行魔女審判的廣場也保留著。

除此之外的觀光名勝還有弗拉德三世的老家（現在是餐廳），或者地標的鐘塔建築、在舊市鎮最上面的山上教堂等。總之，這裡是被外國人譽為最適合體驗「古代歐洲」的觀光地。

然後錫吉什瓦拉現在正因連續殺人魔案件陷入恐慌。造訪的觀光客接連遭到殺害，而且每具屍體的心臟都被挖出，死狀無比悽慘。

除了屍體以外沒有任何證據，受害者之間也看不出什麼關連性。但只有極為少數人士知道真相，每個犧牲者都是魔術師——也就是說，錫吉什瓦拉正處於某種非常「異常」的狀態。

獅子劫與「紅」劍兵在鈉燈朦朧照亮的街道上悠哉地走了約一小時。雖然劍兵身上的鎧甲鏗鏘作響，但很幸運的是沒有任何人攔阻兩人，只有一隻手拿著酒瓶的醉醺醺遊民一臉愣傻地看著獅子劫與劍兵。獅子劫心想甚至不需要給遊民下暗示地揮揮手，遊民也用拳頭敲了敲自己的腦袋，又開喝了起來。

雖然遇過幾次警察，但在獅子劫的暗示之下很快就趕走他們。警察應該也不想負責戒備殺人魔案件，獅子劫不需要太強制，很輕鬆就趕走了他們。

更重要的是現在劍兵的狀況。直到剛剛她還不斷反覆抱怨著好無聊、沒意思、還沒來嗎之類的話，現在卻一聲不吭。

「劍兵，怎麼了？」

「……抱歉，讓我集中精神。一股不祥的預感揮之不去啊。」

這句話讓獅子劫也因緊張而繃起了臉，劍兵會如此戒備的對象毫無疑問是使役者。

兩人放慢腳步慎重地前進，環顧周遭——路燈的微暗亮光反而擾亂了兩人的視野，冰冷的空氣舔舐般滑過獅子劫的頸項。

「……起霧了。」

就如同劍兵所說，兩人身邊不知何時起了霧，這樣一來，視野會變得愈來愈不清晰——不對，等等。

「起霧……？」

直到剛剛還一片晴朗的天氣，真有可能突然就產生足以妨礙視野的濃霧嗎……不合理。

獅子劫跟劍兵幾乎同時停下腳步。劍兵已經拔劍，獅子劫也將手按在愛用的霰彈槍槍套上。

「這片霧氣……」

當獅子劫打算嘀咕些什麼的瞬間，鼻腔深處竄過一股火花迸裂般的痛楚。他反射性地咳嗽，按住了嘴。

「主人！」

「劍兵，這有毒！不要吸！」

獅子劫掩著口鼻蹲下，只是稍稍吸口氣也會在鼻腔感到劇烈痛楚，視野開始朦朧。

「喂，主人，你振作點！」

獅子劫當機立斷脫下外套掩住口鼻。這件以魔獸皮縫製而成的外套，可以讓一動（Single Action）程度的魔術幾乎失效。隔著外套呼吸減輕了一些痛楚，這果然是以魔力產生的霧氣。

「……可惡，總之先逃離這片霧吧。」

「嗯，如果逃得了啦！我要拉著你走喔，跟上來！」

劍兵右手提劍，左手握緊獅子劫的手跑了起來。幸好因為劍兵的反魔力等級夠高，這片毒霧幾乎沒給她造成多大損傷，她也不太介意視線不佳的問題。她敏銳的「直覺」，根本不把這片霧的妨礙當一回事。

但劍兵和獅子劫都很清楚，既然這不是普通的霧氣，就一定還有「下一招」。問題在於下一招何時會殺來……劍兵一邊跑離霧氣籠罩的範圍，一邊慎重地評估時機。

或許是因為選對逃脫路線，霧氣漸漸變淡了。

——人隨時在尋求安心。一旦陷入危機，無論怎樣冷靜地處理，一定會在擺脫危險

狀態的當下放鬆精神。

——從虎視眈眈的死亡之嘴逃離後的短暫時間，不管怎樣的人類都會呼出原本憋著的氣息那一段內心的空檔。

——連續殺人魔不會放過這個空檔，手中握著吸飽人血的凶器，悄悄接近背後。

「好，擺脫了……！」

劍兵與獅子劫兩人成功逃離毒霧。這一瞬間，獅子劫的腦子裡只有想吸滿一口新鮮空氣的念頭。擺脫死亡的恐懼，精神稍稍放鬆，殺人魔（刺客）從背後悄悄逼近，準備割開他的喉嚨——

但是，站在獅子劫前方的劍兵轉身順勢橫砍出右手的劍，同時一個掃腿讓獅子劫跌倒在地。

刀光一閃。

石板地發出清脆聲響，劍兵一舉砍掉刺客手中的小刀。

「……啊。」

「——很遺憾，這傢伙是我的主人，妳的對手是我。」

獅子劫回頭，發現有個人佇立在自己正後方。儘管對方靠得這麼近，但他還是沒有發現——完全沒有發現。

值得驚嘆的事情還有一樣。

站在獅子劫背後的是一位少女，年紀看起來比他的使役者「紅」劍兵還小個兩三歲。頭上頂著隨便紮起的雜亂銀髮，冰藍色的眼睛正因些許驚訝而睜大。腰部掛著好幾個刀鞘卻沒有穿裙子，搭配上半身的皮製上衣。儘管容貌稚嫩，仍散發一股妓女那樣的煽情雰圍。

「被砍了，好過分喔。」

對方這樣嘀咕，並直直看著劍兵的臉。

「——過分個屁，我才不想要被明明是使役者卻搞什麼食魂狗屁的妳這個垃圾說嘴啦！」

劍兵絲毫不掩飾不悅，舉劍指著刺客，但刺客也沒有表現出害怕劍的樣子，用純真的表情歪頭回答：

「又沒差……吧？」

下一瞬間，劍兵以護手彈開朝自己臉部射過來的刀刃。刺客一邊說話，一邊在不動

到手臂的情況下，以很自然的動作擲出刀刃。

之所以能應對這突如其來的偷襲，應該全拜劍兵的直覺敏銳之賜。但刺客抓準劍兵以護手彈開刀刃的瞬間空檔往後方跳開，那個地方還充滿了濃濃霧氣，瞬間遮蔽了她的身影。

「主人，在這等我！」

劍兵留下這句話，再次衝進濃霧之中。雖然吸入霧氣多少覺得身體變得沉重一些，但劍兵判斷只是這樣不會構成太大影響。

豎耳傾聽細微的聲音，憑藉本能揮劍，跟方才一樣的聲音接著響起——打落了射過來的手術刀。

「哇，很有本事耶。」

聽到少女的聲音，劍兵咂了嘴。因為聲音從四面八方傳來，無法判別聲音來源。

「聽妳放屁，連個英靈也不是的『清道夫（刺客）』大言不慚個鬼。不，妳連清道夫都不是，只是個殺手，就是個殺人魔啊！」

「咦？為什麼知道？」

「什麼——？」

劍兵的精神瞬間因驚嘆而凝固。

「我們的真名是『開膛手傑克』。欸欸欸，告訴我你的名字吧？」

聲音在耳邊呢喃。劍兵雖立刻以劍砍往那個方位，但她只砍到霧氣，沒有砍中東西的手感。比起這個，現在更重要的是知道了對方的真名。

——那是距今約一百二十年前的事，英國霧都（倫敦）的人們陷入恐懼之中。「那個」鎖定的目標都是些東區普通妓女，而被認定為那個殺害的對象有五位。儘管如此，那個還是留下了許多傳說後消失，為世界首見的連續殺人魔。

從投稿到報社的署名來看，人們稱呼他為開膛手傑克。

而這不過是一百二十年前的事情。從愈古老的神祕愈強大的觀點來看，在此次聖杯大戰中，這個使役者八成特別弱小吧。

亞瑟王可是在幾次遠征中獲得華麗的榮譽與功績，莫德雷德本人則是歷史留名的叛變騎士，其他使役者的狀況也大致類似吧。儘管存在的時代與世界不同，但應該都是在榮耀的戰鬥中獲勝而千古留名。

相比之下，她不是英雄，只是殺害了幾位妓女的骯髒殺人魔。

但——劍兵重新握好劍柄，集中精神。

為什麼區區殺人魔可以作為使役者被召喚出來？

……除了因為殺人魔的一生太過神祕，而且給世人帶來莫大恐懼，別無其他。人們看到英雄的戰鬥或許會振奮、鼓起勇氣，並接二連三舉起手跟隨。但她不一樣。

她以單方面、徹底、絕望的殺戮留名世界，若有信奉她的人，那一定也是殺人魔。

原來如此，她確實很適合作為刺客。因為她就是無聲無息地殺害目標，沒有多少存在像她這樣如此專精於殺害主人。

對劍兵而言，這場霧不算什麼妨礙，但因為刺客擁有「斷絕氣息」技能，劍兵完全掌握不到對方行蹤。既然聲音從四面八方傳來，那麼對方肯定在不遠之處——

「噢，果然！『妳是女人』耶。」

這句話讓劍兵稍稍咬緊牙根。

「既然這樣——」

「嗯，既然這樣——」

「『就這麼辦』。」

——像是跟誰對話的聲音。許久不曾感受到，一種像蛞蝓一樣有點噁心的情緒稍稍竄過劍兵心裡。

那是恐懼。對方是潛藏黑暗之中、真相不明的殺人魔。不打算正面對峙，總是偷襲，總是被搶得先機。只要錯判一次對方的手法，就會馬上被殺死吧。

那麼——該怎麼辦？

「……哼，『死小鬼』，別瞧不起人！」

當機立斷。劍兵有如將纏上的恐怖連同皮膚一起剝掉一樣，將頭盔收進鎧甲裡。當她姣好的面貌暴露在外的同時，也架起了手中的劍咆哮：

「……紅雷啊！」

「————！」

如果這是一片有些詭異的黑暗，用名為自身的光芒吹散便可。劍兵將魔力全數灌入劍中，朝周圍噴出紅色雷光。

正是煙消雲散——刺客一臉傻愣地看著劍兵。

「刺客，結束了。如果妳想大哭一場，可要好好把握現在這個機會喔。要是頭被砍下來，就連慘叫也發不出來了。」

「我不要，我肚子還很餓耶。」

她以孩子般的口氣這麼說，將兩把切肉菜刀握在手中。劍兵帶著不遜的笑容一邊心想總比她死心逃走好，一邊評估著使用「魔力放射」的時機。

或許因為霧氣消散，身體沉重的感覺已經消失。那麼，最優秀的劍兵怎麼可能輸給潛藏黑暗中的區區殺人魔呢？

觀望著兩人之戰的獅子劫在這方面完全信任劍兵，只是還有一個擔心的點。他在離開霧氣籠罩之後，從外套內袋取出一樣祭具。

那是已變成死蠟的魔猴手腕。若情況逼得他必須留在當場，他就會用這個迅速架設趕人結界，而且效果範圍非常廣。能夠自行活動的手腕像老鼠那樣在地上爬行，並像是切出空間一樣弄出一個徹底的封閉空間。

雖然獅子劫沒試過，但就算在夜晚的紐約或東京澀谷街口，他也有自信可以用這個把場地淨空。不過那樣的鬧區都有監視攝影機之類的東西，所以他也不會執行就是了。

——所謂擔心的點是……

也就是說，如果「有人闖入」這個排除了自己和她們以外所有人的空間裡，就是非常糟糕的狀態。

手掌感覺到一股被縫衣針刺的痛楚，獅子劫感測到有人入侵了結界之內。

「劍兵！」

他的話讓一觸即發的空氣爆開，「紅」劍兵和「黑」刺客（開膛手傑克）朝著彼此衝刺。

劍兵打算由上段往下劈砍，如強勢波濤的一刀兩斷。另一方面的刺客則以滑順到詭異的動作採取近身戰，並瞄準脖子這個弱點。如果劍兵的衝刺超越了人類領域，那麼刺客的動作就是完全捨棄了人類因子，達到了怪物（野獸）的境界。

——打得贏。

衝出去的瞬間，劍兵如此確定。這一擊毫無疑問可以給刺客造成致命傷，不論時機、速度、力量都搭配得天衣無縫。

——但是……

獅子劫的呼喚同時影響了劍兵。這一聲呼喚肯定有其意義，不然他不會呼叫自己。想到這邊，伴隨一股寒氣的感覺讓劍兵同時想通。

雖然不知道是從哪裡來的，但自己肯定被鎖定了。

從遠距離殺來的投擲或者射擊，對手可能是槍兵或弓兵。不管是哪個，這樣下去會被吃掉……！

身體搶在邏輯思考前先動了。劍兵給猛力衝刺踩了煞車，強行扭身。現在的自己只能做出這個動作，在身體倒下的方向可以看到這座都市著名景點之一的鐘塔。

劍兵瞠目結舌，因為鐘塔的尖塔上面有兩道人影。在淡淡月光映照下，拉起弓對著這裡的毫無疑問是個使役者——！

瞬間，爆風和巨響砸在劍兵全身。

§§§

射出的箭幾乎命中瞄準的點，但目標沒有照著我方的推測行動。弓兵沒有放下弓，立刻搭起了下一枝箭。

「成功了嗎？」

身為主人的菲歐蕾這麼詢問，弓兵搖搖頭回應：

「不，很遺憾，劍兵躲開方才那一箭了，不愧是被評為最優秀的職階。」

「刺客呢——」

「刺客也沒能收拾，不過使之負傷了。」

錫吉什瓦拉著名景點鐘塔高六十四公尺，是城市內最高的建築物。不僅能夠一眼望盡整座都市，從這座城市的任何角落也都能看見這座鐘塔。

中央的尖塔被四座小塔圍繞，兩人就站在中央尖塔最頂端迴廊的更上方，小到甚至不能算上立足點的位置。

之所以能夠正常地站在這種一般人根本撐不過幾秒的位置，是因為弓兵天生擁有超優秀的平衡感吧。以他的本事來看，這點小把戲根本不足掛齒。

問題在於主人菲歐蕾。她因為魔術迴路變異，導致雙腿不良於行，平常甚至連站立都沒辦法，且這裡根本放不下輪椅。儘管如此，她還是存在於此地，不過不是站著。

她的雙腳懸在空中，金屬製的長手臂從背部伸出，構成立足點支撐她的身體。

「——主人，『黑』刺客似乎打算撤退。」

「那就按照預定轉到與『紅』劍兵的對戰上吧。弓兵，麻煩你對付劍兵，我去應付主人獅子劫界離。」

如果可以，當然希望剛剛那一記直接一起收拾「黑」刺客和「紅」劍兵。若要問「黑」刺客和「紅」劍兵該優先處理哪邊，答案毫無疑問是劍兵。既然我方已經失去劍兵，「紅」劍兵就是無論如何都想在這裡收拾掉的使役者。

「主人，請妳務必不可勉強。」

「嗯……我明白。」

按弓兵看來，劍兵的主人獅子劫界離和自己的主人菲歐蕾大概旗鼓相當。獅子劫經驗豐富，但菲歐蕾的靈感比較強。剩下就是看能夠多冷靜對應戰況了。

劍兵憤怒的視線貫穿弓兵，暴露在外的容貌年輕貌美得令人訝異。但看過許多英雄的弓兵知道，她毫無疑問有著英傑之相。

胃部深處發熱起來的高昂感覺——弓兵苦笑，看來自己還很嫩呢。或者因為自己是以全盛時期的外貌被召喚於世，現在的弓兵喜於採取無謀戰法的程度，連他自己都感到驚訝。

劍兵跟主人獅子劫互相使了個眼色之後，立刻朝弓兵飛奔而去。她不用花上十秒就可抵達鐘塔吧。

菲歐蕾配合劍兵的行動，一邊迂迴一邊往獅子劫所在之處前進。

劍兵的眼光瞬間看了菲歐蕾一下，但弓兵彷彿不許她這麼做一樣立刻放箭。

劍兵一揮劍打落這枝箭，然後下定了決心，之後根本不管菲歐蕾怎樣，一直線往弓兵撲去——

§§§

劍兵從弓兵的攻擊下重整旗鼓需要花五秒時間，但這五秒一過，刺客已經撤退了。

咂嘴——沒能收拾的悔恨跟最終妨礙自己收拾刺客的憎恨，讓劍兵憤怒得皺起臉。

「主人，逃走的刺客跟那邊的弓兵該處理誰？我個人建議先解決在鐘塔上囂張的弓兵。」

劍兵拿劍指著鐘塔詢問，獅子劫無奈地搔搔頭。其實他早已決定要怎麼回答。順便補充一點，要追上已經逃跑的刺客非常困難，畢竟對方擁有「斷絕氣息」技能，如果看不到對方的身影，根本無法追蹤。

「……妳不就是想跟弓兵大幹一場嗎？不過，這是正確答案啦，我會想辦法料理主人。」

「不好意思啦，主人。那我去搞定那個弓兵嘍。」

滿臉喜色。劍兵也看出弓兵已經搭好第二枝箭，就算使出全力奔跑還是不夠快。但是——

劍兵擁有「魔力放射」技能。卸除作為寶具的頭盔，可以在身上賦予更多魔力，只要使之一口氣噴發便可爆發性地加速。

「好……劍兵，去吧！」

「喔！」

配合獅子劫的聲音一鼓作氣，強而有力地踏出一步。那幾乎等於人形砲彈，朝著位於遠方的弓兵直直飛去。

弓兵文風不動。劍兵用眼角餘光瞥見迂迴走向獅子劫的弓兵主人，但箭彷彿不許她這麼做般放出。

劍兵以劍將之擊落後笑了。

——弓兵，你大可放心，我想幹掉的是你啊。

自己的主人獅子劫負責料理弓兵的主人，他不可能會輸。劍兵驚訝於自己竟會完全相信這點。過去自己從未信賴過魔術師這種存在，並且認為魔術師淨是些個性扭曲的家裡蹲。不，應該說直至目前為止，自己所遇到的魔術師大多是這類人。

但沒想到也有跟自己這麼合拍的魔術師。橫衝直撞，思維模式是九成攻擊、一成防禦。

對了，召喚自己出來的觸媒是圓桌的碎片。換句話說，圓桌武士之中無論誰被召喚出來——比方侮辱了父王的蘭斯洛特，或乖乖牌高文出現——應該都不奇怪。

即使如此，召喚出來的是自己。她思考起這箇中含意，並覺得為了取得聖杯，總有一天要好好想個清楚。

劍兵在這時停下額外的思緒，朝有六十公尺高的鐘塔前進。她需要跨出十二步，並且不是用上四肢攀爬，而是身體與牆面垂直，直接以雙腳往上疾衝。

弓兵已經近在眼前。不光是身影，還可明確觀察到對方的表情，是一個身穿皮製鎧甲的暖男。原來如此，外貌看起來就是一個弓兵樣。但被貼到這麼近，弓兵就沒有手段抗衡了。

以遠方狙擊來說，弓術是一種最優秀的技術，就算與現代火槍相比，也擁有能做到無聲放箭這樣的大優勢。當然，要用箭射中目標，需要進行難以想像的嚴苛訓練與具備天生才能。但既然是能以弓兵身分召喚而出的英靈，自然不可能不具備這些能力。只要居於遠方，弓兵這個職業幾乎可謂無敵。

不過，若有使役者擁有能夠一口氣從遠方拉近距離的速度，狀況就會截然不同。

弓術自然有幾個缺點。一、幾乎不可能連射；二、容易因箭的軌道洩漏自身所在地

點；三、近距離下的弓太過脆弱。

無怪乎劍兵幾乎確認自己將會獲勝。既然都貼近到這裡了，弓兵已無計可施——理應如此。

弓兵面對劍兵猛烈的衝刺卻絲毫不慌亂，動作流暢地搭起下一枝箭。

拉滿的弓雖然朝從正下方殺來的劍兵臉部放箭，但她以雙手握持的劍將之彈開。

「弓兵，逮到你啦……！」

弓兵已經沒時間再搭下一枝箭。與方才的刺客相同，劍兵有自信一擊收拾他。

但弓兵也是身經百戰的英雄，他在這時做出超越劍兵直覺的行動，毫不猶豫地從狹小的立足點——跳入空中。

弓兵一邊朝驚訝的劍兵下墜，一邊搭弓引箭，瞄準了劍兵鎧甲最厚實的胸口部位。

但弓兵——射手座凱隆射出的箭當然全都達到必殺領域。

夾帶星光的箭強行擊穿劍兵的鎧甲。冰冷的物體貫進肩窩，接著一股足以讓眼前閃爍的痛楚竄過全身。但幸好劍兵身穿重甲，原本應瞄準胸口的箭偏離軌道，射進肩膀。

不過，這對原本認定自己獲勝的劍兵沒有任何幫助。

「你這傢伙……………！」

劍兵憑藉一股怒氣壓下從肩膀擴散到全身的劇烈痛楚，並毫不猶豫朝著持續下墜的弓兵使出「魔力放射」做出槍彈下墜——！

弓兵心想：這好像繁星殞落。雖絕不優美，卻因太過強烈、太過激烈而引人入勝的光芒。

原來如此，劍兵是個值得讚嘆的英靈。吃了那一記還能立刻採取反攻，就代表對方擁有不把那痛楚與衝擊當一回事的強烈意志力。

數秒之後——在落地的同時，劍兵這次想必會一刀斬斷自己吧。好了，該怎麼防範這一記呢？

不能靠弓術。不管動作多快，實在無法與只消揮一下就結束的劍抗衡。自己手上沒有劍、沒有槍、沒辦法用弓、沒有可以騎乘的對象，更不可能發狂，就算使用魔術或短劍也阻擋不了對手。

——那就只能用最後的武器迎戰了。

墜落六十公尺後落地——前一瞬間順勢將單腳砸在地面，讓身體往旁邊稍稍錯開。

接著伸出雙臂。怒吼的劍兵雖然察覺了他奇怪的舉動，但現在沒有餘力將之考慮進去。

從上往下一劈，加上「魔力放射」帶來的爆發性加速，除了使用寶具之外的一般狀況來說，甚至沒有任何攻擊能超越這一擊。

但面對這只要挨了肯定造成致命傷的一劍，弓兵採取可怕——按劍兵的說法是「瘋狂」的行動。

他伸出雙臂，在劍兵揮劍之前先纏上了她的雙手。當劍兵的手腕被制住的瞬間，她的神經發出警報。揮下的劍砍到肩膀便被強行停止，弓兵並沒有阻擋劍兵前衝的力量，只是巧妙地轉移體重——

（摔投技……？）

在劍兵發現弓兵的動作是什麼的瞬間，她已經頭下腳上地浮在空中。這雖然有點像柔道的過肩摔，但因為扣住了手腕關節，所以比柔道的摔技更不留情。

弓兵……凱隆是半人馬族第一賢者，向太陽神阿波羅學習醫術與音樂；向女神阿緹蜜思學習狩獵技術等，獲得諸神傳授許多技術與智慧。因此許多年幼的英雄聚集在他身邊，學習各式各樣學問與武術。

劍、槍以及弓——除此之外，凱隆當然也習得徒手空拳搏鬥的技術，那是融合了拳擊與摔角的完美格鬥技術。

也就是古希臘語所說的潘克拉辛（所有的力量）——世上最古老的綜合格鬥技。

「嘎……！」

劍兵整個人砸在名為大地的凶器上，撼動五臟六腑的衝擊讓她睜大了眼，全身像被鎖鍊束縛一樣凝固了幾秒。這狀況太過致命——但弓兵雖已經放倒劍兵，卻沒有使出最後殺招，而是痛苦地跪地。吃進肩膀的一劍雖然不是致命傷，但也極為接近致命了。

原本弓兵判斷靠近劍柄的位置比較使不上力，應該頂多砍穿皮甲，但他想得太天真了。儘管以最佳的狀態接下劍兵這一劍，肩上的傷仍太過深入。

恐怕在用治癒魔術恢復之前，右手臂都無法動彈吧，也就是將無法用弓。弓兵苦笑，原本想逼死對方，結果自己反被逼死了。獲得的決定性機會，就這樣反而把自己帶入致命的狀況之下。

他毫不猶豫決定，不管怎麼動、不管怎樣打，都想不到可以在這個狀態下給出最後殺招的方法。想善用劍兵起身之前不到三秒的短暫時間，撤退應該是最理想的方案。

弓兵決定向激戰中的菲歐蕾報告狀況，並提出撤退申請。

死靈魔術師的修行從看清自身死亡開始，對自己施加幻覺，反覆觀察自身肉體漸漸腐敗的樣子。隔著鏡子看到的自己逐漸腐朽到駭人的程度——並且習慣它。凝視死亡、擁抱死亡，了解生命伴隨著死亡。

而所謂死靈魔術，就是駕馭死亡的術式。

獅子劫界離一邊抽菸一邊等她到來。他沒有架設探測和防禦結界，毫無防備地將自身暴露在外。

因為獅子劫理解如果對手是她，這類玩意兒根本派不上用場。事情走到這一步，架設結界只是浪費魔力和道具罷了。

獅子劫察覺風向改變，丟掉還沒燒完的菸屁股。

他抬起頭，對飄浮在空中的少女說：

「好啦，我們可以省略自我介紹吧？」

男人笑道，少女也微笑。

夾在兩棟建築物中間略顯狹小的巷子裡，菲歐蕾．佛爾韋奇．千界樹讓從背部伸出的兩隻「手臂」刺進建築物外牆上。那手臂給人一種滑溜堅固的印象，很像蜘蛛腳——獅子劫心想。

「……說得也是呢，我們不可能不知道彼此的名字，但原則上還是可以讓我警告你一下嗎？」

「請說。」

「——速速離去吧，死靈魔術師。這整片地區都是我千界樹的大地，我可以不追究你隨意闖入的責任。若你無視警告，就請你支付自身的死亡作為愚蠢行為的代價吧。」

「哦……是說，妳認為我會聽嗎？」

菲歐蕾露出滿臉笑容回應獅子劫這番話。

「不會。但沒有這樣宣告，我過不了自己心裡那一關。」

原來如此——獅子劫苦笑。換個方式說，既然她都宣告了——表示她會毫不猶豫下殺手。

而獅子劫當然沒打算遵從這警告，伸手摸向槍套裡的霰彈槍就是他的答案。周圍一

帶的魔力濃度突然加高。

彼此都沒有耍嘴皮子的餘力。菲歐蕾知道獅子劫界離是自由魔術師，且戰鬥經驗豐富。獅子劫也知道菲歐蕾．佛爾韋奇．千界樹是肩負千界樹一族下一世代的優秀人才。

——這個人使用的是死靈魔術，但不是把死者變成食屍鬼後操使這麼簡單的做法。比方看他手上那把火槍……

——這位小姑娘使用的魔術是降靈術與人體工學……記得那好像叫連接強化型魔術禮裝吧。

吹散兩者之間凍結空氣的，是附近垃圾桶的金屬蓋子。似乎在強風吹動下發出清脆聲響落地的蓋子，促使彼此的緊張爆發。獅子劫以俐落的動作抽出削短型霰彈槍（Sawed-off），菲歐蕾則勇猛果敢地從天空飛舞而下。

扣下扳機——用切下來的魔術師手指加工過的槍彈嗅到魔術師的氣息，準備吞噬其腦門襲擊而去。

「——守護之錫腕（Jupiter），迎擊命令。」

除了精準地鎖定敵人頭部貫進腦袋外，絕對無法躲開的必殺魔彈不會得出其他結果。但從菲歐蕾背部伸出的手臂毫不猶豫地抓住了子彈。

獅子劫只驚訝了瞬間，立刻以靈巧的動作一邊後退，一邊躲進停在路旁的汽車暗處。從菲歐蕾背後伸出的兩隻義手分別一分為二，這麼一來她的「手臂」就變成了四隻，其中兩隻作為她代用的雙腳刺入石板地，另外兩隻則像威嚇獵物的蛇一般，直直地對獅子劫張開下顎。

「——戰火之鐵腕（Mars），射擊命令。」

「光彈」伴隨類似開槍的聲音從手臂開口處射出，速度與威力都不輸火槍子彈的光彈粉碎了獅子劫腳邊的石板地。

「去你的，那手臂無所不能喔……！」

獅子劫先不考慮自身狀況，把汽車當成擋箭牌承受有如機關槍的咒彈掃射。他丟掉空彈匣，從腰部口袋選好子彈重新裝填。

射出一發牽制用的子彈後，獅子劫取出加工過的貓頭鷹眼球，從車輛縫隙中拋出。眼球連接他的右眼，使他得以觀察菲歐蕾的狀況。他首先重新看清楚菲歐蕾身上的魔術禮裝。

以獅子劫事前獲得的個人資料來看，她身上的特徵之一就是因為魔術迴路異變導致雙腿不良於行，這應該會對她造成一些負面影響。

但只要有那禮裝，雙腿根本就不是問題。對她來說，魔術禮裝就是極為優秀的「手腳本身」。雖然速度不到音速，但從她可以毫無問題地抓取槍彈這點來看，在精密動作這方面同屬出類拔萃。

——那自動防衛的反應速度也幾乎完美，恐怕能與艾梅洛的「公主」帶著的自動女僕魔像月靈髓液(Volumen Hydrargyrum)匹敵。

話雖如此，一方是水銀，一方是金屬手臂，兩者在性質上應該都不擅長應付不是攻擊單個點，而是攻擊整個面的闊刀地雷一類武器吧。

「——也就是說，要用這個了。」

獅子劫從內袋取出魔術師心臟，裡面埋了魔術師牙齒和指甲的這個器官最適合用來對付魔術師。飛散而出的牙齒和指甲裡面灌滿彷彿怨念的魔力，一旦插入體內便可產生一種類似「魔力彈(Gandr)」的作用。但也許因為這邊用的素材已死，所以效果更加強大。

說得白一點，只要牙齒或指甲嵌進皮膚就能導致潰爛。

抽掉彷彿插銷的肌肉纖維後，原本停止跳動的心臟瞬間開始鼓動。獅子劫透過貓頭鷹眼掌握了菲歐蕾的位置，他依然躲在汽車之後，快速操控氣流，將手榴彈(心臟)拋至絕佳位置。

「唔——————！」

獅子劫唯一失策，就是在對抗人工生命體時使用過一次這種手榴彈，並且被菲歐蕾看個清楚了吧。千界樹調查過回收來的人工生命體屍體，從腐敗的狀況推測手榴彈威力後，菲歐蕾認定這手榴彈是一種致命的威脅。

「——轟然之鉛腕（saturn），壓潰！」

代替她右腳的金屬手臂突然變化成像「鍋鏟」一樣的扁平狀，接著馬上從正上方壓扁地上的心臟。原本應該因爆炸的衝擊四散周圍的牙齒和指甲被整個按下，無法傷及菲歐蕾的身體。

但對獅子劫來說，爭取到一點時間也很重要。躲在汽車後方的他從遮陽板取出備用鑰匙後，迅速啟動引擎。

菲歐蕾聽到引擎發出的巨響，急忙回頭的瞬間——踩滿油門的汽車從她正前方猛力衝撞過來。

——天啊！這個人怎麼這麼亂來！

抓在引擎蓋上的菲歐蕾沒怎麼受傷，因為四隻義手瞬間護住了她。

但這樣下去很可能會被撞爛在牆壁上。她用義手插進引擎蓋抬起自己的身體，跟坐在駕駛座的獅子劫四目交會——他想甩掉菲歐蕾而把方向盤猛力往左打。

菲歐蕾除了用兩隻義手貫穿引擎蓋，牢牢固定好身體之外，還用剩下的義手掀了車子的擋風玻璃和車頂。

儘管獅子劫變得毫無防備，但他手中不知不覺已握住削短型霰彈槍，且打從心底笑了——接著猛踩煞車。勉強抓著引擎蓋的菲歐蕾被這突如其來的反作用力甩飛出去。

四隻義手察覺危機而貫穿石地板以做出緩衝效果，但菲歐蕾瞬間理解，這樣自己就無法使用義手迎戰了。

駕駛座上的獅子劫抽出霰彈槍，死亡氣息讓菲歐蕾汗毛直豎——扳機扣下，亞音速子彈襲來，菲歐蕾想不到應對方法。

『糟糕……！』

這時，一道動物影子迅速介入。

「什麼！」

魔彈打碎動物的腦袋，結束了牠的使命。一個躲在建築物後方的人對愣住的菲歐蕾喊道：

「姊姊，別發呆！」

「啊，嗯，好！」

菲歐蕾急忙起身，義手已經為了保護她而恢復成萬全狀態。收到命令的義手同時發射光彈，準備一口氣炸飛汽車。

獅子劫一邊咂嘴一邊迅速躲回汽車後方，跟著確認方才那道聲音到底出自誰口。

「姊姊、姊姊、姊姊……你是卡雷斯．佛爾韋奇．千界樹嗎！」

「沒錯！」

建築物暗處傳來回應的喊叫，獅子劫心想這下事情麻煩了。魔術師必須盡量製造一對一，甚至是有利的場面。一個人挑戰兩位魔術師，只能說是再愚蠢不過的行為。

就算考慮到參戰前收到的個資裡面，寫到這個弟弟在魔術方面的實力比姊姊差很多也一樣，魔術實力差並不代表在戰鬥上會屈居劣勢。

甚至該說獅子劫很清楚，為了補強差勁的魔術實力而「什麼都做」的魔術師類型才真的難纏。而且這根本不是魔術對戰，而是戰爭——彼此廝殺，不管魔術方面多麼優秀，死了就輸了。

「滾出來啦！像個魔術師堂堂正正報上名號如何！」

卡雷斯很規矩地回應獅子劫的挑釁：

「我拒絕！要自我介紹去找別人，你這肌肉男！」

面對這沒好氣的回應——獅子劫盤算著該怎麼辦。畢竟現況大轉變，陷入了膠著。要是貿然採取攻勢，毫無疑問得與菲歐蕾打近身戰，老實說獅子劫沒自信可以在近身戰上取勝於她。儘管他算是鍛鍊過身體的人類，但根本無法對抗那些可怕的義手——連接強化型魔術禮裝。除此之外還有卡雷斯這個最大障礙，他會讓獅子劫沒辦法集中在一對一戰鬥上。那麼一邊跟菲歐蕾交手，一邊留意卡雷斯的動靜呢？駁回，辦不到。

……也就是說，需要找出能一擊收拾菲歐蕾的東西。

「我也不能壓著王牌不用卻弄死自己啊。」

他慎重地從內袋取出「那個」，那是一把很細、很難說具有實用價值的奇妙小刀。這把小刀不像他方才使用的那些魔術師手指一樣會自動瞄準頭部，但打中就足以致命。不，「碰到就會死」。

獅子劫參加這場聖杯大戰之際，先拿了泡福馬林的九頭蛇幼生當報酬。他將九個頭分別加工成適合的武器或輔助道具。既然他以魔術師身分作戰，這些東西就是「最壓箱寶」的魔毒禮裝。

但——不管怎樣，這狀況拖下去也是沒法解套，就在他考慮要不要下定決心賭這一把的時候——掃射突然停止。

「……？」

獅子劫覺得奇怪，偷偷觀察菲歐蕾的狀況。她臉上帶著完全不像作戰到一半的平穩表情輕輕點頭，接著對獅子劫說：

「看來到此為止了。」

「我還可以打啊！」

獅子劫握緊小刀回應，但菲歐蕾只是緩緩搖頭拒絕。獅子劫見狀，知道自己錯失拿出法寶的機會。

「下次我會在托利法斯，我們的城堡等你。獅子劫先生，下次可要一分高下。」

菲歐蕾說完很乾脆地撤退了，她的表現非常果斷，完全沒有留下無法解決獅子劫而遺憾的態度。

獅子劫很快放棄追蹤。雖然戰鬥中追擊方有利是千古不變的道理，但無法消弭人數上的不利。追擊有利與人數不利，要選哪一方呢？根本不需要拿到天秤上評估。

「……使役者那邊有什麼狀況吧。」

既然這樣也算不上平手。獅子劫呼了一口氣，從內袋掏出香菸，準備等劍兵回來。

大戰一場後來根菸通常都很好抽——

「不行，這菸真的很難抽。」

獅子劫繃著臉，用肺部感受世間無常。

§§§

菲歐蕾接受了弓兵提議，看來她那邊的戰況似乎陷入一點膠著。

『那麼，我們到指定地點會合吧。原本這趟的意圖就是偵察而已，不需要拘泥在這時候分出高下。』

『了解。主人，謝謝妳。』

劍兵起身的同時，弓兵已經拉開足以逃脫的距離。

「弓兵，你要逃了嗎！」

看到他的樣子，劍兵忍不住怒氣大喊。

「沒錯，這樣下去我只會輸，就當作我們兩敗俱傷吧。」

弓兵留下這句話後順勢消失在黑暗的巷弄內。儘管不像刺客的「斷絕氣息」那樣徹底，但弓兵似乎也擁有某些隱藏身形的技術。

劍兵猶豫了一下要不要追——現在他無法使弓，劍兵有自信只要追上，肯定能收拾他。但問題在能不能追上，而且他說不定保留了類似剛才那種摔技的「某些技巧」。

劍兵當然覺得屈辱，而且這屈辱足以令她把對手大卸八塊，但她還是忍住了。

「……好啦，主人那邊怎樣呢？」

她不太擔心，因為若主人陷入危險狀況，會立刻透過令咒通知劍兵。如果面對非常危急的情況，他肯定會用令咒呼喚劍兵。

站起身子走了十分鐘，就看到獅子劫放鬆地倚靠在破壞殆盡的古老建築物上。

「弓兵撤退了嗎？」

獅子劫果然沒有受什麼明顯的傷。雖然臉和腹部正在淌血，但那應該都是小擦傷。

「是啊。」

「首戰打平啊。劍兵，與使役者對陣如何？」

劍兵沒有回答，只是不發一語望著天空，懷著燃燒肺腑的熱烈感情的她不怎麼在意寒冷的秋風。為什麼覺得凜冽的蒼藍月光這麼耀眼呢——

獅子劫露出理解的笑容點點頭。

「看樣子彼此都充分體驗了聖杯戰爭的醍醐味啊。」

「唔，我啥也沒說耶。」

「這種事看妳的臉就知道啦。好啦，要追上決定撤退的刺客很難，而且我們也不能一直被絆在錫吉什瓦拉……既然弓兵賞了那個刺客一記，看來刺客也不算屬於『黑』陣營。還有機會收拾啦。」

或者也有可能被其他使役者收拾。狀況恐怕是第三者殺害了原本的主人，並奪取了使役刺客的權力吧。對方該不會打算利用打好游擊的方式獲得聖杯？或者——從這連續殺人案來看，根本什麼也沒想。

獅子劫個人希望是前者，那樣比較好，至少還能推敲對方的行為模式應戰。但如果對方什麼也沒想，只因為想殺就殺——毫無疑問會是此次聖杯大戰最難搞的強敵。

說起來，包含托利法斯在內的整個羅馬尼亞正如菲歐蕾所說，屬於千界樹管轄之地，不然管理者(Second Owner)之名可是會哭的。

「事情就是這樣，劍兵，咱們回托利法斯吧。」

「好唷……是說我們要怎麼回去？搭來這邊的巴士已經沒班次了吧。」

「這還要問——用借的啊。」

獅子劫大步走到大馬路上，敲破停在路旁的汽車車窗，打開門鎖。話說他沒有歸還的意思，基本上這是竊盜行為。

「好啦，上車。」

「……主人，你可別因為偷車而落得退出聖杯大戰的下場啊。」

劍兵傻眼地嘆息。

§§§

「黑」刺客（開膛手傑克）在出門過了一小時之後，帶著撕裂的右手回到當作住處的地點。

「……好痛喔。」

她眼眶泛淚，把右手給主人六導玲霞看。傷勢深可見骨，肌肉纖維也支離破碎。如果是一般人，這條手臂肯定廢了。

「哎呀，我的天！」

六導玲霞一臉蒼白地急忙想找出急救箱，但很快就發現這麼做沒有意義。刺客是使役者，不是屬於這個世界的存在，只能仰賴魔術治療她的傷勢。而徹底是個外行的玲霞不會使用魔術。

玲霞無可奈何，只好拿出乾淨的手帕包紮傷口，除此之外也沒辦法多做什麼了。

「還痛嗎？」

玲霞不安地詢問，刺客搖搖頭回應，一副要她不用擔心的樣子笑了。

「嗯……已經沒問題了。是說媽媽（主人），我肚子餓了。」

「我知道了，等我一下喔，我去重新加熱漢堡肉。」

因為刺客的右手不能用，玲霞把重新熱過的漢堡肉用叉子切成小塊，逐一送到刺客嘴邊餵她吃。

討漢堡肉吃的刺客就像嗷嗷待哺的小鳥一樣張著嘴，她似乎已經忘了右手的傷勢，臉上帶著發自內心的笑容。

「好吃嗎？」

「嗯！」

儘管玲霞因此覺得安心了一點，但一想到刺客右手的傷，她還是開心不起來。

「所以說傑克，那傷到底是怎麼回事？」

「啊，嗯，跟使役者打起來了。」

「哎呀……使役者是跟妳一樣的人嗎？」

刺客首肯。玲霞起碼從刺客身上獲得了一些聖杯戰爭的知識，所以知道這些使役者對手相當強悍。

「妳輸了嗎？」

「沒有……中途被別人介入所以沒有明確的結果，打到一半偷襲真的很卑鄙耶。」

「是啊，因為這是戰爭，所以很多人會耍小手段吧，這樣很不好。」

「就是啊──」傑克笑著說完再次張口，玲霞把漢堡肉送進她嘴裡，一邊問：

「傑克啊，我們該怎麼辦才好？」

「我的右手嗎？」

「嗯，看起來很痛，而且妳的手很漂亮啊。」

「嘿嘿嘿……這個嘛，還是『吃飯』最快吧。」

刺客一邊害羞地笑一邊回答。玲霞雖然與刺客締結契約，但她並沒有供應魔力給刺客。刺客自然得靠「吃飯」來補充魔力。

「啊，那就先吃了之前留下來的魔術師心臟吧？」

「嗯，先這樣。」

玲霞從冰箱取出放在白色盤子上，用保鮮膜包好的紅黑色心臟。刺客一副迫不及待的樣子連同保鮮膜拿起心臟，一口吞下。

魔術師的心臟魔力比一般人類豐富許多，補充漸漸枯竭的魔力後，刺客稍微活過來了點，撕裂的右手也已經重生。

「呼，總之可以先安心一下。」

「嗯……不過已經沒有心臟了。媽媽（主人），該怎麼辦？」

「這個嘛，繼續留在這裡可能又會被找上門，而且我覺得警察也變得麻煩起來了，要不要乾脆去托利法斯看看？」

刺客雙手抱胸，嗯嗯有聲地開始思考……劍兵雖然是強敵，但以聖杯戰爭的性質來說，應該很難有在那之上的使役者。當然若對方用上寶具，我方肯定會輸；但我方也有必殺的寶具，而且這次還沒有啟用。

劍兵恐怕可以靠本身實力打遍所有使役者，但應該不可能完全不用寶具。只要抓準

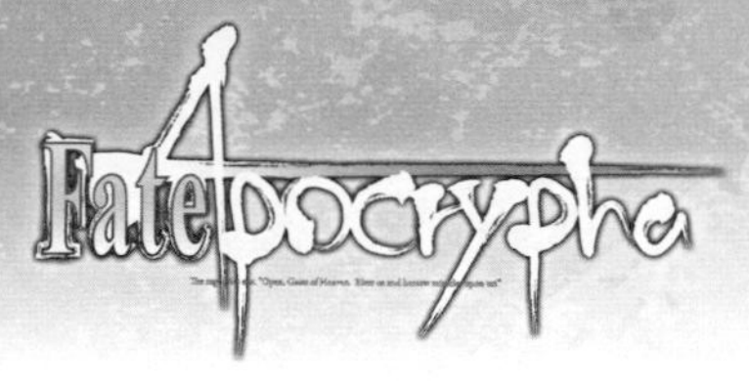

這個機會——「就能吃到」。

「嗯……說得也是，去看看吧。」

「是啊，我看妳也累了，先睡一覺再出發吧，傑克？」

「嗯！」

刺客腳步輕快地跳上床，拉開棉被，像「蓑衣蟲」一樣捲起自己。

「哎呀呀。」

玲霞一邊笑一邊疊好盤子收到廚房。雖然起床後就要離開，但離開前打點好環境才是合乎禮節的表現。

但住在這房子內的男人們不久前才被挖出心臟後肢解，並且埋在地下室裡，所以永遠沒機會使用這些盤子了。

「媽媽（主人），快點——」

在床上捲成蓑衣蟲的刺客踢著腳，玲霞苦笑著回應她，迅速洗好盤子後走向床。

玲霞脫掉衣服往床上一躺的瞬間，刺客就用捲著的棉被蓋住她，一邊純真地笑著一邊抱上來，把臉埋在腹部。

「媽——媽——」

低語顯得有些悠閒、怯懦，玲霞為了讓她安心而緊緊抱住她，摸了摸她的頭。

「好乖好乖。」

玲霞並不覺得像個孩子撒嬌的她哪裡異常。玲霞不知道聖杯戰爭是什麼、不知道主人是什麼、不知道使役者是什麼。使役者是英靈，是被人們信仰的存在，總是以全盛時期的姿態被召喚而出。

因此基本上不會召喚出小孩。「黑」刺客——開膛手傑克並不是精神有什麼異常，而是她真的純真得跟個孩子一樣。

……說起來，傑克生前就不能算是「人類」。

一八八八年的倫敦有幾萬個妓女，當時的墮胎技術還太過拙劣粗暴，那些原本應該生下來的小孩被「當成垃圾」處理。屍體丟進流經妓女們居住的東區河川裡，怨念堆積在渾濁的河水中。

無法順利誕生的幾萬個嬰兒產生的怨念漸漸變成人形，後來算不上妓女的幼小少女不明就裡地徘徊在東區，不知道自己為何出生、為何悲傷、為何冰冷——什麼都不知道。儘管不知道，卻很清楚自己想要獲得點什麼。

就在此時，傑克與一位女性相遇。

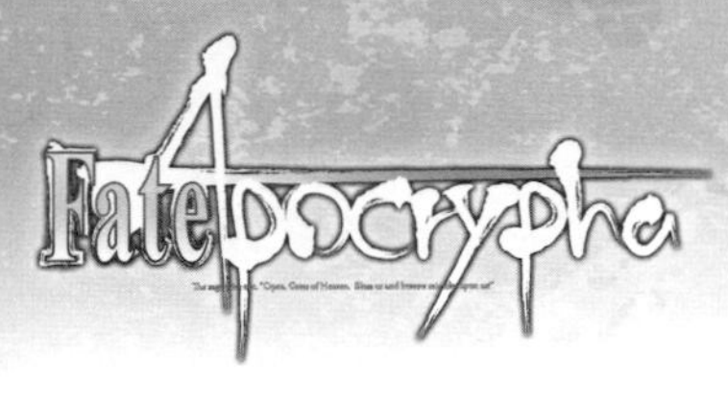

不禁對著女性喊出「媽媽」的傑克被臭罵一頓。挨罵讓她很難過、很痛、很傷心，「所以就殺害了對方」。

殺人意外地簡單，肢解之後取出的器官有如愛情那樣溫暖。

隔天屍體被發現後引發大騷動。

之後殺了第二人、第三人，不知不覺間她被人們取了名字。

「開膛手傑克」——她很高興，因為她根本不知道自己叫什麼。

「從傑克肢解人類的技術看來，她一定是醫生」這種謠言傳開後讓她很高興。這世界上她最討厭的就是醫生——因為就是醫生持續扼殺了她們。

她在殺了幾個妓女之後死了。原因沒什麼特別，就是某個魔術師察覺這一連串連續殺人案是由魔性之士下手後，早早出面收拾了她。

犯案到此結束，開膛手傑克消失於黑暗之中……但她犯下的案件太獵奇、難以理解且過於成謎。

這是一種奇妙的顛倒現象。儘管犯案停止，開膛手傑克之名仍留存於世，在倫敦市民心中刻下無法抹滅的恐懼。其名號過了一百年仍沒有消失。

因死後持續帶給人們恐懼而誕生的連續殺人魔反英靈——就是這位少女。

哼完幾首歌之後，傑克似乎完全進入了夢鄉。見傑克沉沉睡去，六導玲霞也安心地閉上雙眼。

六導玲霞原本是千界樹魔術師相良豹馬執行召喚儀式時的活祭品，卻因刺客背叛而成為主人。在那之前她一直過著隨波逐流的人生。

不，現在或許也是。可能只是在非現實的狀況半推半就下，覺得好像該去奪取聖杯。她想靠聖杯實現的願望只有想要幸福。如果只是這樣，只要繼續活下去應該都有機會實現。然而她究竟為什麼拒絕那麼做，並主動投入戰場……甚至殺人呢？

「我一定是覺得無聊吧。」

悲慘的女人。玲霞自嘲。但她絕對不會阻止傑克殺人，因為在眼前沉睡的少女無論如何都需要糧食，是為了活下去的必要行為。

對玲霞來說，傑克就是自己的女兒，因此任何基於倫理道德的意見都會被她駁斥。如果是為了小孩，每個母親都願意化身為厲鬼。

§§§

雖然背上少女輕盈的程度令人驚訝，但她所敘述的自身狀況更令人驚訝。現在的她褪去身上的鎧甲，只穿著便服。畢竟就算在鄉下，那身打扮還是太過可疑。

「……唉唷，丟臉死了。」

「別介意。既然原因是那樣，也是沒辦法的事。」

齊格這麼說，腳步強而有力地踏在大地上。如果她所說的「附身在人類身上的召喚」狀況屬實，也難怪她會倒下。

「也就是說，妳雖然擁有使役者的身體能力，但因為在下意識層級與人類的肉體連結，所以必須過著跟人類一樣的生活。」

「就是這樣。除了無法靈體化之外，若沒有吃飽睡好就會搞壞身體，而且以使役者身分活動的期間，熱量消耗特別快。」

「還真不方便……」

就算外面蓋了一層皮，說穿了依然是過度使用了普通人類的肉體。儘管神經和肌肉組織等部分有鍍膜強化，因而可以承受超乎想像的狀況，但無法避免隨之而來的大量消耗熱量。

當然，雖說不至於因為這樣死掉——

「我從沒想過肚子餓是一件這麼痛苦的事。那個，我快要開始覺得只要能吃下去，就算要我啃樹根也無所謂了，該怎麼辦才好？」

聲音中蘊含非常認真的態度，齊格一邊加快腳步一邊說：

「……麻煩妳再忍耐一下。」

齊格雖然覺得再怎麼樣也不至於要啃樹根，但裁決者只是有氣無力地回了他一聲：「好……」這樣下去恐怕要不了三十分鐘，她真的會啃起樹根來。

天色已經完全亮起，也開始能零星看到早起的村民出外活動。齊格奔進離山區最近的一家農戶，詢問年老男性這座村莊有沒有提供食材的店家。

「倒在路邊嗎？」

男子似乎剛做完一段早工，一邊用掛在脖子上的毛巾擦汗一邊擔心地詢問。

「不，似乎只是餓到動不了。」

「這可不成……我正打算吃早餐，要不要一起？」

「……謝謝，那麼我們就先不客氣了。」

齊格原本想說有什麼狀況可以用暗示解決，但事情進展得比他想像中順利很多，完全找不到這麼做的時機。老人很快回到自家裡，齊格也跟著過去。

「唔，好香喔……」

差點要昏過去的貞德醒了過來，齊格把背上的她放到餐廳椅子上，老人立刻在她眼前放上盤子與湯匙。那是一碗咖啡色且顯得黏稠的粥。

「這是……」

「蕎麥子做的粥，總之吃吃看吧。」

裁決者一副快斷氣的樣子舀起一匙粥送到嘴裡，然後立刻復活的她瞬間喝光整盤粥，眼光泛淚地要求再來一碗。

「妳真會吃呢。」

旁邊的齊格無可奈何地將自己的份遞給裁決者，被她幾乎一口氣喝個精光。

「是、是啊！不，那個，該怎麼說……真的很不好意思。」

裁決者的肚子安分下來之後，似乎能將力氣用在思考上，只見她紅透著臉深深低頭致意。

「不不，既然這樣就多吃點，那邊的小哥也別客氣。」

盤子再次送到齊格和裁決者面前。齊格顯得困惑，裁決者則決定開心地接受對方的好意。

老人名叫賽奇，在這座村莊出生、長大、產子、送走孩子，現在靠種田生活。一路過下來沒什麼特別之處，是一段平凡的人生。

「這座村莊已經很久沒有年輕人造訪了。」

餐後老人送上咖啡，兩人戒慎恐懼地享用加了大量砂糖與牛奶，變得很甜的飯後飲品。

「您不問我們身上發生什麼事嗎？」

裁決者這麼問，賽奇溫和地搖搖頭。

「……哎，看到兩個年輕人連行李都不帶，就跑到這什麼也沒有的鄉下地方，我也猜得到八成有些隱情啊。」

齊格怔了一下僵住。

「哎，你們還年輕，我想也是沒辦法。但下次記得做好準備再跑喔。」

齊格心想，看來賽奇已經看透了一切。他側眼看看裁決者，只見她用一臉困惑的表情看著齊格。

「知道了，我們下次會注意。」

「哎呀呀？」

裁決者對齊格的回覆表現出意外驚訝的態度，讓齊格覺得很奇怪。

「所以之後你們打算怎麼辦？」

「當然要回去……有人在等我們。」

這個答案似乎讓賽奇有些驚訝。過了一會兒之後，他似乎理解地點了好幾次頭，並津津有味地啜著咖啡。

「……是嗎？這樣很好，果然能受到大家祝福才是最重要的啊。」

「？」

齊格不懂他話中含意，瞥了旁邊一眼，裁決者不知為何眼神游移。齊格搞不懂，只能先專注喝咖啡了。

……結果，因為齊格也累慘了的關係，兩人先在賽奇家裡休息到過了中午。賽奇很慷慨地把自從兒子離家以後就沒使用過的房間借給兩人休息。

「雖然獲得許可，但這樣真的好嗎？」

「這、這個嘛，我覺得不接受人家一片好意也說不過去……」

雖然這對話沒有什麼稀奇之處，齊格仍疑惑地看著裁決者。齊格是人工生命體，除了騎兵以外，幾乎沒有與他人交流的經驗。

不過，他自認好歹知道人與人對話時應保持的距離。裁決者正刻意遠離齊格，兩人之間的距離約三公尺。應該說，她躲去房間的暗處後就不肯出來了。

「為什麼離這麼遠？」

「啊，那個，看來我體內的蕾蒂希雅不習慣與男性相處。如果不保持這個距離就會覺得很彆扭——」

裁決者一副很抱歉的樣子說……但身體還是躲在門後面。

「可是剛見面的時候，妳並沒有這麼警戒吧。」

「……當時畢竟是深夜，而且我不清楚你是誰，必須先認清你才行。一旦像現在這樣冷靜下來，體內的蕾蒂希雅就比較會顯現特質。」

「附身的對象會對妳造成影響嗎？」

「是的……話雖如此，我也是第一次碰到這種狀況。我確實知道自己是裁決者貞德．達魯克，但同時也保留自己是蕾蒂希雅的認知。尤其除了聖杯戰爭以外的知識，都是以她的認知為基礎。」

「這樣不會有什麼不便嗎？」

「如同方才所說，除了要吃飯睡覺之外，沒有特別……啊。」

裁決者從抱著的包包拿出一本書，看樣子是數學教科書。

「完全不懂數學有點不方便。」

接著露出苦笑嘀咕。

「……聖杯戰爭需要用到高級數學嗎？」

面對齊格再合理不過的指謫，裁決者交纏雙手手指，以有些鬧彆扭的表情回答：

「這，要說沒有確實沒有……但習題在我腦海揮之不去，該說是有點糾結嗎……」

原來如此，這樣的確有點糾結。如果自己能幫上一點忙，幫幫看也無妨吧。

「……教科書借我看一下，我說不定可以解題。」

「咦，真的嗎？」

齊格點頭後，少女整張臉亮了起來。

「那麼，呃，請容我稍微靠近一點。」

裁決者輕咳了一聲，以有些不自然的腳步接近齊格，坐上椅子後，兩人隔著小小的餐桌面對面。

「請、請看這裡。」

裁決者一邊低頭，一邊遞出教科書和鉛筆。齊格接下這些，打開指定頁面默讀了一會兒之後，迅速在教科書的空白處寫下解答。

「我想這應該是正確答案。」

「……真、真令人佩服。」

讀完解答後少女深深鞠躬。齊格認為真的沒有什麼大不了，只是他原本就擁有這些知識罷了。

「……」

「……」

沉默突然降臨，齊格以一雙火紅眼眸凝視裁決者，被直盯著瞧的裁決者一副很不自在的樣子環顧房間。

賽奇提供的房間裡有一張床、一張小小的兩人桌、兩張堅固的椅子跟放在角落的衣櫥，除此之外什麼也沒有。應該是原本使用這房間的兒子離家之際，將大多數個人物品都帶走了吧。儘管如此，還是有好好打掃。

「……很珍惜呢。」

「什麼很珍惜？」

齊格詢問裁決者嘀咕出的話語含意。

「呃，我是指他的兒子。」

「……？」

見齊格不解歪頭，裁決者理解了狀況，不禁略顯悲傷地垂眼。確實，他擁有許多知識，合乎邏輯且理性，但也有很多不懂的事情。與其說他無知，不如說他太純真了。

這並不單因為他是人工生命體，而是用來供應魔力而鑄造出來的他，還有許多不足之處。

「你聽好了，自從兒子離家之後，這個房間應該就沒人使用過。畢竟賽奇先生獨居，而這裡缺乏生活備品也可窺見一斑。」

「嗯，很合乎邏輯。」

「因此，這裡應該是不需要特地花功夫打掃的房間。不，甚至可說就算布滿塵埃也無所謂。儘管如此，這個房間卻一塵不染。要說是誰打掃的呢——」

「是賽奇先生吧。」

這是很合乎邏輯的結論。賽奇獨居，也不是有錢到可以僱用女僕。

「當然還有一個可能就是賽奇很愛乾淨，不過一樓看起來有些雜亂，雖說不至於到不衛生的髒亂程度。」

裁決者說得沒錯，就算衣服和務農工具這類原本該收好的東西亂放，賽奇看起來也不像很介意的樣子。

「所以我們可以推測，對他來說維持這個房間的整潔，比整理他起居使用的一樓還重要。也就是說，只有愛情才能驅使他這麼做。」

齊格思考了一會兒，搖了搖頭否定。

「……不，不一定是這樣。如果說他的兒子是個十惡不赦的大壞蛋，完全奴役了父親賽奇，即使已經離家仍強迫賽奇每天打掃房間的可能性——」

「不可能。」

「這機率確實非常低……」

「就跟你說不可能了。」

齊格雖然多少覺得有點不能接受，但還是乖乖點點頭。因為自己很無知，而她雖然是英靈，卻是擁有相應現代知識的人類。她的論點應該正確。

「……嗯，總之，齊格『小弟』你算是剛出生，會不清楚也沒辦法。拿捏人際關

係……學習理解人心也很重要。如果有什麼不清楚的地方，我會盡可能教導你。」

裁決者挺起胸膛，齊格想到這種態度好像就是所謂的裝前輩。不過比起這個，他介意的點還有一個。

「等一下。」

「是，怎麼了，齊格小弟？」

「……呃，我想知道為什麼加了個『小弟』。」

「因為齊格小弟比我小吧？所以我想叫『小弟』應該沒什麼不對。你不喜歡嗎？」

「噢，我應該——不討厭。」

應該沒有，但感覺好像不太對……齊格雖想這麼說，可是那個感覺不太對的部分太籠統，導致他無法反駁。

「那麼，今後我就叫你齊格小弟，而我的話，看你想用裁決者或貞德稱呼都可以，選你喜歡的方式就好。」

「我知道，我知道了。那麼裁決者，我有一個問題……方便請教嗎？」

「嗯，請說。」

「說起來裁決者是什麼？雖說是管理聖杯戰爭的職階……」

齊格也擁有一定程度的聖杯戰爭知識，但與最關鍵的「裁決者」職階相關部分，他只知道有這個職階存在，其他一概不明。

他認為至少要問清楚她(裁決者)的目的為何、以什麼事項為優先。

「……關於這點呢，基本上以一般聖杯戰爭的情況來說，裁決者並不會被召喚出來。需要像我這種裁決者的情況大致有二：一是這場聖杯戰爭的形式本身非常特殊，因為難以預測結果而被召喚出來。換個說法就是進行儀式的核心聖杯，判斷以人類的能力已無法掌控這場聖杯戰爭，因此需要裁決者。比方這次七位對七位——史上最大規模的聖杯戰爭就屬於這種。另一種是聖杯戰爭可能導致世界產生扭曲的情況。」

「世界產生……扭曲？」

「是的。現在的聖杯戰爭基本上是成為主人的人，將英靈當作使役者控制，並彼此爭奪聖杯。但成為主人的多半是潛藏於世的魔術師，所以基本上不太會發生招致世局混亂的情況。即使有——大多數會被當成災害處理掉。」

「災害啊……」

「對。雖然不應該發生，但的確不得不這麼處理。雖說大多數的聖杯都是與原形相去甚遠的贗品，可是性能就不是這樣了。能作為萬能願望機運行的不在少數，而這樣的

情報不可以變成公開消息流傳世界。」

「確實是這樣沒錯……畢竟想實現願望的不會都是聖人。」

裁決者一臉沉痛地點點頭。

「當然，即使不是聖人，只想為了私人慾望追求聖杯也無不可。只要不會因此招致世界崩毀，這樣的意志理應獲得尊重。然而，就是有少數想利用聖杯戰爭毀滅世界的人存在。那有可能是魔術師，也有可能是其他人……當聖杯戰爭『在理論上』可能造成世界崩毀時，裁決者就會被召喚出來，並賦予守護聖杯戰爭架構的使命。」

「……理論上可能造成世界崩毀時？也就是說這場聖杯大戰中，可能有企圖毀滅世界的人在內嗎？」

如果是這樣，事情可就嚴重了。畢竟這次不是七位使役者彼此廝殺，而是七對七的對抗。

「這我就不清楚了，但我能確定此次裁決者的功能有幾項並未正確啟用。我也還不清楚這究竟是聖杯戰爭本身突變造成的，還是完全不同的原因造成……加上假設真的有人盤算些什麼，那究竟是『黑』陣營還是『紅』陣營？或者有可能是完全不相關的第三勢力。尤其你也知道，這次是聖杯大戰——規模太大了，過去從沒出現過七對七的全面抗爭，而且他們現在所追求的聖杯，是所有亞種聖杯戰爭源頭基礎的『冬木』大聖杯。那是由三個魔術師所創造出的神級藝術品（Artifact），所以可說我到現在還不清楚自己被召喚出來的真正原因。」

不過，相對於「黑」陣營只想拉攏裁決者，「紅」陣營卻派出陣中應該屬於最強使役者槍兵，打算暗殺她。以狀況來看，「紅」這邊可疑的程度高上許多。

「……儘管妳這麼辛苦，卻願意幫助我，謝謝。」

「呵呵，不用介意。你從出生開始就跟這場聖杯大戰有關，所以我當然想尊重你的意願。而且——」

這時裁決者突然尷尬地噤聲，齊格不解地歪頭，裁決者便溫和地搖搖頭。

「對不起，麻煩你當作我剛剛什麼也沒說。因為畢竟由我來說出口，會變得那樣又那樣跟那樣……」

「我完全不懂妳想說什麼。」

「那個，因為還沒有明確的證據……所以拜託，現在先這樣吧。」

裁決者都說到這個份上，齊格也就接受了。說起來，除了騎兵以外，現在也只能依賴她。

「既然妳是聖女貞德，我就沒理由不相信妳。請妳不要介意我，等確認了之後再跟我說就好。」

齊格如此乾脆地說，少女紅著一張臉點頭回應。

「聽你願意這樣說，我會覺得有點害羞又有點高興，不過我會努力。」

聲音雖輕，但聲色中的確帶有明確的決心，彷彿不論發生什麼事都不會動搖的金剛石般的意志。

「……好了，既然安定下來了，我還想解決另一個問題。」

「啊，真巧，我也正好這麼想。」

齊格和裁決者不約而同尷尬地看向床鋪，這張單人床看起來實在狹窄。齊格從開始逃亡到現在從沒闔過眼，而蕾蒂希雅的肉體也快到極限了。

但這張床大概只能睡一個人。如果兩個人要一起睡，就必須跟情侶一樣緊緊依偎著彼此，而賽奇想必認為他們會這樣做吧。

「我睡地板就好，你——」

「我也可以睡地板就好。」

「可、可是啊，就我所知，你不是從昨晚開始就沒闔眼過嗎？」

「是沒錯，但因為有這個心臟，我並不覺得那麼疲累。」

「騙人，在我看來你就是累慘了。我是英靈，所以沒問題。」

「不，妳剛剛才說過不吃飯睡覺不行。為了出借肉體給妳的少女好，妳應該睡在床上。」

「唔，要是拿蕾蒂希雅出來說，我就無法反駁了——不然至少要不要一起睡？」

「床太小了，要睡一起只能貼著彼此睡。她不喜歡男性吧？」

「不，沒關係。雖然她不習慣與男性相處，但也不是個無情毒辣的少女，一起睡沒關係的。」

「……不會害臊嗎？」

這句話讓裁決者沉默，臉頰泛紅別開目光。

「……我不要緊的。」

既然她都說不要緊了，應該就不要緊吧。齊格總算接受，兩個人勉強把身體擠在狹小的床上。空間雖窄，但畢竟疲勞已經像團泥巴沉澱在身上，兩個人都睏到不行。

裁決者的臉近在咫尺。看她剛躺下眼皮就馬上闔起來的樣子，應該已經快到極限了吧。齊格自己也疲累不堪，只是這樣躺著就覺得眼皮不知不覺要闔上了……但心中的恐

懼阻止了他。

如果現在的現實全是一場夢，睡下去的瞬間一切都會恢復原狀——自己會不會在那魔力供應槽裡醒來呢？能夠在這裡，是許多慈悲與幸運帶來的結果，說不定世界並沒有這麼善良——

「齊格小弟，晚安。」

無聊的想法被眼前的低語和慈母般的微笑打消。啊啊，看來這果然是現實。如果這一切都是夢，那麼她就會變成想像中的產物。這樣的微笑，自己應該連想像都——無法想像出來。

「晚安。」

這麼說完閉上眼的瞬間，齊格就失去了意識。連作夢的餘力都沒有，以一種真的有如墜落的心情睡去。儘管如此，這之中不存在恐懼。

……下一次醒來，兩人都躺在地上了。雖然原本如爛泥的疲勞感覺消除了許多，但大概因為睡在硬地板上面的關係，身體各處都在發疼。

「……果然還是有點勉強呢。」

「是啊。」

彼此露出苦笑後站起身子，前去告知賽奇準備離開後，被他以一句「你們等一下」攔了下來，並從廚房拿出一大包行李。

「喏，拿去拿去。」

賽奇「唰唰唰」地遞出加工過的肉乾、麵包，除此之外還給了裝滿咖啡的水壺，齊格一臉困惑地收下。

「那個，很感謝您給我這麼多。但很遺憾，我實在不覺得有機會能回報。」

「不用……不過說得也是。這樣吧，你要好好保護那個小姐。」

「咦？」

齊格一臉傻愣地歪頭，老人一邊笑一邊用力拍了拍他的肩膀。

「好歹要有這點骨氣啊。」

「好、好的！好了，齊格小弟，我們走吧！」

齊格腦中依然抱著疑問，被裁決者硬推著背離開。但他有一件事得請教賽奇，於是強行停下腳步回頭說：

「我有一個問題！」

「怎麼啦？」

「您愛兒子嗎？」

突如其來的問題讓賽奇眨了眨眼，但立刻在那張曬得黝黑、有稜有角的臉上勾出一個大大的笑容。

「那是當然！他是我的驕傲，而且他正在外國奮鬥啊。」

就連齊格也能理解，那是發自內心祈願離家兒子能夠幸福、成功的笑容。

裁決者拉了拉齊格的袖子，笑著說：「我就跟你講過了吧？」齊格點點頭，對賽奇大聲道謝。

「保重啊──！」

兩人揮手回應賽奇這句道別話語後，再次回到山中。齊格一邊跟已經完全恢復活力的裁決者走著，一邊覺得很不可思議地歪了歪頭。

「要我保護妳是什麼意思呢……」

「齊格小弟，那只是他誤會了，不要太深究比較好喔。」

「說得也是，畢竟妳比我強啊。」

「……嗯，是這樣沒錯。」

聽到齊格明確的表示，裁決者不知為何有點鬧彆扭地別過臉，讓他更搞不清楚了。

總之，裁決者與同行者再次回到山中，準備前往千界城堡。入夜之前應該可以抵達那座城堡吧。

「……該怎麼說服他們呢？」

齊格歪頭思索，裁決者溫柔地提點：

「這點真的必須靠你自己思考了。但是，你確實聽到他們發出『救救我』的訴求對吧？」

「嗯，這點我很確定……其他人工生命體應該也有聽到那聲音。」

「既然這樣，針對這點講看看吧——沒問題，他們一定願意聽你說。」

她的話語具有很神奇的說服力。她只消說一句「沒問題」，就甚至讓人覺得事情一定可以成功。

「……謝謝妳，我會努力。」

「嗯，希望你的祈禱能夠傳遞出去。」

但與少年的想法背道而馳的是，兩人在前往城堡的路上撞見意外的東西。

而那個東西才正是貞德．達魯克作為裁決者被召喚而出的「意義」所在。

§§§

——作了一場會磨損碾壓腦部的戰爭之夢。

那個世界已經瀕臨死亡，支配者的惡意覆蓋大地，弱者甚至無法抵抗，就這樣被吞噬。

這裡只有絕望，持續被壓榨的他們最後得到一樣可以做為支柱的東西。那是一句充滿愛的救贖話語。

儘管飢餓、儘管貧困，也不會敗給絕望的好話……但支配者甚至連這也奪走，那已經不是壓榨，而是殘殺了。

因此起而反抗。比起戰死，害怕生存權利被剝奪的情緒更強烈。

少年在那裡，不知道究竟是偶然，還是神的旨意。只不過當回過神來時，少年已經率領著他們了。

——那裡應該沒有敗北，也沒有勝利才對。

因為當他們起義的瞬間，他們就既是輸家也是贏家。原來如此，他們沒有用以揮舞攻擊的拳頭，只殘留起義的力氣。但起義本身乃必要行為。為了自己所相信的事出面——這才是最重要的關鍵。將犧牲壓到最小，只要包括自己在內的少數幾人犧牲，就可以讓世界重新復甦。

……應該是這樣才對。

所謂神，有時候會基於善意行使惡意。神賜予少年的奇蹟神力，讓他們抓住本應絕對不可能擁有的勝利機會。

但說穿了，奇蹟偶爾才會發生。是在天時、地利、人和全部齊備，而且徹底聽天由命時，才可能發生的現象。

「很不幸的」，少年掌握了勝利。

所有人都為勝利瘋狂，將在本應不可能獲勝的戰爭中取勝的少年當成奇蹟之子仰賴。這簡直可謂愚蠢的單純想法讓少年非常苦惱。

不該取得勝利，不可以獲勝。自己因為侷限於拯救當下性命而忽略了大局。

窮鼠齧貓——但是，遭到被咬了之後怒不可遏的貓殘殺，乃世間真理。

——我太天真了。

老人們被砍頭；男人們像白老鼠一樣被切碎；嬰孩被槍貫穿；少女們在慾望盡情驅使下慘遭蹂躪，完事之後直接被捨棄。這裡的確是足以稱為地獄的場所。少年相信奪走聚集於此的數萬條性命的不是敵人，而是自己——儘管如此，少年仍然沒有屈膝。

少年面不改色，以鋼鐵般的意志接受此一結果，只是看著眼前逐漸走向毀滅的景象。他沒有表現出達觀或悲哀之情，甚至克服了雙手斷臂的劇烈痛楚。

失敗了，接受這點。

自己將死，接受這點。

他們的死全都是自己的責任，也接受這點。

就這樣死去——只有這點不可接受，不該接受。浪費了這麼多性命，卻沒能獲得任何東西這點，絕對不可接受。

所以神啊，再給我一次機會吧。下次我不會錯判大局，會將途中各種障礙、敵人、艱辛困苦一一排除。下次我一定會獲得「世上一切之善」，萬人幸福、萬人為善、萬人完美的世界。創造驅逐各式各樣惡意，真正完美的世界給祢看。

——作了一場腦袋會麻痺般幸福的祈願之夢。

……言峰四郎從疲累的夢境中醒來。與其說他睡著了，更像是挖出了模糊不清的懷念記憶。原本只打算小睡片刻，但似乎睡了挺久的時間。

「主人，你醒啦。騎兵和弓兵回來了。」

「紅」刺客似乎讓睡著的他躺在大腿上守護，這行為實在太不符合她的女王形象。

「唔，為何我躺在妳的大腿上？」

四郎不記得自己有這麼做。他記得自己躺在長椅上，但當時周圍應該沒有其他人。

「因為吾乃刺客啊。」

刺客發出「咯咯咯」的愉快笑聲，四郎以困擾的表情接受她這生前足以令男人神魂顛倒、為之瘋狂的笑。

「要是被誰撞見了該怎麼辦啊……」

「哎，沒人撞見。唔，難得吾一時興起做了點僕人(使役者)該做的事，有什麼不滿嗎？」

女人馬上變成鬧脾氣的表情。

「我會害羞啊，不過還是謝謝妳。」

四郎苦笑著起身，刺客滿足地點點頭。

「一切由你……是說時間到了，全體已齊聚，不過咱們失去了狂戰士便是。」

「……雖然不是什麼失去了會很頭痛的使役者，但變成敵人會有些棘手呢。」

「噢，是指那傢伙的寶具——『疵獸咆哮（Crying Warmonger）』嗎？」

兩人一同嘆氣。失去「紅」狂戰士本身並非多麼致命。他超乎常理的戰鬥能力當然值得肯定，卻太不受控制。活用方式只有開戰時將之丟到前線，然後放著待其死去。

狂戰士的「疵獸咆哮」是將本身承受的傷害，悉數轉化為魔力並釋放的寶具。因為不會對敵人有效，而是在自己身上產生效果，所以這款寶具在分類時，原則上屬於對人寶具，但實際上不僅效果屬於對軍寶具等級，甚至是可進行大量破壞的優秀產物。

問題點在有效範圍太過龐大，要是弄錯使用時機，很有可能導致自家陣營犧牲更大的可悲結果。

「幸好我們知道他的寶具特性……雖然不知道怎樣的程度下會發動，但是使役者應該可以察覺吧。」

到了那種時候，除了逃走以外別無他法。即使是使役者也沒興趣在炸彈上打仗，更沒有必要。

「不管怎麼樣，對面沒了劍兵真是大幸啊，可以認為這場聖杯大戰的趨勢已大致底定……能夠承受那個槍兵(迦爾納)攻擊的使役者不在當然最好。」

聽到刺客滿足地嘀咕的四郎卻皺起眉頭，繃起了臉。

「怎麼著？」

「不，妳確實說得沒錯……」

言峰四郎是聖堂教會派遣的神父，也擔任此次聖杯大戰的監督官，因此手中握有交由監督官保管的「靈器盤」，完全掌握了十四位使役者的現況。

附帶一提，千界樹陣營也利用自己的門路取得了「靈器盤」。多虧至今發生過許多亞種聖杯戰爭，讓他們不缺購買此物的管道。

「『靈器盤』上雖然明確地顯示他已死，但因果線並沒有切斷。」

——四郎明確地表示，刺客也繃起臉接受他的說法。

「喔，就是說他還活著？」

「不，這應該算是瀕死，或者可說只差一步就要消滅，至少成不了戰力……但是從昨晚起就一直維持這個狀況，讓我有些不解。」

加上他透過潛藏在千界城堡人工生命體內的使魔，竊聽到千界樹的主人們因失去劍

兵而嘆息不已的對話。

「那麼只是單純故障？」

「如果是這樣就好……總之，萬一劍兵復甦，我們就再派槍兵與之對陣。」

前次與「黑」劍兵對陣後歸來的槍兵，難得表露出些許感情嘀咕「希望跟那傢伙再戰一次」，四郎也決定尊重他的意願。原本說來能跟強敵劍兵戰得不分軒輊的，大概只有槍兵和騎兵了。

但騎兵現在似乎拘泥在「黑」弓兵身上。

說起來「黑」劍兵不可能活著，而且就算活著，按現在這個處於瀕死的狀態來說，也無法投入作戰——

「但是，請別讓槍兵知道劍兵的狀況，若他只顧著在戰場上找出劍兵就頭大了。」

抵達謁見廳，就看到騎兵和弓兵以隨性的姿勢放鬆著。騎兵躺著仰望天花板，弓兵則一屁股坐在地上，吃著應該是她獵來的動物串燒。

「哎呀，看樣子讓二位久等了，不好意思。」

見四郎賠罪，刺客無奈地聳肩嘆息。

「主人，這是什麼話，看他們的樣子只是自甘墮落地殺時間罷了。」

騎兵與弓兵幾乎同時「哼」地別過臉去。看來兩人不打算對女王塞彌拉彌斯表示敬意。

「無妨。」

她驕傲地點點頭往王座上一坐，四郎則有如心腹一樣隨侍在旁。

「槍兵和術士呢？」

騎兵保持仰躺狀態回應：

「啊……槍兵剛才呆呆地看著外面，術士窩在工坊裡面。」

「要去叫他們嗎？」

「哈哈哈，主人，閣下去叫不就等於當跑腿？吾用念話聯絡便是。」

她輕輕揮動兩指，過了一會兒後，謁見廳的沉重大門打開。

「槍兵，不好意思叫你過來。」

聽到這句話的槍兵緩緩搖頭。他的臉依然像一張白色能劇面具，表情有如凍結了一樣沒有絲毫變動。

「……無所謂，發生什麼事了？」

「不好意思，等另一個人到了我再說明。」

——————五分鐘之後，最後一人以自身承受所有人的不耐出現。穿過打開的大門後誇張地張開雙臂高聲喊叫：

「喔喔，『我曾堅信妳的美光鮮璀璨！』(For I have sworn thee fair, and thought thee bright)『最終妳卻如地獄般黑，如深夜般暗！』(Who art as black as hell, as dark as night)」

刺客嘆了口氣詢問：

「吾可認為那是指吾嗎？」

被問到的男人——「紅」術士，文學怪物莎士比亞點點頭。

「亞述女王啊，捨妳其誰呢……不不，抱歉，忍不住鬧過頭了，畢竟很久沒有寫得這麼有興致。啊啊，話說四郎神父，雖然事出突然，我想要個東西。」

「是？」

「據我擁有的知識指出，這世上有只消按下按鍵便可打出一個文字的機械吧？」

四郎思考了一會兒後一擊掌。

「……噢，是電腦吧？」

「對，能否請你準備一台？」

「嗯，是無妨。後天之前我會準備好。」

莎士比亞滿足地點點頭，刺客等人只能傻眼。

「術士……閣下可別忘了聖杯大戰啊。」

「這是當然啊，女王。既然集合我們，肯定只有一個理由。要開戰了吧？英雄們即將開始彼此爭霸、野蠻至極的廝殺吧？我術士將會傾盡全力——觀望事態發展！」

「你不出動？」

「嗯，其實吾輩非常不擅長作戰或魔術一類，『但神給了我們缺陷，使我們成為人。（But you, gods, will give us Some faults to make us men）』」

騎兵和弓兵很想指謫他：「你明明是術士吧！」但都忍了下來。實際上正如他所說，莎士比亞是個非常不適合進行「戰爭」這種行為的英靈。他扮演的角色是記錄聖杯戰爭，以及撰寫其中主角（主人）苦難、絕望、希望與暴力的故事。說書人不上前線，只會支援前線戰友。

……如果他在一般的聖杯戰爭中被召喚出來，除非主人在近身戰鬥這方面擁有天賦才能，不然只會走上早早敗退的命運。

但幸運的是在此次聖杯大戰之中，可以利用他擁有的極為特異「技能」，製造讓他

充分活躍的狀況。

「——總之，大家都到了吧。在『黑』劍兵退出，吾等已準備完畢的現在，正是殺出重圍的時機。只是反覆小規模較勁的戰爭很無趣吧？」

騎兵和弓兵以一副很不想認同的態度點頭同意刺客的話。確實如她所說，只有小規模較勁很無聊。

「難得參加了戰爭，不覺得該大張旗鼓嗎？」

刺客露出豔麗笑容這麼說。

「——哎，是這樣說沒錯啦，但特地蓋一座城堡準備死守的妳有資格這樣講嗎？」

騎兵傻眼地說，刺客咯咯笑著回應：

「『死守』？騎兵，閣下搞錯前提嘍。吾之寶具『虛榮的空中花園（Hanging gardens of Babylon）』並不是用來死守的存在，而是進攻的寶具。」

騎兵和弓兵一齊歪頭，知道這寶具真相的術士看到兩人的反應露出賊笑，槍兵則依舊泰然自若。在場唯一的主人四郎苦笑勸阻刺客：

「刺客，妳就別這樣賣關子了，讓我們也體驗一下吧。」

「好……主人，看你也雀躍起來了啊。」

「我畢竟是個男人啊。」

塞彌拉彌斯理解之後，將手放在王座扶手的寶石上，大地突然發出微微震動。

使役者們以為是地震而面面相覷，但震度逐漸增強……接著突然停止。

「呵呵，看看外頭吧。」

刺客這番話，讓除她以外的人全數離開謁見廳衝到外頭。方才的地震很明顯是她有意製造，但究竟基於什麼理由——

「這——！」

驚訝得說不出話的有兩位，騎兵和弓兵。術士因為太過感動而露出歡欣的表情，平時總是盡力保持沉穩表情的四郎也難得地雙眼發亮，甚至連槍兵都略微瞠目看著下方。

他們站著的石地板——底下只有寬廣的空間。

也就是正飄浮在空中。這座虛榮的花園正如其名，「飄浮在空中」……！

「驚訝吧……哎，速度不值得讚賞就是了。」

刺客的話中帶著幾分驕傲。

亞述女王塞彌拉彌斯的寶具「虛榮的空中花園」，就是一座空中要塞。不過無法只靠魔力顯現，必須先收集特定地域的石材、木材等物做為材料。

收集完之後還必須由刺客進行漫長的儀式，才得以作為寶具完成……這是因為歷史上，塞彌拉彌斯這位女王並非曾打造過空中花園。

她實際上一次也沒有看過空中花園，但知道那以自身幻想的形式刻劃於心，也能明確地感受。雖然是事後附加的神祕，但世界最古老的暗殺者、傳說中的女王建造的空中花園印象太過於強烈。

但要建造需要材料，需要立基於現實世界中的物質。那些是她過去生活土地的木材、石材、礦物、植物與水。

收集好這些東西將之組合，透過儀式使她的幻象化為真實。這是虛假的真實，也是原本來說絕對不可能存在的寶具。

因此以「虛榮」命名。對知道真相者來說，只是一種嘲笑用的把柄，因為塞彌拉彌斯沒有建造過空中花園。但虛榮並不一定等於脆弱，不，在收集完材料的時間點上，至少在這個時代，虛榮已轉化為真實。

然後滿布幻想的這座花園——比真實更加不合理得多，根本可謂誇張得離譜。

「那麼各位，請準備作戰。按這個速度前進，死守在千界城堡內的他們，大概再過一個小時就可以看見我們了吧。」

所有人沉默。當然大家並不是畏縮，而是因為提出一個小時這具體的數字，讓他們心中燃起一股陶醉的鬥志。

「術士，之前交給你的刀現在怎樣了？」

「嗯，在這裡。」

術士恭敬地遞出原本靈體化的那個。

「……喂，四郎？」

「你要那把劍做什麼？雖然我想應該不至於——」

騎兵和弓兵一同露出懷疑的表情。四郎保持微笑，從刀鞘中抽出接過來的刀。雖然日本刀的形狀基本上都差不多，但會因鍛造師的精神而呈現不同樣貌。有些刀可能優美、可愛，甚至足以稱之為藝術品；也有像四郎手中這把一樣豪放磊落，只專精於砍殺用途的凶器。

即使從古今中外精通各種武器的使役者角度來看，那把刀也是堪稱一流的超級銳利好刀。

「由我頂替術士的位置。不用擔心，我還算習於上場作戰。」

但因為有武器，就等於要上場作戰的邏輯太欠思慮了。

「不不，不不不，我不會害你，但你還是像個主人留在這裡好點吧？」

「騎兵說得沒錯，看你是經過相當程度鍛鍊沒錯，但畢竟只是個人類。要是對方的使役者出場，你就玩完了。」

騎兵跟弓兵連忙制止。這也難怪，一般主人再怎麼樣也不至於上前線，因為使役者並不一定只會找使役者下手。如果對方的主人是個非常合乎邏輯的類型，一定會讓使役者前去殺害大剌剌跑上戰場的主人。一旦主人死亡，使役者就會面臨死亡倒數，至少等於無法全力作戰。

更別說下一場戰鬥毫無疑問是一場大決戰。不光是使役者之間互相對抗，這邊甚至將派出所有棋子龍牙兵上陣的大規模戰爭。

只是個普通人類的他不太可能在這樣狀況下撐多久——這時術士有如勸阻般介入騎兵和弓兵之間，告訴兩人：

「二位，過去吾輩曾這麼寫過，『明辨乃大勇（The better part of valor is discretion）』。而以吾輩來看，像這位四郎神父這樣明辨事理者實為少數，再加上！」

他以唱大戲般的舉止讓大家注意四郎手中的刀。

「吾輩施加了一點魔術在這把刀上。說白一點，這把刀『約等於C級寶具』。」

包括刺客在內，除四郎外的所有人都僵住了。他剛剛確實說了寶具。使役者們各自擁有的傳說中必殺聖遺物——這應該才是所謂的寶具。

「——啥？」

「……換句話說是？你造出寶具了？」

「閣下的既有技能……記得是『附魔』吧，是那個力量嗎？」

面對刺客提問，術士得意地以「正是」回應。

嚴格來說，「紅」術士——莎士比亞這個技能並非正式的魔術。因為不管多優秀的強化魔術，都無法將物體強化到寶具層次。

遑論他根本不是在刀上附加了魔術。他只是看著收下的這把刀，「並寫下」這把刀有多麼鋒利，是吸了多少人血的產物。

但如果由世界馳名的大文豪所寫，狀況就不一樣了。

概念武裝——世界上有所謂不具有物理性力量，而是以該物所擁有的概念發揮效果的武裝。如果是莎士比亞全心全意寫下的文章，就算描述對象只是路邊的一個小石頭，也足以擁有必殺概念。

「……我可以問一下嗎？為何不是你拿刀上場作戰？」

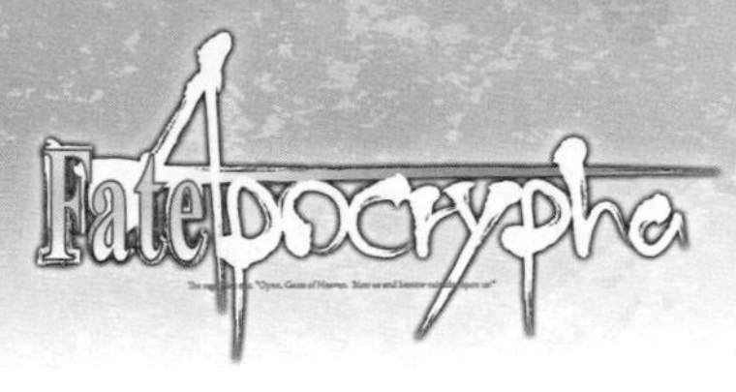

一直保持沉默的槍兵詢問術士，他的問題非常合理。如果能把普通的劍變成寶具，那只要拿著這把劍上陣便可。

「——吾輩無法描寫自己，因為那屬於隨筆創作。現在的吾輩只能撰寫他人的故事，『除此之外沒有想寫的東西』。」

術士以堅定的口氣這麼說，槍兵理解他的說法，並皺了皺眉回應：

「說穿了，你就是嫌麻煩吧。」

「哎，差不多是這樣。」

槍兵表示接受地點點頭。

「……那就沒辦法了。你的目的是撰寫別人的故事，不管結局是毀滅、悲劇，你都必須寫到最後。因此，你最大的目的就是存活到最後，當然不可能上前線作戰了。」

聽到這句冰冷的話——術士卻顯得非常開心，一副正合我意的態度笑了。

「沒錯，就是這樣！吾輩想目擊此次聖杯大戰的結局！必須目擊！不論幸或不幸，或是得到絕望的真相，旁觀諸位的故事直到最後，才是吾輩背負的使命！」

這應該是聖杯戰爭中召喚出的使役者最不可能說出口的話，他卻直截了當地說自己要旁觀到最後。

弓兵和騎兵已經不知道該傻眼還是該生氣了。

「不管怎樣，吾輩幾乎等於沒有戰鬥力。因此這裡想請主人中擁有最高戰鬥力的四郎神父代勞。」

「我無所謂……只要有這把刀，就算上戰場也不至落於人後吧。」

四郎說得沒錯，既然這把刀至少足以匹敵C級寶具，面對人工生命體或魔像也不成問題吧。

「不不，吾輩的力量微薄，不足掛齒。那把刀本身就是非常驚人的名刀，不然也不至於達到C級寶具的層級。」

「……這是過去某位劍豪使用過的刀。」

四郎低聲嘀咕，表情稍稍放鬆，臉上浮現惡作劇笑容。

「——沒辦法。主人，吾必須操控這座空中花園，因此無法直接上戰場。雖然吾會盡力支援，但別太深入敵陣啊。」

「這我知道，我很清楚自己的實力到哪。」

話雖然這麼說，但四郎完全不打算在這場戰爭上放水。他將全力應戰、全力奪取大聖杯。為此他願意賭上性命，且能毫不猶豫做出不公不義的行為。

「好了，雖說將領齊聚，但士兵數量有些不足啊。儘管只是區區人工生命體和魔像，但數目一多一樣煩人。」

刺客說得沒錯，他們手上沒有兵。就算主人動員所有使魔也不超過十個吧，但在這裡的可是亞述女王塞彌拉彌斯，如果是用來消耗的棋子，要多少都能生出來。

「吾會準備一些龍牙兵，有個三千應當足夠吧？」

用龍牙造出的龍牙兵是用過即丟的雜兵……但就算是用過即丟，三千這個數量仍屬異常。

「數量當然是愈多愈好……但刺客啊，這麼多應該準備不來吧。」

「一般來說是不可能，但只要在這座空中花園內，就沒有吾辦不到之事。」

刺客露出自信的笑容回應騎兵。沒錯，不管這座花園去到哪個國家，仍屬於她的領域。所有參數都會強化，甚至可以使用涉入魔法領域的魔術。

然而當然有代價。畢竟這寶具本身就幾乎算是犯規了，所以一旦「紅」（塞彌拉彌斯）刺客離開這座花園，就幾乎變得沒有任何力量。不過這座花園本身就是移動要塞，基本上她不可能離開花園。

「那麼，要由誰打頭陣呢？」

四郎的問題讓弓兵、騎兵和槍兵面面相覷，本來就不打算參戰的術士則一副事不關己的態度。

槍兵默默搖搖頭，似乎表達交給其他人先的意圖。弓兵和騎兵互瞪了起來，兩人似乎都想打頭陣想得不得了。刺客無奈地聳聳肩，術士則在旁邊煽風點火，說會寫詩贈與打頭陣的對象。

「……請你們和平討論喔。」

雖然兩者都沒意思遵守四郎的話，最終還是同意了妥協方案。

「我來打頭陣。」

最終似乎決定由騎兵率先出擊，但弓兵召喚出自己的弓，並將之高高舉起。

「但由我搶先發動攻擊制敵機先，我原本就打算使用寶具了。」

「明白了，就這麼辦。」

「這是第一次兩人共同合作吧，要不要寫一首情詩啊？」

聽到術士提議，騎兵欣喜地回應：

「好耶，務必拜託。」

然後弓兵厭惡地繃起臉。

「不，你別這樣。」

術士收到雙方需求，決定寫一首失戀男子的悲情詩。

四郎苦笑著看他們互動，接著將目光轉向在遙遠黑暗中漸漸現身的千界城堡。

──心臟猛跳了一拍。

噢，「我知道，我知道的」。確實在。一直一直追尋追求的東西，確實就在那座城堡、那個地點。

因興奮而顫抖不止，拚命壓抑快要上揚的嘴角。

「──就算是你這種程度的男人，看到目標在眼前也無法隱藏興奮啊。這點確實還是個孩子啊。」

顫抖跟笑容同時止住，四郎有些鬧脾氣地無言看向旁邊的刺客。

「哎，至少還能忍住不要手舞足蹈就夠了。話說主人，你死了吾就會死；吾死了這一切計畫就要泡湯，這點你知道吧？」

「嗯，這是當然。」

見主人處之泰然地回答，刺客露骨地嘆氣：

「──即使如此，你還是打算上戰場，吾實在無法理解。現在你是控制使役者的主人，本來應是絕對不可踏入戰場的存在。為何要賭上性命上戰場呢？」

刺客是個使役者，且充分理解言峰四郎的實力。基本上，應該不至於敗給人工生命體或魔像吧——但對上使役者會怎樣則是未知數。

總之只要小心就沒問題，雖說沒問題……事情總是有所謂萬一。以刺客的立場來說，肯定不想四郎直接上戰場。但不管勸說多少次，四郎仍堅持不肯退讓。

刺客原本不在意他的動機，也覺得苗頭不對的時候他可能會推翻前言。但事情都發展成這樣了，他仍不改念頭，讓刺客想質問他為什麼要做這麼有勇無謀的事。

四郎雖然猶豫了一下，後來似乎是死心了，以沉穩的聲音回答：

「如果我的計畫違背了神的旨意，那我一定會死在這個戰場上吧。可能是不幸對上使役者陣亡，或者因為大意而被魔像、人工生命體殺害之類。說不定也可能被我方使役者的寶具牽連而陣亡。」

人總會死，使役者也會死。善良的人被某些不合理的事情連累落得悲慘下場，這種事情也是理所當然的日常。

如果「自己不對」，事情肯定就會變成這樣。

「若是這樣，我就默默地接受事實吧。神無法原諒我，這也是沒辦法。但若——若

一切都順利進行——」

刺客有些被震懾了。雖說四郎沒有特別做什麼，只是收起平時掛在臉上的微笑，直直面對著刺客而已。

他的眼中沒有不祥、瘋狂、憤怒、憎恨之類的情緒，甚至可說跟風平浪靜的湖面一樣平穩，不像即將走上戰場前線的人——只是非常、非常平靜。

「就代表神允許我這麼做。我因為憐憫所有人類……為療癒他們而想要那個大聖杯的願望乃正確。只要知道這點，我就不再迷惘，不枉我背叛了絕對不可背叛的事物。」

四郎堅決地告知，他是為了確認自身目的正確與否而上戰場。從刺客的角度來看，這除了是魯莽且愚蠢的行為之外，什麼都不是。

然而——四郎恐怕非這麼做不可。那是一種旁人無法理解的不尋常強迫觀念。為了堅定不再迷惘的意志，無論如何必須執行的儀式。

「——嗯，老實說，吾無法理解。」

「我想也是。」

四郎苦笑。她說得沒錯，應該沒人可以理解為什麼只是要判斷自己是否正確，就非得走上死亡橫行的戰場。

四郎原本以為會遭到反對，但刺客只是以命令臣子的態度宣告：

「然而若不這麼做，閣下就不會前進，那也沒辦法。原諒閣下。儘管去戰，然後活下來吧。」

四郎道謝之後空中花園緩緩停下，千界城堡還在遠方，空中花園與城堡之間的兩側為森林地區，中央則是一片草原。

也就是說，將開闢此處為戰場。「紅」使役者與主人言峰四郎集合在空中花園的船頭部位。

「現在對面應該手忙腳亂吧。」

弓兵點頭同意術士發言。她作為弓兵鍛鍊出來的敏銳視覺，能掌握距此數公里之外、為黑暗圍繞的城堡內一定狀況。

「嗯，該出馬迎戰的使役者還沒出動，看來是因為我們突然出現而陷入慌亂了……我感覺得到這種氣氛。」

即使對方待在城堡裡面，弓兵也能基於野獸本能感受到其中人類的氣息。

「那麼，就趁現在準備好『雜兵』吧。」

刺客一舉手，一個直徑約莫三公尺的大鍋騰空出現。大鍋飄浮越過弓兵所站的船頭

部分，便上下顛倒翻轉過來。

泛黃的骨頭碎片立刻如雨水般從那之中灑落大地，埋進土壤後就像植物一樣生長，頭部和下巴有如蜥蜴的骷髏士兵接連誕生。

「……看來很脆弱。」

弓兵看著下方嘀咕。

「說得沒錯，它們很脆弱、非常脆弱。但畢竟數量很多，先不論對抗使役者，至少拿來對付人工生命體已是綽綽有餘。如果對面的術士跟『這邊的』術士一樣沒用，甚至有可能一併打倒。」

「哈哈哈，真嚴厲。不過世上的術士可不一定都像吾輩這樣，是個優秀作家啊！」

術士很平常地這樣回應，刺客於是決定不要再多說什麼了。

「……唔，『黑』那幫傢伙終於現身了。」

除了弓兵以外沒人能看透的一片漆黑另一端，千界樹一族與其使役者似乎終於採取了行動。

跟過往的小規模對抗不同，這裡有戰場、士兵、兵器、將領、必須搶奪的領土，更有必須殲滅的「王」。

時間距離以完全殲滅為最終目標的決戰所剩無幾，「紅」使役者們靜靜地等待這個瞬間到來——

§§§

千界樹一族從各種角度預測魔術協會的主人們……也就是「紅」陣營將會怎樣進攻，並安排相對應的迎戰計畫。

他們可能從托利法斯市一口氣強行突擊，或者帶著大軍從東邊進攻。從空中偷襲的可能性也絕對不低，但——

「……真沒料到他們會連同整塊領地一起進攻過來。」

「黑」弓兵——凱隆嘆氣。視線前方，「紅」刺客自豪的寶具「虛榮的空中花園」正飄浮在空中。

「弓兵，『那個』現在怎樣了？」

旁邊的菲歐蕾小聲詢問。感覺到聲音之中帶有微微顫抖，或許因為弓兵是使役者之故。如果是一般人聽來，應該完全感受不到話語中的動搖。弓兵微笑著對盡可能保持冷

靜的主人說：

「停下來了……以下是我推測，看來『紅』陣營打算把那塊草原當作交戰場。」

「也就是全面對決了。」

「是的。主人們請退到安全的地點，對面應該也打算以使役者和使魔布陣吧。」

「──看樣子是，那幫人似乎召喚了龍牙兵。應該是想用以對抗我們的人工生命體和魔像吧。」

這時達尼克「咚」一聲站上城牆。看來他很大膽地繞著那座天空要塞看了一圈。

「叔叔……」

「菲歐蕾，回去裡面，我們只能將勝負託付給他們了。」

「沒錯，達尼克，之後輪到孤等使役者出面了。」

光之粒子集合構成人形，「黑」槍兵弗拉德三世面帶淒厲笑容，凝視著空中要塞。不，不光是槍兵。「黑」狂戰士弗蘭肯斯坦和「黑」術士亞維喀布隆也站在城牆上瞪著空中要塞。

「不僅讓那麼醜陋的東西入侵孤的領地，甚至還散布骯髒的骷髏士兵啊。」

槍兵明顯表露不悅。當侵入領地的瞬間，他們就是敵人、是征服者，也是鄂圖曼帝國。必須將之趕盡殺絕的強烈義務感束縛著他全身。

「領主啊，我們回城內避難。但如果戰場在那片草原上，我們還是可以背著城鎮應戰，請盡情發揮各位的力量吧。」

達尼克恭敬地行禮，槍兵高傲地點點頭。

「嗯。還有，去釋放騎兵和『紅』狂戰士（斯巴達克斯），彼等也要上陣。」

「這樣好嗎？先不論狂戰士，騎兵——」

「無所謂，彼方如此挑明要全面決戰，孤等投入所有兵力才合乎情理。」

「……明白了，立刻去辦。」

達尼克離去，菲歐蕾也跟著回城內避難。

「弓兵，你跟騎兵一起指揮編組完畢的人工生命體部隊。」

「了解，槍兵。但如果『紅』騎兵出現，我就必須出面壓制他……」

「無妨，只要一開始指揮便可。反正遲早會陷入混戰，跟魔像們一起消耗掉。」

弓兵點頭同意。槍兵說得沒錯，只要開戰初期的一擊結束之後，就會轉變成使役者之間彼此廝殺的狀態。

「然後術士，你在此待命，解放『紅』狂戰士枷鎖的時機就交給你判斷。」

「明白。啊，對了，槍兵，身為一國之君可不能徒步作戰，我為你準備了坐騎。」

這句話讓槍兵「喔」了一聲，將饒富興味的眼神投注在術士身上。

「當然是人造物——」

「非常好，一般馬匹無法跟上這場戰爭的強度。」

術士牽來一匹巨大的銅鐵馬（魔像），是以鐵和青銅構成，身上有斑點花紋。紅寶石和藍寶石構成的雙眼，帶著妖魅光芒。

「非常好。」

槍兵滿足地微笑，一舉跳上馬背。馬匹沒有嘶吼，乖巧地佇立當場。

「哎呀，槍兵居然騎馬，那我不就沒立場了嗎——」

一道略顯高亢的聲音讓現場氣氛緊張起來，來人是才剛被釋放的「黑」騎兵——阿斯托爾弗。他露出純真笑容，以再平常不過的態度跟將自己打入大牢的槍兵搭話。

「騎兵，孤不問你是否好好反省。現在正是展現你力量的時機，讓孤瞧瞧查里大帝十二勇士的能耐。」

騎兵用力拍拍胸脯。

「嗯，看我的！一碼歸一碼，這場戰爭就是我的使命啊！」

「有這點認知就沒問題。騎兵，跟弓兵一起指揮人工生命體吧。」

「了解——！」

最後，槍兵看了看直直瞪著空中要塞的狂戰士。

「狂戰士，你是自由的。儘管戰到最後一刻，瘋狂地跳舞吧。」

「嗚……嗚嗚嗚嗚嗚…………」

狂戰士只輕輕點了個頭，雙手搭在城堡牆緣，一副現在就想跳出去的樣子。

「——好了，諸位。劍兵消失，刺客也不在。我等雖取而代之奪得了『紅』狂戰士，但那只是用過即丟的『兵器』。也就是說，此乃我等所有戰力了。」

「另一方面，對手應全數齊聚了除了狂戰士的六位。『紅』槍兵可與劍兵戰至不分軒輊，『紅』騎兵承受劍兵的攻擊仍毫髮無傷。現在仍未現身的術士和刺客，毫無疑問也是可怕的敵人。」

這是承認己方不利的一番話。雖然單純在量上趨於劣勢，質的優缺不明也有影響。但劍兵不在的影響還是很大。

沒錯，儘管不算壓倒性不利——卻是以一般方式對戰肯定會敗北的戰力差距。

「好了，孤有個問題。諸位打算接受敗戰嗎？」

全體分別以話語和舉止表示拒絕。

戰力差距太壓倒性，戰敗的機率很高——面對此一事實，槍兵和其他使役者絲毫不為動搖。英靈就是這種存在，在壓倒性不利的絕望情況下，可以一笑置之扭轉劣勢才配稱為英雄。

「沒錯，正是如此，我等將獲勝！如果不能咬牙撐過這點程度的戰力差距、這點程度的絕望，算什麼英雄好漢！」

這句話很正確。畢竟槍兵的真名是弗拉德三世，可是好幾度從殺來的鄂圖曼帝國軍隊手中守住國土的大英雄。

關鍵一戰應當是一四六二年鄂圖曼的侵略吧。面對鄂圖曼帝國十五萬大軍，弗拉德三世率領的瓦拉幾亞軍隊僅有一萬人馬。但因為他採取徹底的游擊戰與焦土戰術，使鄂圖曼帝國疲於奔命，加上讓民眾避難的關係，甚至放空首都迎戰。

率領鄂圖曼帝國軍隊的是外號「征服者」，攻下擁有三道城牆的君士坦丁堡的穆罕默德二世。以剛強勇猛聞名的他，抵達首都布加勒斯特時也不禁面色蒼白。

無數樁子豎立於城堡周圍。刺穿在樁子上的是自己曾經的戰友、部下、隊長——兩萬土耳其大軍。看到此景的瞬間，同伴慘遭殺害的怒氣已不知消失到何方。「實在太可怕了」，想得到這種做法並加以實踐的人實在太可怕了。他們過往所做的掠奪、蹂躪、殘殺都只是欲望加速之後的結果。但這個不一樣，發想本身就太不一樣。

這簡直是不把人當人看的做法，因為這些人「只是為了展示」而被貫穿……！

軍隊士氣瞬間歸零，穆罕默德二世在不得已之下只能退兵。這時他曾這麼說——

——我不怕任何人，但惡魔（吸血鬼）可不一樣。

「那是『蠻族』，是玷汙我等土地，桀驁不遜、低劣地高聲笑著，最後只有死路一條的蠢材們。儘管笑著殺死他們，必須用牛皮鞭徹底教訓缺乏恐懼這種知識的他們。」

槍兵的話雖然極端，但很好理解。

他想說的從頭到尾只有「別留下活口」。然後，這也是其他使役者的期望。

「那麼，由孤打頭陣。」

槍兵抓緊馬匹韁繩，騎著馬從城牆一躍而下。城牆及與之相連的懸崖超過百公尺，但「黑」術士（亞維喀布隆）打造的銅鐵馬可不會因此損壞。

就像孤單將領、就像孤軍一樣——槍兵與馬一起策馬往敵方陣營前進。雖然這是一

片寧靜的草原，但戰爭結束後應會化為一片焦土吧。

獲得部下，於現代復甦的殘酷王者又要挑戰局勢不利的戰爭。但他認為這是一如往常，沒什麼好怕。

隨後，在兩位使役者帶領下，人工生命體與魔像逐漸群聚。弓兵和騎兵指揮得很好，一轉眼便排列出整齊隊伍。

帶著「紅」狂戰士的術士跟在部隊旁邊，將看準時機釋放狂戰士。這狂戰士腦子雖然徹底壞了，但還保有能夠區分敵我的些許理性。

換了主人的現在，對狂戰士來說「紅」陣營才是敵人。最後還有一位，站在離人工生命體和魔像有些距離位置上的，是擁有理性的狂戰士——「黑」的狂戰士（弗蘭肯斯坦）。

能夠算上戰力的，只有術士打造的魔像中最優秀的十具，以及除了術士以外的使役者吧。

術士在面具下思考——以現況來說不算太不利。除了因為弓兵的實力和見識非常優秀外，還要加上只要取得「爐心」，自己的寶具就能運作之故。

但決定性的理由只有一個。

因為「黑」槍兵「是弗拉德三世」。在這羅馬尼亞，更何況是外西凡尼亞地區，他的知名度可謂最高層級。雖說知名度帶來的實力變動並不大，但這裡擁有對弗拉德三世的信仰心。

沒錯，拯救故國的大英雄以及恐怖的存在。儘管作為此國的基礎，卻遭到背叛而失去一切的悲劇男人——從小孩到老人，無人不知、無人不曉的本國之王。

現在的他極為接近全盛時期，同時以技能「護國鬼將」將包含草原在內的周遭一帶全數化為自身「領土」。

沒錯，昨天聽到弓兵說出的「紅」騎兵真面目確實非常衝擊。那是走遍全世界都擁有極高知名度，可以想得到的頂尖使役者。

儘管如此，儘管是這樣，弗拉德三世應該還是有幾分優勢吧。

彼此的「軍隊」正漸漸往前推進。原本以為對面應該有個使役者坐鎮，但在隊伍前方的只有龍牙兵。

疑惑的槍兵停下軍隊，龍牙兵同時停下腳步。

他知道對龍牙兵說話也沒意義，便將視線移往空中要塞。

「——嗯，打算幹什麼？」

雖然不至於聽到他的低語，但「紅」弓兵彷彿回應他一般——射出了第一箭（第一次接觸）。

§§§

「紅」弓兵——阿塔蘭塔將兩把箭搭在愛用的弓陶羅波羅斯上，她不是瞄準眼下的廣闊大地，而是朦朧月光映照的夜空。

晚秋獨特的冰冷乾風輕盈地撫過她的秀髮，頭上獸耳抽動了一下。

時間到了。

「以我弓與箭祈求太陽神（阿波羅）與月女神（阿緹蜜思）庇佑。」

箭閃出妖豔光芒。她的寶具不是弓本身、不是箭，這兩樣不過是觸媒。拉弓引箭並射出的這個「技術理論本身」才是寶具。

「獻上此災厄——『訴狀的箭書（Phoebus Catastrophe）』！」

朝天射出的兩支箭留下閃耀軌跡穿破雲層消失。這才是開戰的狼煙，起始的一箭。

……這是對神的請求。太陽神阿波羅與月女神阿緹蜜思，分別是與太陽、月亮有深厚關連神祇的同時，阿波羅也是弓箭之神，阿緹蜜思則是狩獵之神。

祂們給予弓兵庇佑，並要求災厄為代價。庇佑就是——帶給敵方的災厄。

夜空被淡淡的光芒填滿，並發出破風的細雨般綿密聲音，但這可不是慈悲之雨。狂暴諸神渴望活祭品，灑下名為災厄(Catastrophe)的豪雨。

光箭從天而降，人工生命體們接連中箭倒下，就連應當堅固的魔像也因承受無數箭矢一一粉碎。使役者們雖陸續避過、接下、彈開這些箭，卻因此打亂隊伍。

「紅」弓兵以極為冷酷的表情凝視這光景回頭說：

「——這下第一波攻擊已完成，換班了，騎兵。」

「好咧！」

騎兵一拍膝蓋，打從心底覺得高興地奔出，並直接躍下空中花園。他一吹口哨，一輛由三匹軍馬拉動的馬車劃破天空出現，接住正往下墜落的騎兵。

騎兵在駕座抓住韁繩下鞭，雄壯的馬嘶聲響徹戰場雲霄。

「好，開戰啦！讓我『紅』騎兵先發打頭陣吧！」

騎兵說完讓戰車降落地面，人工生命體和魔像們阻擋在他前方。但別說特別打造來戰鬥用的人工生命體了，就連重量超過一噸的魔像，在海神(波賽頓)賜予的不死神馬之前，只有被輕易碾壓粉碎的份。

這簡直像巨大攪拌機以槍彈的速度，將世界連同地面整個刨起。「紅」騎兵操控的戰車只是狂奔，就足以踩躪整片戰場。

「好啦，『黑』的使役者！展現力量給我們看看吧！如果能阻擋我騎兵的戰車就來阻擋啊！」

被他挑釁到的卻不是使役者，而是魔像。

三尊魔像來到猛衝的戰車之前，「紅」騎兵咂了一下嘴，當然選擇碾壓過去。

「雜兵滾啦！」

在遙遙遠方俯瞰戰場的「黑（亞維喀布隆）」術士低聲嘀咕：

「——嗯，『紅』騎兵，這可難說啊。」

雙方激烈衝突的瞬間，三尊魔像彈開。正當騎兵驚訝時，三尊魔像分別纏住了軍馬的腳，並立刻硬化。

「唔……！」

持續猛烈進攻的「紅」騎兵戰車終於停下，人工生命體們見狀，舉起手中戰斧一齊跳躍。

「囂張啊！」

「紅」騎兵放開韁繩，抽出腰際配劍，另一手握著殺英雄之槍從駕座躍起。交錯只有一瞬間。這一瞬間，騎兵剷除所有來襲的人工生命體，一條性命也不留，噴出的血如雨般灑落大地。

「有破綻」。

一位使役者看準這個空檔，騎兵的身體對撲來的殺意起了反應，但人工生命體的血遮住了他的視野。

一支箭像鑽過屍體縫隙一樣朝騎兵脖子襲來。

「……！」

反應慢了半拍仍能以劍打落飛箭，全拜「紅」騎兵動作足夠敏捷之賜。儘管如此，他仍不算完全將之擊落，偏離軌道的箭擦過項頸。

鮮豔的血滴滑落。驚訝於自己受傷的情緒對騎兵來說不構成侮辱，反而帶來歡喜。

沒錯，是「黑」陣營可以傷及自己的使役者——弓兵！

站在駕座的騎兵威風凜凜地高聲吶喊：

「『黑』弓兵在哪！我來取回上次保留的一戰啦！今晚讓我們殺個痛快！」

箭彷彿代替回應再次放出，然而一旦沒有妨礙視線的東西，擊落箭矢對騎兵來說根

本是小兒科。

「『黑』弓兵！在哪啊！」

「——比你想像的還靠近喔。」

騎兵回頭的瞬間，躲在魔像身後的弓兵巧妙地藏住弓與箭以外的部位放箭。因為灌注了魔力，這一箭比方才的箭都快——！

「唔……！」

瞄準臉部——說得精確一點是右眼。騎兵一劍上揮撥開此箭，但視野又因此遮住瞬間。弓兵把握了這個機會奔出，躲進另一尊魔像背後，再次放箭。

「混帳……！」

弓兵絕對不現身，保持躲在魔像身後的狀態，接連朝騎兵放箭。

——在引誘我啊。

魔像漸漸遠離戰場中心。騎兵這時理解，只要「紅」騎兵與戰車坐鎮戰場，「黑」陣營就很難一戰吧。

當然，騎兵大可忽略弓兵。森林對弓兵來說是絕佳戰場，只要隨意找地方躲起來射箭就可。相對地騎兵在森林中作戰非常致命，因為無法使用最重要的戰車。

……但這種狀況僅限於一般騎兵職階的使役者，至少對「紅」騎兵來說，這樣的認知徹底錯誤。

確實，乘坐戰車的騎兵擁有破格強度，要阻擋堅固又如閃電疾馳的戰車非常困難。拉動戰車的三匹馬之中一匹是一般的名馬，另外兩匹則是海神(波賽頓)賜予的神馬。

因此，如果要在戰場上屠殺敵人獲勝，就不要管弓兵挑釁，速速切除纏繞在馬上的魔像們，繼續蹂躪對手的陣列才是正確的判斷吧。

但這種合乎邏輯的方案有一個瑕疵。好歹算是一個英雄的人在這裡選擇逃跑行為，真的算得上做對了嗎？

不，當然不。為了偉大英雄的父親、女神母親，以及共享人生苦樂的朋友名譽，絕對不可以在這裡退縮。

騎兵大喊「慢著」離開戰場。他讓戰車靈體化，以自己的雙腳踏入森林，並心想：「黑」弓兵應該正在竊笑吧。因為弓兵順利引誘騎兵進入自己有利的戰區，並消滅了騎兵的長處。

……沒錯，騎兵到現在還不知道弓兵是誰。「他認為自己還不知道」。其實他應該小心謹慎一點，並且連那些微乎其微的可能性都該考慮進去。

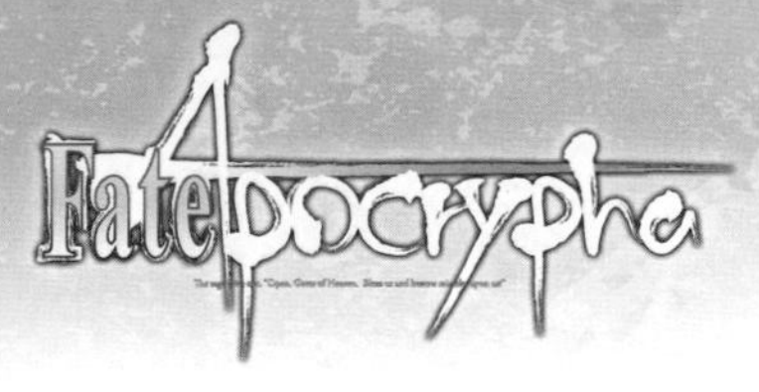

沒用吧，只是先猶豫還是後猶豫的些微差別而已。

騎兵集中所有精神探索周圍，避免遺漏放箭時拉緊弓弦的聲音。感覺得到使役者的氣息，確實有，但不知道明確的位置。他只知道自己位在弓兵的攻擊範圍內。

騎兵發誓，絕對不能像上次那樣灰頭土臉。走著走著，腳下踩斷的枯枝在一片寧靜的森林中發出「啪」的聲音的瞬間——箭射了過來。

——早猜到會這樣啦。

騎兵用槍尾掃下箭，他某種程度已經可以判斷弓兵來箭的軌道。透過冷靜反芻前次戰鬥經驗的方式，思考對方是怎樣配合自己動作放箭得到的結果。

「弓兵，可別以為每次都可以得手啊！這回換我……進攻啦！」

騎兵轉瞬躍起，腳蹬附近的樹幹移動。雖然這體能非比尋常，但以使役者來說絕非不可能。但即使考慮到是使役者，速度仍出奇地快。

騎兵以幾乎等於瞬間移動，根本不把障礙物放在眼裡的速度，往放箭的方向疾奔而去。

耳朵聽見一道細微的沙沙聲，看樣子對方移動了位置。因為對方依然躲在樹木之後移動，所以騎兵只能看見一點影子。如果是「紅」弓兵（阿塔蘭塔），氣味也可以當成線索，很可惜騎兵的鼻子沒有這麼靈光。

箭接連射出……軌道太容易看清，這只是抓到機會就放箭而已。騎兵嗤鼻一笑，以槍掃落箭。就算要躲、要閃也很容易，讓他有種已經逼死對方的感覺。

下一箭，當放出下一箭後，自己就能追上他——或者是她。

——射啊、射啊、射啊，快點射我啊！

騎兵的願望實現，他在對方放箭後一把抓住箭，湊上臉去笑了。

「逮到啦。」

「黑」弓兵應該要驚訝，不，必須驚訝。弓兵徹底被逼上絕路，各式各樣攻擊遭到封殺，而且還讓敵人接近到對弓兵來說致命的距離上。

儘管如此，那個男人穩重到令人害怕，甚至對接近過來的騎兵露出微笑。

——不，等等。

——我見過這個男人。

——不對，我跟他說過話、受教於他、跟他一起生活。

「你——是……」

「沒錯，這就是你的缺點。」

「黑」弓兵以平穩的聲音這麼說，一腳踹進眼前男人的心窩。騎兵的身體承受這強烈一擊飛出去，弓兵落地後以流暢的動作搭弓引箭——放出。

「……！」

騎兵知道對方瞄準自己的「要害」，全身神經緊繃。他扭轉身體並彎曲關節到極限，總之想盡可能偏離這一箭的軌道。

——閃過了。

箭沒有命中要害，插進了側腹。激烈的痛楚竄過騎兵全身，但他並不介意。眼前佇立的這位男人問題更大。

與「黑」弓兵相關的謎題全部解開了。無怪乎他使弓的技術跟「紅」弓兵——阿塔蘭塔並駕齊驅，畢竟他可是包含自己在內，許多英雄的教師啊。

騎兵拔出側腹的箭，扔掉後站起來。弓兵仍拉著弓，彷彿在等待騎兵開口般一動也不動。

「——為什麼是你？」

「這問題很傻。我在這次聖杯大戰以『黑』弓兵的身分顯現，而你以『紅』騎兵的身分顯現。我和你都有想實現的願望，也有未能完成的遺憾，所以才在這裡。」

「……」

騎兵低頭不語，弓兵訓誡道：

「你太天真了，活著的時候就只有這個缺點改不掉。你對於自己認定是敵人的對象非常殘暴，然而對你認為是伙伴或『好人』的對象就非常和善。這或許是一個英雄值得他人敬愛的特質，但現在可是聖杯大戰——應該沒有餘力憐憫他人才是，即使是像你這樣的英雄也一樣喔。」

——明白了嗎，阿基里斯？

弓兵就這樣說出「紅」騎兵的真名。名為阿基里斯的青年就像個受教的學生一樣，以嚴肅的態度點頭。

§§§

「黑」槍兵手無寸鐵。手中並沒有該揮舞的長槍，只是驅策著馬匹前進。

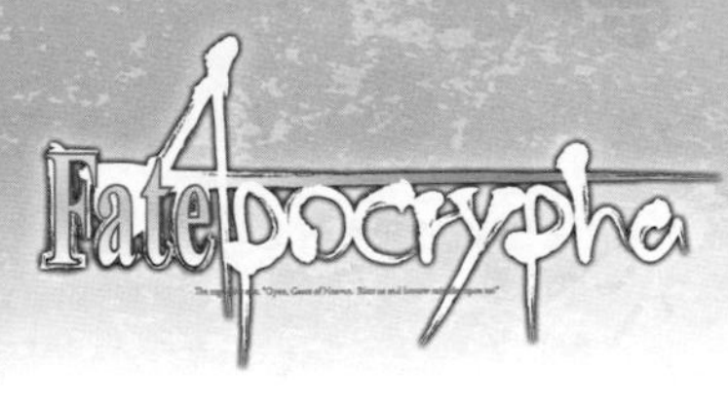

龍牙兵們感應到槍兵接近後一同開始蠢動，數量不只一兩百，總數超過五百的龍牙兵正打算包圍他。

當然，對身為使役者的他來說，就算來一山雜兵也完全沒問題。但直接跳進一群雜兵之中也是匹夫之勇。

槍兵讓銅鐵馬踢蹬大地，高高飛舞空中。張開雙手的他朗聲宣告：

「好了，踐踏我國土的蠻族們啊！懲罰的時刻到了！慈悲與憤怒將化為灼熱的樁子貫穿你們！為這永無止盡、真實無限的樁子絕望——並以自身之血潤喉吧！『極刑王（穿刺公）』！」

大地微微搖晃，龍牙兵們反射性往下看。細長樁子瞬間從周遭一帶召喚而出，接連朝天衝出貫穿它們。草原沙沙地長出以樁子為樹幹、骨頭為枝葉的樹木。

寶具啟用後三秒，五百個龍牙兵全滅。

槍兵完全無視這一切，只是直直地朝空中花園前去。

……當然，察覺他行動者立刻出面迎戰。

「來了啊。」

槍兵看見以猛烈速度朝自己殺來的使役者，一位是弓，另一位是槍——也就是

「紅」弓兵和「紅」槍兵。

「黑」槍兵心中對於同職階對決這點抱持一種奇妙的愉悅，瞄準了他們一口氣召喚出樁子。樁子接連在他們奔馳的草原上出現，原本跑得比馬匹還輕快的「紅」弓兵開始減緩速度。

一支樁子在她眼前冒出，她抓住樁子，像猴子一樣整個人纏繞上去後，朝騎著馬的槍兵射箭。

槍兵以刺出的樁子防堵，他依然騎著馬，悠然佇立當場。「紅」弓兵雖然再次放箭，但都被穿出的樁子擋下。

這個使役者被樁子保護著——「紅」弓兵不得不承認這點。看樣子這些樁子對他來說是寶具。這麼一來，他應該正如四郎神父所說，是「黑」陣營的槍兵，真名是——

「看來你是『黑』槍兵弗拉德三世。」

如同「紅」槍兵——迦爾納所說，應該就是羅馬尼亞的大英雄弗拉德三世了。

「喔，呼喚孤真名的你是『紅』(那邊的)槍兵嗎？」

「沒錯。基於某種理由我必須殺了你，見諒了。」

「不不，沒什麼見諒不見諒的。你們必須殺了孤，孤也不得不殺了你們。雖然難過，但這是理所當然。而且打倒入侵我國土之輩乃國王職責，所以無須嘆息。」

椿子從「紅」槍兵眼前的地面穿出。

「——嗯。」

但「紅」槍兵手中的神槍迅速打碎椿子。

「原來如此，這椿子果然是寶具啊——但數量太異常了。」

高高穿出的椿子上面串著無數龍牙兵，簡直就像被棄置化為白骨的人。

沒錯，如果椿子本身是寶具還沒問題，畢竟單支的狀態沒什麼破壞力，速度也慢……但這數量實在太多，已經超過一千了。加上它們會突然穿出地面，很難閃躲。

數量——就是這款寶具最大的特徵。他能拿出來的椿子約有兩萬根，光是這樣就已經很離譜了。能一口氣收拾上百、上千人的對軍寶具、對城寶具的確存在。

但一萬以上的實在不多見。

這是因為他的寶具不是什麼聖劍、神槍一類的玩意兒，而是歷史上曾發生過的「事件」——也就是重現了刺穿兩萬鄂圖曼帝國士兵的傳說所導致。

確實，每一根椿子算不上寶具層級，或許不足為懼。

然而——兩萬這種壓倒性的數量連強悍的英靈都能震懾。雖然瘋狂，但同時是一種極為細緻的軍事性示威行為，打從一開始就不是人類做得出來的事。

因此這寶具叫「極刑王」，與持有者同名的最可怕寶具。

「槍兵！」

「紅」弓兵呼喚「紅」槍兵，槍兵當然也很清楚。魔力正往佇立眼前的「黑」槍兵收縮集中而去……！

「好了，未經允許便踏入孤之故國的罪人們啊，處刑的時間到了，跟那些龍牙兵（破銅爛鐵）一同曝屍荒野吧。」

「黑」槍兵的指尖微微一動——瞬間。

樁子一口氣朝兩位「紅」使役者刺出。弓兵連忙躍至空中閃躲，但樁子仍像鎖定了她似的一而再、再而三冒出。

「紅」槍兵也反射性躍起，因為他認為只要在站地上就會被瞄準。然而樁子彷彿要貫穿他的身體般，朝落下的他射出。

神槍再次一閃——新樁子居然有如介入被破壞的樁子般伸出。

「——破壞沒意義啊。」

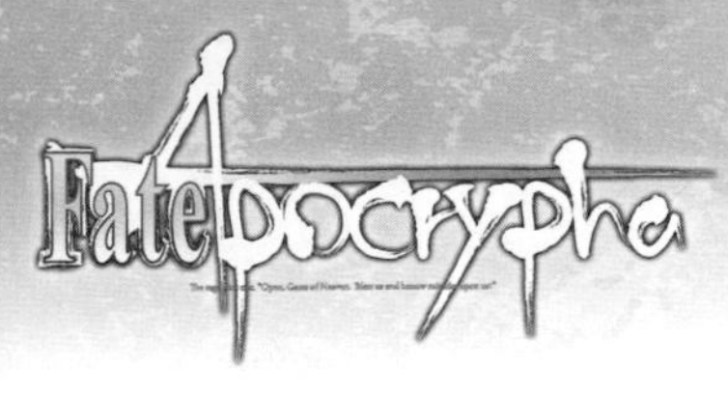

第二波椿子朝緊急用單手抓住第一波椿子的「紅」槍兵撲去，這簡直就是椿子浪潮。即使如此，「紅」槍兵仍絲毫沒有慌亂，應對著狀況。

說起來，他身上的鎧甲「太陽啊，化為鎧甲吧（Kavacha & Kundala）」是神明所賜，擁有太陽光輝的絕對防禦寶具，可以輕易彈開王的椿子。

不過——

「很棒的鎧甲呢。」

聲音比想像中更接近。單手持槍，不知何時接近過來的「黑」槍兵已來到「紅」槍兵身邊。

沒錯，他騎著銅鐵馬「奔上椿子」，並且以手中長槍抵著被椿子纏住而無法動彈的「紅」槍兵的脖子。

「但被貼到這麼近的距離就沒意義了。」

「槍兵……！」

「紅」弓兵（阿塔蘭塔）雖然放箭，但椿子如銅牆鐵壁一樣陸續擋下那些箭。無法求救、無法動彈，被槍尖頂著喉頭的狀態——儘管如此，「紅」槍兵的表情依舊冷靜。

當「黑」槍兵準備出槍的瞬間，「紅」槍兵的身體彷彿要撕裂黑夜，散放炫目光輝。

這是英靈迦爾納擁有的技能「魔力放射」。雖然跟「紅」劍兵擁有的技能名稱相同，但他會特別強化在「火焰」形式上。

他抓住的椅子、纏繞在他身上的椅子全數燒毀。他的模樣有如降臨於世的火天（阿耆尼）。儘管烈焰強得幾乎可以燒盡大地，卻不曾傷及他一根汗毛。

「紅」槍兵以甚至可謂優雅的動作落地。看到他的模樣，「紅」弓兵傻眼地嘆了一口氣。

「打一開始這麼做不就好了。」

「這可不成。畢竟身為使役者，我的能源轉換率奇差無比。要是一直保持這樣，根本撐不過十秒。」

「紅」槍兵嘆息表示事情沒這麼容易。英靈迦爾納毫無疑問是超一流，但隨時穿著的黃金鎧甲、手中握的神槍，以及方才使用的「魔力放射」，都必須消耗非比尋常的魔力量。如果是一般魔術師，根本會連一根手指也動彈不得。即使是一流魔術師，也會疲勞得無法自行使用魔術。

關於這部分，雖然很感謝主人一句話也不抱怨的態度，但還是不能太不知節制。在

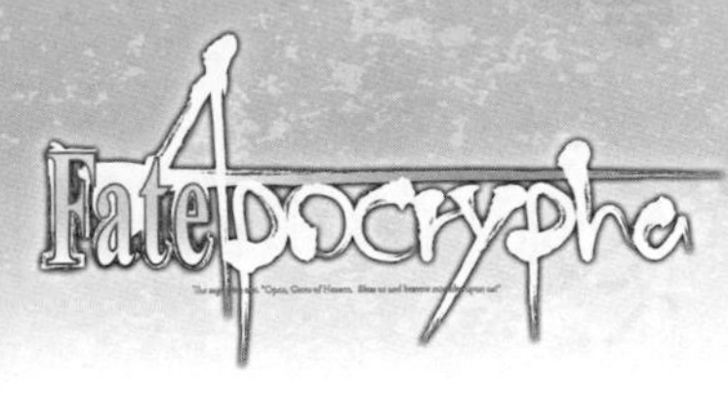

這個點上，「紅」槍兵非常自律。

「——看來你非一般英靈啊。」

「黑」槍兵（弗拉德三世）一邊拍掉身上煤灰，一邊以冷酷的聲音嘀咕。他沒有表現任何精神上的動搖，也沒有動怒。

「要投降嗎？」

「『紅』槍兵啊，別說這種讓人不知道你是開玩笑或認真的話語。既然有願望需要靠聖杯實現，就不可能投降。而且——」

「黑」槍兵舉起右手，殺意便從周遭的地面湧出。他的樁子還有很多，正瞄準著兩位英靈。再加上「紅」陣營也發現，從更遙遠的後方，有某種更加可怕的「東西」正蓄勢待發。

「該投降的是你們吧？雖說孤不打算放過既是異教徒又是侵略者的你們。」

火焰和神槍雖然能燒毀並擊碎樁子，但能不能對抗這壓倒性的數量差異則是一半一半。兩萬這個數量，連對萬夫莫敵的英雄來說都有點難纏。或許生前的他毫無問題可以處理，但現在他是使役者，愈是大量消耗魔力，就等於愈接近死亡。

「——說得也是，忘了我說的笑話吧。弓兵，我們上。」

「來吧。」

「紅（迦爾納）」槍兵雙手握住神槍，「紅」弓兵再次拉弓搭箭。阻擋在兩位面前的，是支配這個國家的「惡魔（吸血鬼）」之王。

銅鐵馬嘶吼的同時，三位再次開始激烈衝突。

§§§

「黑（阿斯托爾弗）」騎兵雖然有些猶豫，還是驅策愛馬（鷹馬）朝空中要塞前進。腦筋不怎麼靈光的他絞盡腦汁想到能飛天的只有自己，所以理當盡快控制要塞才是。

只不過這有一點要注意的，就是他必須召喚鷹馬並騎乘、使役之。在這個階段還好，不會消耗太大量魔力，是一個人工生命體就可以供應的程度。問題在於解放真名，發揮其真正力量的情況。

這樣的魔力消耗與A級寶具匹敵，且規格上來說不是釋放一次便全數耗光，而是只要持續騎乘鷹馬就會一直消耗魔力，能源轉換率非常差。

……就算不想，腦中也會浮現魔力耗盡的人工生命體模樣，會想起齊格那太過渺小

的願望。

猶豫了一會兒之後，「黑」騎兵決定不解放真名。說穿了，現在的自己「不想這麼做」，那麼除了不做以外別無選擇。

啊——實在夠笨的，想法有夠愚蠢，而且很弱。合理來說應當不要介意魔力電池（人工生命體），儘管解放真名才是。齊格也不至於因此責怪騎兵，沒人會要求為了作戰、為了獲勝而被召喚出來的使役者做到這種程度。

但阿斯托爾弗就是這種英靈，因為不想做，所以不管誰來說什麼他還是不會做。

「……好，走吧！」

空中要塞就在眼前，騎兵仍一派輕鬆地輕拍鷹馬的脖子。鷹馬以尖銳如鳥鳴般的叫聲回應後，強力振翅飛翔——從翅膀散落的魔力粒子隨著狂吹的勁風，如無數螢火蟲一閃即逝。

騎兵朝空中花園飛去……當然，要塞主人不可能原諒他不假思索的行動。

「——喔，對面騎兵也持有飛天馬啊，那特地準備的這些傢伙就能派上用場了。」

獨自留守空中要塞——「虛榮的空中花園」的「紅」（塞彌拉彌斯）刺客露出淡淡笑容，將他們解放至空中。

「醜陋的有翼者啊，去吧，儘管吃個開心。」

有著人類外型的「某種東西」隨著這句話一齊飛離花園。

騎兵縱斷戰場天空，眼下可見兩方勢力已經激烈衝突。龍牙兵與人工生命體、魔像或使役者們彼此衝突，展開死鬥。

「好喔，我也要加油……！」

怪物們就在這恰到好處的時間點上，出來迎戰重新振作精神的騎兵。那些玩意兒的上半身雖是龍牙兵，但背後長了翅膀，下半身則明顯屬於鳥類。

「妖鳥(Harpuia)嗎……？不對，是改良型龍牙兵？」

妖鳥雖是飛天慾獸，但很容易受到食慾迷惑，個性雖殘酷卻很膽小，並不適合作為士兵運用。於是「紅」刺客將牠們與龍牙兵融合，這應該不再算是龍牙兵，而該稱為龍翼兵了。不管怎麼樣，儘管冠上龍的大名，看起來卻是弱小又醜陋的士兵。

但數量真的很多，一口氣超過百隻龍翼兵來襲的狀態，可以說是一種鳥葬了。牠們帶著比鋼鐵還堅硬的鉤爪，準備排除入侵花園的不速之客而一同撲了過去。

——不過，牠們碰上了最棘手的對手。

因為牠們的對手可是少數的幻想種鷹馬，根本不可能輸給這種雜兵層級的小怪。更何況騎在鷹馬身上的對象更是棘手。

「黑」騎兵可是查里大帝十二勇士之一的阿斯托爾弗。創造許多冒險傳說的他，擁有在某些條件限制下發揮效果的各式各樣寶具，如專門使對手跌倒的槍、能抵銷各種魔術效果的書本、「值得強調某一特點」的幻馬。

他現在手中的號角則是其中之最吧。

「那麼請排成一列，來——『喚起恐慌的魔笛（La Black Luna）』！」

隨著這悠哉的聲音，掛在他腰上的號角瞬間放大。

「散！」

騎兵深吸一口氣——一舉對著號角呼出，尖銳的號角聲響徹戰場，瞬間讓人工生命體與龍牙兵們一同仰望天空。

龍的咆哮、巨鳥的怒吼、神馬的嘶鳴——足與這些相比的魔音讓上百龍翼兵瞬間消失，而且是如字面所述地消失。這可不是傳說中「妖鳥們聽見聲音就會害怕地逃竄」所說的這麼簡單，而是再單純不過的廣範圍破壞兵器。

「好喔，直直向前衝啦——！」

將縮小的號角掛回腰上，「黑」騎兵再次以雙手握住韁繩——

——可愛的女武神啊，事情可沒這麼簡單啊。

發現站在花園前端的黑衣女性。他不會看錯，那是使役者。「黑」騎兵從她的服裝判斷其職階。

「——我看妳是『紅』陣營的術士！覺悟吧！」

黑衣使役者苦笑回應「黑」騎兵的喊聲。

「猜錯了，吾乃『紅』刺客。不過——閣下沒猜錯，吾對魔術多少有些研究。讓咱們試試閣下是否有資格進入這座『花園』之內吧。」

刺客一彈指，魔力就在她身邊瞬間展開。術式八成已事先設好，閃耀深紫色光輝的魔法陣就像裝填完畢的大砲。

「對了，上下都有喔，小心點。」

「黑」騎兵反射性往天空一看，不禁傻眼。因為不光是在她身邊展開的四個魔法

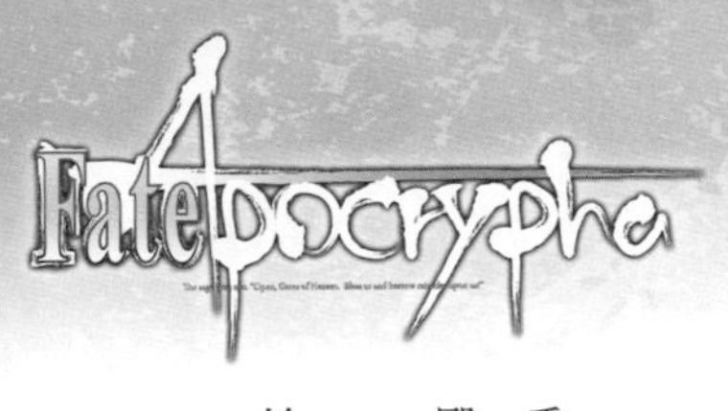

陣，騎兵上空有四個，腳下的天空也有四個，這些魔法陣全都灌滿龐大魔力，彷彿等不及她(刺客)下令——

「——墜落吧。」

解放命令一下，巨砲一齊發射。光柱聲音有如猙獰的怒吼，輕易穿破空氣牆朝騎兵撲來。

「看我的……！」

「黑」騎兵持有隨時啟動型的寶具「魔術萬能攻略本(Luna Break Manual)」——這雖然是暫時的名稱——等於擁有A級反魔力技能，事實上，這等於現代魔術師無法傷害他。

所以他才選擇這樣做，如果不是有這本書，他也無法這樣大膽突擊吧。

但「黑」騎兵不知道，眼前這個刺客實際上等於兼具術士職階，是一位破格的雙重職階使役者。而且置身於超越術士用職階技能「設置陣地」所能打造出的最高級「神殿」之上的大寶具，「虛榮的空中花園」之中。

這代表現在的她守在配備凶惡的大量破壞兵器且無比堅固的要塞之中。靠近這裡等於自己「找死」。

無法全數躲開的騎兵不僅全身承受超規格(EX)的魔力打擊，甚至彷彿這樣還不夠般地翻攪體內，執拗地徹底凌遲他。

「唔啊啊啊啊啊啊啊啊啊啊啊啊啊啊啊啊啊啊啊！」

鷹馬伴隨著慘叫一起消失，「黑」騎兵往下墜落。「紅」刺客以冷漠的眼神看著他嘀咕：

「怎麼，雖是吾說『墜落』的，但也太快了點吧？沒意思。瞬間消滅龍翼兵的時候還以為有點值得期待啊——」

刺客將觀點切換到眼下的對陣上。從空中看到的戰況算是一進一退，這邊的騎兵正對上「黑」弓兵，槍兵和弓兵則與「黑（弗拉德三世）」槍兵對峙中。而主人四郎——

「……哦。」

刺客見到此景露出笑容。雖然對手是狂戰士有點可惜，但臉上看不到困惑的神情。

「也好。四郎，就讓吾看看吾之主人爽快的首次對陣吧。」

§§§

「黑」狂戰士弗蘭肯斯坦雖沒把情緒表露在臉上，但她正在困惑。

她按照最初接收到的指令，在戰場上徘徊想找出使役者，但在看到人影後衝進森林一看，卻發現在場的不是使役者——

「看來我的對手是妳呢，『弗蘭肯斯坦』。妳是人類因為追求理想而創造出來的怪物。某種意義上來說妳是轉折點，也是位於目標中間點的存在。」

說著不甚符合現狀的奇妙台詞的應該是個人類，不是使役者。但眼前的他真的是人類嗎？

以「黑」狂戰士（弗蘭肯斯坦）的知覺能力來看，這個部分實在有些曖昧。

「嗚————」

龍牙兵們雖然攻了過來，但她毫不費力地將之擊退。另一方面，從龍牙兵們完全不動眼前這位男人分毫來看，可以理解他確實屬於敵對陣營。

儘管如此，他為何知道自己的真名？

就像自己的主人卡雷斯也表示驚訝那樣，一般人認知的弗蘭肯斯坦應該是男性，而且是個比天高的大塊頭，所以應該不至於是從外表推測而知。

……生前見過一類？

這應該不至於。自己是在幻想仍勉強能作為幻想成立的時代誕生的年輕英靈，同一時代誕生的人類英雄為數不多，就算有也從未與自己見過。

那麼是誰洩漏了自己的真名嗎……？

「噢，妳果然頭腦清楚。儘管是狂戰士，卻能保有如此條理清晰的思路，真的是非常現代的英靈呢。」

男子面帶純真笑容對狂戰士伸出手。

「我非常熟知妳的事情，也非常理解妳。如何，妳願不願意代替『紅』狂戰士（斯巴達克斯）加入我們的陣營呢？」

這句話讓狂戰士發出充滿警戒的威嚇，男子苦笑著放下手。

「主人啊，那是不可能的吧。」

狂戰士更加警戒了，因為一個明顯是使役者的對象從男子背後現身。來者魔力薄弱——加上實在很難說適合戰鬥的穿著打扮，看來似乎是術士？

「哎呀，失禮了，吾輩完全沒有作戰的意思，負責打仗的是這個主人。吾輩只負責守護他，給他打氣。」

這麼說完，使役者做出莫名其妙的舉止——彷彿拿主人當擋箭牌一樣往後退了一步，且完全沒有使用魔術的感覺。雖然很難相信，但他真的……不打算交手。

「沒錯，負責作戰的是我言峰四郎。」

當他緩緩垂下雙臂的瞬間，雙手指縫間夾住了「柄」。單憑狂戰士稀少的知識，無法理解那是什麼武器。

但看過的人一看就能立刻理解那是什麼吧。那是將以淨化為真理，用魔力織成的刀刃投擲出去的概念禮裝「黑鍵」。

「——如果有意願投靠我們這邊，歡迎妳隨時表態。」

四郎笑咪咪地這麼說完，射出黑鍵。

「……！」

狂戰士一邊往後方跳躍躲開，一邊用武器「少女的貞潔」打落黑鍵。

「——喃——————————喔唔唔唔唔唔！」

這讓她下定決心。不管怎樣，主人以敵人之姿出面了。是陷阱也好、不是也罷，以現狀來看並不是什麼負面的情況。當然，必須隨時留心已實體化的術士，即使如此，狂戰士也不覺得自己會居於下風。

狂戰士一改方針，直直往前方衝刺。四把黑鍵從他手中射出，以人類來說他的速度極為優秀，要是出其不意遭到攻擊，自己可能會被貫穿。

但從正面毫無變化地直接射來的攻擊不會有意義。狂戰士再次打飛黑鍵，更是往前逼近。

「——厲害。」

四郎以遊刃有餘的表情出言稱讚，這讓狂戰士產生些許不耐的情緒。就來試試看重重打他臉之後，他還能保持這樣悠哉的態度嗎——！

「——宣告（Set）。」

自身的周遭瞬間竄過彷彿落雷的衝擊，狂戰士急忙揮動「少女的貞潔」，連同自身轉了三百六十度——應該已經打飛的黑鍵又朝著自己飛回來，看樣子事先將術式安排在柄內了。

「可惜可惜。」

四郎的嘀咕是對他自己說的嗎？或者——是對千鈞一髮打飛黑鍵的她說的呢？

狂戰士馬上認為不重要而甩開這念頭，原本自己就無法承受長時間的複雜思考。所以就徹底地、直截了當地往前衝吧……！

「好了，那麼術士，就讓我用上了。」

四郎這麼說完將手高高朝天舉起，一把武器立刻伴隨奔放的魔力召喚而出。猛衝的

狂戰士目光集中在收納鐵鞘內的日本刀上，同時感到驚愕、不敢置信。集約龐大魔力的那把刀很明顯——「是寶具」！

「好的、好的，請請！請儘管使用吧！就像伴隨烈火的暴風！就像伴隨閃電的豪雨！永遠不會醒來的故事即將開始！」

隨著術士興奮的喊聲，四郎快速奔出。他一口氣從左手的鐵鞘中抽出刀，深深壓低姿勢送出一記突刺。

「嗚————嗚嗚嗚嗚嗚！」

被抓到衝刺動作破綻的狂戰士被割裂了一層皮，這樣的事實讓她認清這把刀的確不尋常。能夠傷及使役者身體的武器實在不多。

狂戰士揮舞戰鎚，劈砍跟毆打交錯。如果直接接招恐怕早該折斷或折彎的刀，在幾回合交手下來卻連刀鋒也沒絲毫折損。

這並非以技術做出的藝術性化招——不是這樣，四郎的劍術頂多是一般水準。雖不到雜兵那樣爛，但也遠遠算不上高手層級。那麼為什麼他可以像這樣跟狂戰士幾乎戰成平手呢？

……狂戰士的確不是什麼因武術高超而馳名的英靈，只是因為自身的凶暴、殘忍與由來而昇華成英靈的存在。但儘管如此，原本她的規格就已經是破格的存在。

幾乎模擬重現第二類永動機無限循環的她，無論在什麼狀況下都可全力以赴。不會疲勞、不會無力，不會出現那種「很像人類」的狀態。在打倒對手之前可以不用呼吸地永久性毆打——因此擁有狂戰士稱號。

沒錯，能正面與這樣的永動機對決的存在不該是「人類」。當然，只要是聖堂教會的代理人，自然經歷過許多非人的修行。

然而就算是這樣也太誇張。狂戰士身上產生一股沉澱在胃底的不悅感覺。

一口氣砸下高高舉起的戰鎚——被躲開了。這無妨，「如果只是這樣還無妨」。就算是人類，若能達到魔人程度也不一定躲不開，問題在他的躲法。如字面所述地如履薄冰，當一個能把頭像捏爛的番茄一樣打飛的鐵球從離鼻尖分毫的位置擦過，「不會有人類還能保持笑容」。

狂戰士覺得他的笑容很討厭、眼神很討厭，但更重要的——他在這裡讓人不爽！

四郎一跳拉開距離，以單手握刀，另外一手拿出黑鍵。

瘋狂的人造人毫不猶豫朝擲出的黑鍵衝刺過去。

§§§

「黑」術士看準「黑」槍兵（弗拉德三世）正與「紅」陣營兩位使役者對峙，便釋放了「紅」狂戰士（斯巴達克斯）。目前「黑」槍兵是他們的核心人物，因此「黑」術士（亞維喀布隆）判斷不可以失去他。

「狂戰士，你的主人是我，知道嗎？」

「噢，知道。看來沒有你的力量我就無法存在，是難以接受的隸屬。」

「……那你要殺了我嗎？」

「但我無法殺了你，因為我的使命是盡可能長時間存在於這個世界上。必須打倒壓制者，抓住絕望盡頭的希望。最終將那些為奪得聖杯而聚集、滿心欲望的權力者趕盡殺絕。」

「——原來如此。但是，要實現你的願望必須先殲滅對手。去吧，狂戰士，你的對手是侵略者，也是權力者的走狗。以動機來說足夠你出手了吧。」

狂戰士的封印正漸漸解開，他像等不及一樣掙扎扭動，終於踏出了一步。

當他獲得自由的瞬間，臉上浮現平靜海洋般的穩重笑容看了術士一眼。術士並沒有任何反應，且因為戴著面具，甚至看不出他是否害怕。

「……嗯。」

「紅」狂戰士似乎也不在乎術士，轉頭看向戰場，一邊開心地深呼吸，一邊握著若以短劍（羅馬短劍）稱呼，大小太超過規格的劍，往戰場邁步而出。

術士目送他離去，無奈地嘆了一口氣。要是自己表現得太過威壓，狂戰士很可能會收回前言（沒有比狂戰士更隨性的使役者了），並殺了自己吧。

「我很弱啊……他只要一次攻擊就夠了。」

雖然狂戰士的膚色慘白得像屍體，但渾身都是肌肉。那是蹂躪戰場、將戰場帶向混沌的惡鬼，會讓一切回歸於無吧。

「好了，剩下的——」

術士剩下的工作只有一個。抓準時機交出活祭品魔術師，藉以啟動自己的寶具。達尼克已經允許了，沒問題……雖然有自信，但寶具究竟能對抗萬中選一的英靈們到什麼程度，還是令人有點不安。不過，如果不能超越，自己的願望就無法實現。

「黑」術士亞維喀布隆希望聖杯實現的願望很複雜。一般來說，聖杯戰爭是想要實現願望的英靈們互相廝殺，並期望一路獲勝到最後。但他的情況不太一樣。

他的願望是完成自身寶具「王冠．睿智之光」。那麼只要成功啟動寶具，就算實現

願望了嗎？

答案是否。說起來魔像屬於卡巴拉術的一環，意思指「胎兒」或「無法成形之物」。即是這種法術打算嘗試重現神創造人類（亞當）時的祕術，除此之外別無其他。

也就是魔像以寶具形式成立的階段還「不算完成」。儘管擁有無與倫比的強大力量，但那絕對算不上已經完成的存在。

引導受苦受難的我們回歸伊甸園的偉大之王——這才是無上魔像該扮演的角色。

材料「幾乎」已經湊齊，只剩下最後的「爐心」，也就是魔術師。雖然希望至少能夠逮到那個人工生命體，但也沒辦法奢求。

『——老師！』

一道聲音從遠方傳來，術士轉頭往上一看，自己主人羅歇正在城牆邊天真無邪地揮著手。雖然看得見彼此，但距離相隔太遠了，因此以念話形式對話。

『我認為這樣很危險。』

『是！那個，你回來之後……可以看看我的魔像嗎？我認為這次做得很好！』

術士感到佩服般點點頭。羅歇對魔像的熱情真的相當高，只要給他一點建議就會立刻修改，並打算造出更好的魔像。如果自己還活著，說不定是會想收作徒弟的人才。

更重要的點在於他們家族至今仍將自己和祖先設計出的魔像祕術流傳下來，讓術士抱有相當好感。

『有時間就幫你看看吧。』

『好……好的！』

羅歐雖然好像還有話想說，後來還是羞澀地低頭退下了。

「話雖如此，我不擅長應付小孩啊。」

說來生前的術士身上有許多病痛，幾乎在沒有與任何人交流的情況下過生活。他甚至打造專用女僕魔像負責處理家事。

這樣的他跟小孩完全無緣，也沒想過自己會受到小孩崇拜，感到非常困惑。

這狀況實在太諷刺了。以重現神的奇蹟為目標，想創造原始人類（亞當）的自己，看起來竟然討厭人類。

「——真麻煩啊。」

若問他是否能毫不猶豫地拿魔術師當作「爐心」，那麼答案是否定。儘管如此，對術士來說完成寶具是他一輩子的心願。結果為了勝利，還是要有能夠犧牲一切的覺悟。

而且畢竟達尼克也認可了。他——戈爾德．穆席克．千界樹勉強算是個及格的爐心

吧。術士當然想打造更完善的寶具，但除他之外沒其他選項了。

對術士來說，這部分確實有點遺憾。

§§§

「紅」狂戰士完全忽視找上門的龍牙兵，猛然襲向「紅」槍兵（迦爾納）和弓兵。他之所以能心無旁騖殺過來，應該是因為「黑」槍兵在這裡吧。

儘管已經更改所屬陣營，但若沒有術士的令咒束縛，「紅」狂戰士肯定會攻擊「黑」槍兵。那下意識之中的願望，將他引導至這片戰場上廝殺得最凶狠的地點。

「紅」狂戰士雖然根本是個炸彈，但力量也確實強到會讓使役者卻步的程度。

「嘖，果然那時候該射穿他的腳筋啊……！」

「紅」弓兵（阿塔蘭塔）這麼說，連續以箭掃射。有如機槍快速射出的箭全數命中，把狂戰士的膝蓋變成刺蝟。

膝蓋發出「啵」的聲音，變成爛掉的柿子那樣有點噁心的顏色，但「紅」狂戰士仍未倒下。

「——弓兵，狂戰士交給妳處理，我繼續應付穿刺公。」

「紅」槍兵一邊與「黑（弗拉德三世）」槍兵交槍，一邊對弓兵說。

「了解。哼……仔細想想，你還真是可悲的生物啊！」

既然參加這場聖杯大戰，就必須隸屬於某人之下。有時候可能會面臨必須成為壓制者的走狗而戰的局面……如果他是被以正常的劍士（劍兵）身分召喚而出，究竟能否忍受這種屈辱呢？

但若他想爭奪聖杯，的確只能以高風險的狂戰士身分顯現，而他的狂化會讓事情往無可救藥的方向惡化。不管在哪場聖杯戰爭被召喚出來，他都永遠無法獲得聖杯。

但即使如此，他仍會面帶微笑制裁諸惡。一邊承受痛苦，一邊找尋逆轉之路。既是受虐的求道僧，也是絕望的破壞者。這就是斯巴達克斯的人生。

「紅」弓兵因此認為他可悲而放箭，對她來說，狂戰士就是體積很大的靶子。不論是他雄壯手臂握著的短劍揮出的攻擊或衝刺，在她如野獸般迅捷的速度之前都等於無用。但不管多少箭插在狂戰士那鋼鐵般的肌肉上，他仍無動於衷。

「好硬啊……那就這樣吧！」

弓兵停止保持距離猛力衝出，在地面滑剷躲開橫砍。「極刑王」有如追殺她般接連

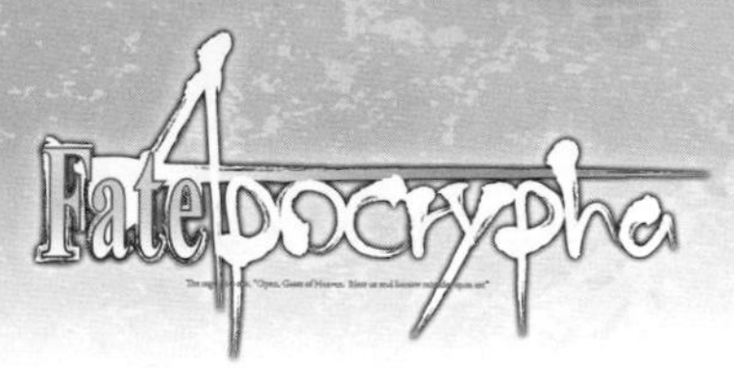

刺出椿子，但不可能命中使出全力狂奔的弓兵。

弓兵一邊鑽過狂戰士胯下，一邊瞬間用箭射中狂戰士的下顎、喉頭、心窩和腹部。

「哈哈哈哈哈！還沒！還沒啊！還——沒——啊——！」

狂戰士一個回身猛力踢了弓兵腹部一腳。這有如砲彈直接命中的衝擊，讓弓兵帶著一票龍牙兵和人工生命體飛到二十公尺遠之處。

「唔、唔唔……！」

幸好弓兵在被踢中的千鈞一髮之際往後跳開。如果沒有這麼做，衝擊強到足以一舉撕碎她的上半身。

弓兵吃疼地心想自己太大意，並看著往這邊過來的狂戰士。儘管被這麼多箭射中，猛烈的進擊仍與方才相同。

『箭應該對他有用啊……？』

如果是高階英靈，例如受到諸神眷顧的「紅」騎兵（阿基里斯）那種層級的英靈，就可能以技能或寶具讓對手發出的攻擊失效。她自己就知道一個持有可讓未達一定水準的所有攻擊失效這種接近犯規程度寶具的英雄。

但從四郎那邊聽來，「紅」狂戰士（斯巴達克斯）的寶具或技能之中並沒有這一類玩意兒。當然也有可能是四郎沒說，但既然已明確知道處於敵對狀態，他應該沒有隱瞞的動機才是。

更重要的是箭確實插在他身上，弓兵也能感受射傷他的手感。狂戰士可能覺得煩而不時拔出插在身上的箭，這樣的他毫無疑問是遍體鱗傷。

沒錯，他正在流血，毫無疑問受傷了。那就代表他只是在忍耐，只是仰仗自己有無與倫比的耐力罷了。

『不對……怪怪的。』

這位少女擅長作戰與狩獵，她拉著弓從遠方仔細觀察狂戰士後才察覺。

傷口正在復原。與其說這是復原，更像一種過剩的重生，被射穿的部分像潰瘍一樣腫大鼓起。弓兵的箭應該射中了他全身，也就是說——

「這傢伙難道……『正在變大』嗎！」

不只這樣，還可以感受到比方才更強大的魔力奔流。狂戰士全身帶著濃厚魔力，以超越之前的威力和速度舉高劍——！

「嘖……！」

弓兵驚險地躲開揮下的劍並躍起，跳上狂戰士的手臂之後，朝他臉部位置往上奔。

「——那就收下你的頭吧！」

弓兵站上狂戰士的肩膀，朝他脖子連續射箭。或許因為天生平衡感奇佳，不管怎麼甩弓兵都不會墜落，甚至爬到狂戰士背上拔出插著的箭，朝脖子猛砍。

當噴血的聲音發出，弓兵才停手收弓，雙腳扎實地踩在狂戰士肩上，以全身力量拔他的頭。隨著肌肉撕裂聲「劈哩啪啦」響起，狂戰士也更加瘋狂暴動。

弓兵因為踩到噴出的血，腳下一滑落地。她在地上滾了一圈重新站好，確認狂戰士的屍體——不禁啞口無言。

「……簡直惡夢。」

也難怪弓兵要這樣嘀咕，快被扯爛的脖子上的肉就像發泡那樣漲起。這樣子太過可怖，看起來甚至有點滑稽。這時弓兵感覺到竄流在他體內的魔力更加增強。

「紅」狂戰士斯巴達克斯的寶具「疵獸咆哮」——將一部分傷害轉換為魔力儲存，並藉此強化能力，是對自身有效的對人寶具。

「但可沒聽說外貌會變成怪物……啊！」

脖子變得跟烏龜一樣的狂戰士翻著白眼揚起嘴角。弓兵屈身躲開如鞭子般的手臂揮出的斬擊，接著像要把持劍的手從手腕上扯下般猛射箭。大概因為有三枝箭貫穿手腕，短劍因此脫手。

弓兵猛力奔出撿起短劍後用雙手握住，朝掙扎的狂戰士手背奮力一捅。

狂戰士雖然沒有慘叫，但實在捅得太深，使他停止動作。如果能扯碎手腕就可以擺脫，但很遺憾因為他擁有過剩的重生能力，手腕的傷勢已經開始癒合了。

「好，你暫時別亂動。」

弓兵確認附近只有龍牙兵、人工生命體和魔像一類後，再次搭起兩枝箭瞄準天空。

將範圍極度縮小，集中在箭這一點上。雖然這是她二度啟用寶具，但自己擁有的攻擊方式之中，最適合用來處理現況的只有這招了。

……幸好主人一句話也沒碎嘴過。

「獻上此災厄──『訴狀的箭書』！」

「紅」狂戰士瞪著天空笑，光輝箭雨彷彿要淨化他般灑落。

全身毫無例外地被切爛，正可謂細細切絲。不管肌肉組織、表皮、血管、神經，還是其他所有組織部位都受到損傷。如果是一般使役者毫無疑問會死，優秀的使役者也是瀕死。即使主人是一流魔術師，也無法立刻讓使役者完全恢復。

但是──不過……

「……不會吧。」

就像要呼應「紅」弓兵（阿塔蘭塔）的低語，肉塊蠢動了起來。

§§§

以知名度來論，阿基里斯是個能與希臘神話中海克力斯匹敵的大英雄。聞名全世界的英雄包含他在內，應該不到十個人。但若要計算知道他以那雙飛毛腿奔過的生前故事的人，瞬間就會減少許多了吧。

阿基里斯為海洋女神忒提斯和英雄珀琉斯之間產下的孩子，是個一出生就受到諸神庇佑的存在。母親忒提斯也因為太愛阿基里斯而以天火提煉他，想讓他成為不死之身。但因為丈夫珀琉斯以「這麼一來，人類的阿基里斯就會消滅」為由反對，結果阿基里斯只有「某個部位」維持人類的狀態成長。

後來，當特洛伊和亞該亞兩國之間挑起戰爭，阿基里斯的母親忒提斯這麼問他。

——你想默默無聞地度過漫長平穩的人生，還是出征獲得光榮戰果，成為英雄並迎接短暫人生呢？

阿基里斯的選擇不需多說。母親儘管為他驕傲，卻也覺得痛苦。因為他自出生以來便已決定了命運，如果想當個英雄，他的生命就會短得「稍縱即逝」。

長大的阿基里斯加入亞該亞軍，參加了特洛伊戰爭。他不僅連續打出戰果，受到諸神庇佑的軀體毫髮無傷，父親賜予的長槍貫穿了各路英雄。由海神餽贈的兩匹神馬，與襲擊某都市時奪得的名馬所拉動的三頭戰車，沒有任何人能追上。

但當阿基里斯在特洛伊戰爭中，與同樣聲名遠播的大英雄赫克特單挑獲勝之際，就暴露出他本身的缺點。儘管赫克特是殺害了他摯友帕特羅克洛斯的仇人，但阿基里斯用戰車拖著赫克特的屍體繞城羞辱的行為實在太過愚蠢且不寬容。

結果，此舉引起太陽神阿波羅不滿，且阿基里斯不顧阿波羅再三制止，仍持續屠殺特洛伊軍。阿波羅因此勃然大怒，便賜福給特洛伊的名弓手帕里斯，讓他射穿阿基里斯全身上下唯一的弱點——也就是腳跟位置。

接著被射穿心臟的阿基里斯覺悟自己將死，於是勇猛攻向周遭的特洛伊軍，殺到自己力盡而亡為止。如同預言所示，阿基里斯身為一位短命英雄，傳說傳遍世界各地。

無比接近神的人類，擁有無敵身軀的飛毛腿英雄。但是只有腳跟部位——是這個英

雄的弱點。

而「黑」弓兵凱隆對阿基里斯來說算是師父。阿基里斯小時候因為與父親珀琉斯不合，因此回到母親忒提斯的故鄉海底生活。培育許多英雄的凱隆與珀琉斯為舊識，因此非常樂意地接下了教育阿基里斯的工作。

……沒錯，也難怪阿基里斯瞬間困惑了。對年幼的他來說，凱隆是一種絕對性象徵。溫柔、嚴肅，他所說的話就像魔法一樣，滲透了年幼的阿基里斯內心。

阿基里斯與凱隆一同度過了九年歲月——而且在阿基里斯最多愁善感的少年時期，凱隆的存在既是父親，同時是教師、兄長和摯友。對身為英雄之子，受到奧林帕斯諸神祝福，年紀輕輕就被士兵們投以恐懼、尊敬、嚮往眼神的阿基里斯來說，能稱得上朋友或師父的人，真的少之又少。

凱隆毫無疑問是其中之一，跟摯友帕特羅克洛斯一樣，是他信任的對象。

這個英雄現在為了追求聖杯而站在他面前。

以「黑」弓兵的身分、敵人的身分，作為一個必須互相廝殺的對象——

「——老師，我要出招了。」

「『「紅」騎兵』，你不用這樣說。」

聽到嚴厲的回應，「紅」騎兵儘管有點喪氣，還是猛然舞起槍。兩人在可以彼此對話的距離下開戰，也就是一位讓對手近身的弓兵，還有一位發動攻勢的輕裝戰士(Light Warrior)。

阿基里斯雖然心裡多少覺得抱歉，槍尖還是分毫不差地指向心臟。「黑」弓兵卻像個不知恐懼為何物的狂戰士，蠻勇地配合槍擊往前踏出一步。

阿基里斯以飛毛腿聞名，同時槍術優秀到就算作為槍兵召喚也不會有任何問題。按平常來說，應該可以很輕鬆地挖穿弓兵的心臟。

但騎兵在一個致命的點上失策了。

槍尖沒能挖穿心臟，從弓兵側邊鑽過。

「這……！」

「騎兵，你忘了嗎？給你槍、傳授你使槍基礎技術的人是誰？」

弓兵的話重重打擊騎兵。如同他所說，騎兵並不是自己鑽研磨練出槍術，一開始是由凱隆這個老師教導他基礎技術。那麼，他的各種動作和習慣會被看穿，也是理所當

然。再加上這把槍是凱隆為祝賀父母完婚，而贈送給父親珀琉斯的禮物，他完全摸透了這把槍的攻擊範圍。

弓兵接著使出令人讚嘆的招式。他往前跨步的同時搭弓引箭，這正是速射(Quick Draw)。從零距離射程下擊出、避無可避的一箭。

「——騎兵，這樣你會死喔。」

弓兵瞄準頭蓋骨，毫不猶豫放箭，騎兵瞬間往後倒躲開。他用難以置信的敏捷和覺悟才能完成動作，最終只擦破一層皮，避開了這次危機。

這時弓兵出腳，失去平衡的騎兵被一腳踹飛，砸在樹木上。兩人一拉開距離，弓兵立刻拉弓。

騎兵心裡有某種東西切換了過來。他咬緊牙根，以堅毅的眼神瞪向弓兵，並朝著放出的箭直直奔去。以前傾姿勢躲開箭的同時順勢揮槍橫掃——這也被躲開了。

喜悅竄過背部，騎兵一邊咆哮一邊出槍。弓兵閃過如子彈般的連刺，巧妙地調整彼此距離拉弓。

騎兵對自己認為弓兵無法貼身戰鬥，因此只要拉近到槍的攻擊範圍內，就可獲勝的膚淺想法火大。現在的對手可是凱隆，這位大賢者所教導過的人不光是自己，連海克力斯、伊阿宋、卡斯托耳、阿斯克勒庇俄斯等多如繁星的英雄們都是他的愛徒。

近身後才勉強戰成平分秋色，若之後不拿出自己所有本事進攻，肯定會戰敗……！

騎兵的槍突刺、橫掃，巧妙地並用假動作攻擊弓兵。弓兵悉數躲開這些殺招，有時以弓化解，有時甚至搭配拳腳功夫，只要抓到空檔就立刻放箭。

從零距離射程下放出的攻擊損傷騎兵身體。就算是接受諸神庇佑的身軀，面對同樣擁有「神性」的弓兵所放出的攻擊，仍是毫無防備。

攻擊全被看穿，但對手的攻擊總是只差一步沒能看穿。雖然騎兵憑藉天生的強壯身體勉強維持均衡，但這樣下去只會被逼上死路。

騎兵先將思緒拉離眼前的戰鬥。自己的招式之所以被看穿，原因出在眼前這個弓兵教導了自己槍術基礎。不管是擺出架勢、突刺的時機以及橫掃的出手習慣，一切都是他教的。

——別被迷惑。

確實，自己的槍術基礎都是他教的。但自己年紀輕輕就參戰，可不是靠基礎一路獲勝下來。有變化活用，也有在死路中求生的經驗。自己應該透過與許多英雄交手的方式磨練了本事。

自己是怎麼在各種戰鬥、各種危急狀況中活下來的？沒錯，比方說——

騎兵的動作變了。他不再使用基本的招式和壓倒性的速度逼迫，動作開始加入刁鑽的變化。

才想說他竟然放下手中的槍，下一瞬間就以致命弱點「腳跟」踢向弓兵臉部。接著一腳踢高落下的槍，於空中再次抓住後瞄準突刺。槍尖掠過弓兵的脖子，噴出鮮血。

「唔……！」

弓兵立刻拉開距離，騎兵得意地揮舞著槍。

兩人視線交錯，彼此臉上浮現奇異的笑容。

「——嗯，確實有能成為英靈的本事啊。」

「當然，我跟只負責教育的你不同，踏遍無數沙場啊。」

跟許多英雄交戰、廝殺、靈魂交歡。騎兵確實跟凱隆學習基礎，但實際作戰堆起的屍體——對他來說也是真實。

「哎呀，這真是太好了，畢竟單方面屠殺學生的感覺實在不怎麼好。」

弓兵笑，騎兵也笑了。

他已經甩掉與恩師交手的躊躇，現在心裡有的只是跟強者死鬥帶來的歡欣。

騎兵之前迷惘著該拉近距離還是不該。雖然拉近距離搶攻是基本套路，但或許也到了捨棄這所謂基本套路的時候。

原本他手上的長槍就是投擲用槍，是用來打破各種防衛手段，貫穿英雄們胸部的利器。凱隆比任何人都理解這把槍的可怕之處，畢竟那是他贈與出去的槍。

——好了，該怎麼辦？

彼此視線交錯，不論「紅」(阿基里斯)騎兵或「黑」弓兵，都仔細觀察著對方的一舉手一投足，思考下一步該怎麼做。

騎兵笑，弓兵也笑了。兩人之間確實有聯繫。即使要踐踏老師與學生、打從心底信賴的朋友的感情也能感受到的龐大「歡喜」，的確存在於兩人心中。

§§§

——「黑」(阿斯托爾弗)騎兵絕對算不上健壯，他的耐力跟纖弱的外表完全相符。

「好痛痛痛痛痛……」

儘管如此，墜落和魔術帶來的傷害也只讓他受了些傷。因為寶具「魔術萬能攻略本（暫稱）」──發揮了莫大效果吧。

「──頭大了，該怎麼辦才好呢？」

鷹馬沒死。因為騎兵情急之下將牠送了回去，所以儘管受傷仍可再起。只不過這場戰鬥是用不了了。

現在回想起來，自己確實是有些急了。更別說如果能完全釋放鷹馬的全力，絕對可以鑽過那波魔術攻擊。

之所以做不到──是因為自己決定「不要這樣做」。

「啊──煩耶──！」

騎兵用力搔頭。生前曾經這麼煩惱困惑過嗎？他懂，於道理層面他都懂。他其實明白必須打贏這場戰鬥，但不管怎樣身體就是不聽話。

──啊啊，可惡啊，真的頭大耶。

腦海浮現尋求救助的纖細手臂，聲音像蜉蝣那樣纖細虛渺，孱弱地顫抖著。

──正因為我們是吞噬這些弱者後壯大的大罪人。

「事到如今」這句話浮現。沒錯，真的是事到如今。自己的真面目是只消顯現就會消耗魔力的怪物，或許已經有好幾個人工生命體因為自己而氣絕。

正可謂事到如今。但無論如何就是「不幹」，已經如此定案，下定決心。

「……先找找別的方法吧。」

想要聖杯、想為伙伴盡力──這些都沒問題。但能不能「按照自己的想法」做到這些，就是個問題了。

如果是正確的契約、正確的主人就不至於這麼迷惘了──

「唔？」

「嘰──────」一道尖銳的金屬聲讓騎兵連忙回頭，一輛染血且紅色車體四處撞得凹凸不平的美國超級跑車──雪佛蘭．科爾維特正一邊撞開龍牙兵與人工生命體，一邊閃過魔像們，朝著騎兵衝撞過來。

「騙人！」

儘管看到與這古風戰場非常不協調的闖入者而驚訝，但騎兵畢竟是個使役者，還是當機立斷躲開了。從他身旁駛過的雪佛蘭似乎被以粗暴的方式打滿方向盤，像被巨人猛甩般打轉後停下。

騎兵啞口無言凝視跑車，這時駕駛座發出「喀噠喀噠」的聲音。裡面的人似乎想開門，但大概因為撞到了什麼導致車門整個扭曲變形了。

「哎，煩啦！」

車門隨著這句話飛出去。

一條纖細的腿從駕駛座伸出來，臉上四處可見黑色髒汙的少女不滿地猛敲車頂。少女身穿鮮紅色的皮夾克配一件無肩帶背心，下半身是露出整條腿的牛仔短褲。副駕駛座的門也同樣飛出，一個男子緩緩爬了出來。男子穿著黑長靴和黑長褲，看起來就不是個過著正常生活，走在誇張且破滅性人生道路上的大個子。

「喂，主人，美國車不是都很堅固嗎？」

「……能承受妳那種開法的只有戰車啦。是說妳的騎乘技能應該有B吧？應該知道怎麼開車吧？不，算了，妳不用回答，這是因為妳的個性使然吧，嗯。」

大個子一臉疲憊地回應……也就是說，這少女是使役者了。「黑」騎兵（阿斯托爾弗）全身僵住，且絕對不是對車子驚訝，而是因為他看出眼前這個使役者擁有非常強大的力量。

「妳是『紅』陣營的——劍兵！」

劍兵聽到騎兵嘀咕，露出得意的笑。

「嗨。是『黑』使役者……沒錯吧？」

「沒錯，那傢伙應該是騎兵。好了，劍兵，這邊交給妳，我要閃了。」

「怎麼，主人你不留下來欣賞我的英姿嗎？」

「要不是在戰場正中央，我是也很想好好欣賞一下啦……」

大個子一邊嘆氣，一邊環顧周圍。這裡不只有龍牙兵、人工生命體、魔像互相對抗，還可看出使役者之間強大的魔力彼此衝擊。

「嘖，沒辦法，那你就快逃吧！」

「好唷，總之妳要活著回來啊。」

劍兵的主人坐上駕駛座，就這樣把車門丟在外面，強行開走了雪佛蘭．科爾維特。

「哎，竟然挑我不在的時候開打，鬧笑話也要有點節制吧……也罷，主角粉墨登場，王者悠哉加入戰局才是世間真理啦。」

「——咦，妳是王？」

「是啊，如果投降我可以賞個痛快的斬首喔。」

「……哎呀，這種的我就敬謝不敏了。」

「黑」騎兵已從打擊中重新振作。「紅」劍兵狐疑地看著拿出槍擺好架勢的騎兵。

「喂喂，我說騎兵啊，坐騎呢？」

「啊——正好讓牠休息一下。」

「紅」劍兵的表情瞬間充滿殺意，似乎是無法忍受騎兵那種瞧不起人的態度。

「啥？騎兵沒有坐騎是搞屁啊。原本就夠弱的了，這樣不就成了外行嗎？」

「——哎，這我不否認啦。」

「否認一下好嗎！」

「哎呀，因為我是老實人啊。就算這樣，使役者的工作依然是盡全力殺嘍。」

「嘖……沒辦法。話說騎兵，『黑』劍兵是真的消失了嗎？」

「真的真的，千真萬確。」

「原因呢？」

「嗯…………從旁看來就是起內訌，從他的角度來看則是貫徹自身信念，大概是這樣？」

「哇，遜斃了，『黑』劍兵是哪來的鄉下騎士嗎？竟然因為貫徹信念『嗔掉了』？有夠蠢啊！」

這句話瞬間改變當場氣氛。改變的是「黑」騎兵，感受到的「紅」劍兵也斂起表情。

「——我不否認這點喔。雖然不否認，但妳不准評論他。區區一個流氓劍士沒資格評論他！」

「喔，挺會吠的嘛，既然這樣——」

「紅」劍兵切換態度，解放體內蘊含的龐大魔力，將之化為鎧甲與頭盔穿上，手握寬刃騎士劍。豪放的裝扮的確非常符合劍士（劍兵）形象。

「——聊天就到這裡吧。沒有坐騎的騎兵，變成劍上鐵鏽吧！」

「哎呀呀，討厭——好可怕喔……」

狀況非常不利，自己不論是力量及純粹作為英靈的格都遠遠輸給對方。儘管如此，還是免不了一戰吧。

——啊，糟糕，好像會死耶。

身為英靈，或者更應該說身為騎士的直覺，讓騎兵腦海浮現一旦與她交手，便會隨意被砍死的自身模樣。

就算這是致命的事實，「黑」騎兵依然不改臉色。舉起過去從騎士阿爾加利亞那裡摸來的騎槍，準備挑戰豪賭一把的決戰。

§§§

戰場上突然起了一片濃霧，在場的人工生命體們困惑著停下動作——感到一股鼻腔內似乎迸出火花的衝擊。

一道如妖精般天真的笑聲在接連倒下、蜷縮的他們身上響起。

「好多喔，好多好多好多喔，大家看起來都好好吃！」

人工生命體們判斷來者是敵，準備拿起武器應戰，卻使不上力。就算憋住氣息，已經吸入空氣的肺部仍彷彿被某種鉤子吊起一樣疼痛不已。

不行，得快逃。拋下武器，以踉蹌的腳步搖搖晃晃踏出兩步、三步——接著跌倒。

不，腿使不上力，頭部不斷抽動，就像有蟲要冒出來一樣疼，思考混亂，無從收拾。

「救……救……我……」

一邊喘息低語出的話——

「呵呵呵，太多了讓人好猶豫喔，該挑哪個好呢～～♪」

被少女天真無邪的話語拒絕。

眼睛像要融解般疼痛，吸入的空氣正打算燒盡肺部，內臟要被腐蝕掉的感覺非常可怕。

啊——好痛、好痛、好痛、來人啊、拜託、救救我——！

「那麼，我開動了！」

如砂糖甜膩，令人陶醉的殘忍話語。活著所必須的重要器官瞬間遭到挖出，原本應當欠缺情感表現的人工生命體因恐懼發出慘叫。

但慘叫被濃霧包圍，無法傳達給任何人，就這樣消逝。

這片霧正是怪物的胃，絕對性的殺人空間。只是待在裡面就會死，想逃跑、想抵抗也會死。支配這片霧的乃是連續殺人魔——「開膛手傑克」。

「多謝款待。」

夜晚加上霧氣讓她一定能掌握先機，在沒人究責的情況下增加犧牲者——

戰場已經變成讓人不禁認為這裡根本受到混沌之神眷顧的狀況了。

如雨水灑落的光箭點燃戰火，三頭馬車在空中奔馳，地面有不斷冒出的成群椿子，

全身帶火的槍兵則正迎戰這些樁子。彷彿與森林融為一體的弓兵以近身戰挑戰下了戰車的騎兵。而縱橫戰場的弓兵則把已經變成可怖肉塊卻仍持續笑著的狂戰士射成刺蝟。像永動機那樣不會疲勞喘息，持續暴動的狂戰士，還有與之對峙，常保平靜的怪物級代理人。石造巨人們、面色不改地持續破壞的人工生命體、不管怎樣粉碎都一股勁地向前的龍牙兵。如鋼鐵塊的劍士，和手握騎槍對抗的可愛騎兵。為了對付死守城堡的魔術師們，以空中要塞進攻的古代女王，還有藏身濃霧之中的連續殺人魔——

人工生命體流出的血將草原染成一片紅，魔像和龍牙兵的殘骸則如雪片堆積。

彼此交手、彼此廝殺，這裡早就沒有「和平」存在。

聖杯大戰逐漸進入高潮，漸漸變成液體、化為泥沼，纏住接近者並往下沉沒。

在這地獄般的混沌之處現身的，是此次聖杯戰爭的大裁判——裁決者貞德·達魯克與另外一人。

將自己取名為齊格的人工生命體。

第三章

第三章

——現在回想起來，從一開始就有種「不對」的感覺。

七位對七位的大陣仗戰鬥，這確實是非得呼喚裁決者出來的緊急狀況。

但裁決者心裡肯定賦予自己的目的絕對不是這樣。

心中有某樣東西正催促自己，與其說那是使命感，更不如說是危機感。

某種無法挽回的事情正在發生。看到那座巨大空中要塞的瞬間，裁決者的焦躁達到頂點。

「黑」與「紅」陣營的大決戰應該正要開打。以裁決者的立場來說，不管哪一陣營獲勝，只要能對聖杯許下正確的願望就沒問題。關於這點，她一開始並不擔心。

因為兩方陣營的主人都是魔術師。魔術師雖是一種偏離人倫常理的存在，但同時也不會許下什麼罪大惡極的願望。他們的希望自始至終只有抵達根源，或者是跟魔道相關的其他事情——不管怎樣，他們的願望幾乎都很合理。

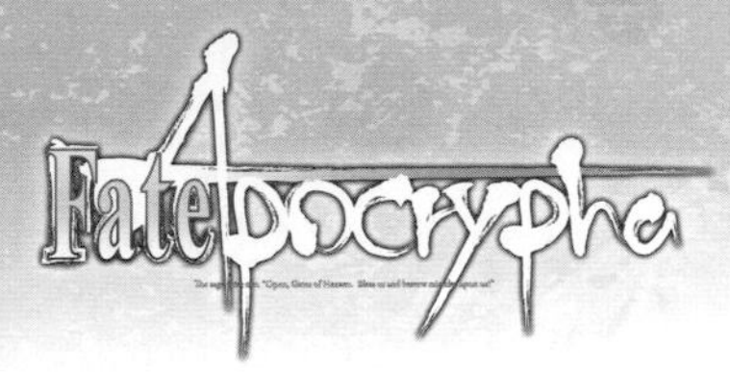

但當「紅」陣營來襲時讓她產生懷疑。想拉攏裁決者的「黑」陣營還好說，因為那只是想要在聖杯大戰上獲勝而採取的行動。

但「紅」陣營很有問題。裁決者看不透他們想殺害自己的理由，畢竟這麼做的壞處遠比好處多。而現在「紅」陣營正以空中要塞往「黑」陣營據守的千界城堡進攻。

裁決者與齊格一起翻越山頭，繞行城堡外圍。穿過前一天晚上「紅」騎兵（阿基里斯）跟「紅」弓兵（阿塔蘭塔）入侵並展開激戰的森林後，來到戰場上。

人工生命體、魔像與龍牙兵互相對抗，上演悽慘的廝殺戲碼。魔術有如砲彈四處爆發，應該是使役者之間的戰鬥瞬間把周遭變成一大片空地。

裁決者眺望悽慘的戰場，專注地看向應當屬於「紅」陣營的空中要塞……即使聖杯戰爭舉行過幾次，那玩意兒也太過異常。如果只是在天空飛，那麼不只是使役者，甚至魔術師都可用簡單魔術輕易完成。

但那個——跟在天空飛而已的層級差別太大，就連神話時代的魔術都沒有多少能夠做到那種程度。

「齊格小弟，你聽好了，我接下來要穿過戰場去找另一邊的『某個人』才行。」

「……為什麼？」

「有『某個』我必須一見的人在這個戰場上，我不知道那個人是誰，也不確定是使役者或是主人，但我必須去見。」

人工生命體雖狐疑地歪頭，卻覺得這番話充滿神奇的說服力。這話並不是充滿自信，甚至可說她說得很不安。儘管如此，卻可從字裡行間窺見她抱著絕對不會駐足不前的堅強意志。

人工生命體理解了狀況。她並不是因為堅定地發言，才獲得士兵們愛戴。她的話語絕對不是為了強迫他人而說出。

她只是傳達「我要去」的意思。

「雖然我覺得很危險，但若這是妳的想法，那也沒辦法。」

他說完毫不猶豫地將手放在劍柄上，表達自己也要同行的意思。雖然相處時間不長，但有一件事情裁決者很輕鬆就掌握清楚。這個給自己取名為齊格的人工生命體，是一旦下定決心就會「貫徹到底」的個性。

如果跟他說「不要跟上來」並單獨前往……他恐怕會追著自己的腳步吧，而這樣很危險。畢竟對「紅」陣營來說，他毫無疑問會被認定為敵人。而看到他的「黑」陣營魔術師們會做出什麼反應，也無法預測。

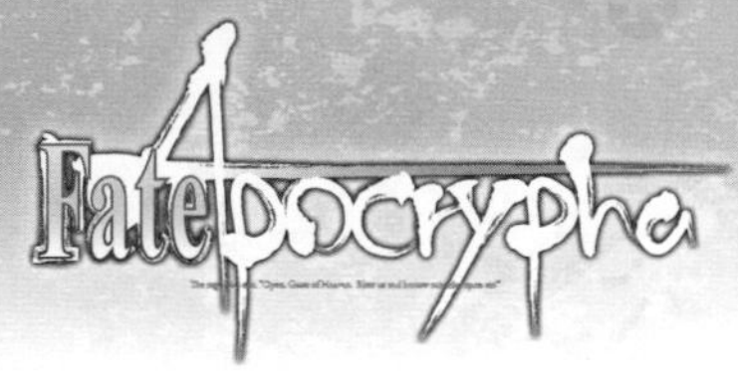

但是，在這片戰場上，齊格的目的跟自己不同。

「你打算怎麼辦？」

「先不論在前線戰鬥的伙伴，在後方待命的那些人或許有餘力短暫對話。我可能會看狀況跟他們說說，拜託他們釋放城堡內的伙伴們。然後——」

「然後？」

齊格覺得很歉疚地低下頭嘀咕：

「……呃，我想見見騎兵，雖然不知道能不能見到他。畢竟在這種狀況下去找他，只是給他找麻煩而已。」

「雖然我不覺得她會認為麻煩……」

裁決者判斷不管怎麼樣，一起行動應該是最妥當的方式。

「總之你先跟我來。不過……聽好了，千萬不可以跟使役者交手喔。如果覺得要跟『黑』陣營魔術師起衝突的時候，就搬出我的名字吧。這麼一來，起碼可以避免被當場格殺。」

「謝謝妳。」

——這一瞬間，她可以「對神發誓」自己的選擇是正確的。有種感覺讓她理解這一點，而這感覺同時讓她感到困惑。畢竟在使役者橫行的戰場上，一個只是普通人工生命體的他究竟能做什麼……？即使手中有劍，他也絕對不是劍士（劍兵）。只不過，現在的確沒有餘力為他費心。

從現在起，裁決者即將跳入一片混沌之中，並找出那個致命的某樣東西。

「好！」

輕拍臉頰，手握召喚出的旗幟。這是生前持續伴隨她的戰旗，也是聖旗。裁決者對身後的齊格低語：「記得跟上。」

「——那麼，我們走！」

裁決者朝戰場直衝，人工生命體也跟在她背後奔出。

數量龐大的龍牙兵立刻往兩人殺去，這些龍牙兵甚至無視正在交手的人工生命體和魔像，只鎖定裁決者為目標。

「果然……！」

裁決者揮舞手中旗幟接連粉碎龍牙兵們。雖然裁決者的原則是盡量避免做出會直接影響聖杯戰爭結果的行動，但既然對方處於敵對立場，就沒辦法一直堅持原則。

裁決者伴隨足以撕裂戰場的尖銳咆哮，往目的地急衝而去。

§§§

四郎的動作戛然而止。他一咂嘴，一臉苦澀地往後方退去。

「術士，撤退了。她比我想像中還早『察覺』，應該……是接收了什麼啟示吧。」

「黑」狂戰士（弗蘭肯斯坦）見四郎突然拉開距離而困惑，總之選擇先觀望。

『聽說為了執行公正無私的判決，因此能選為裁決者的多是聖人一類。她也屬於這類嗎？』

「紅」術士（莎士比亞）挖苦地聳聳肩。

「似乎是如此……術士，這是最關鍵的時候。如果她來彈劾我，場面將會陷入非常混亂的狀況。不，若以你的風格形容，應該是『變得非常有意思』吧。」

『爛作品的特徵就是硬要把不怎麼精彩的內容炒熱，因此主人在戰場上的故事就先暫時到此為止吧。』

「嗯，我們撤退——沒什麼，換個說法就是我們只要撐過這段就可以了。再過不久，就會變成裁決者也無法介入的狀況，而且我似乎是正確的。因為我總在危急時刻避開『一死』。」

四郎這麼說完，射出一道黑鍵牆擋在正準備往前的「黑」狂戰士面前，接著開始以全力離開戰場。

『主人！裁決者那傢伙毫不猶豫地朝你的位置衝過去了！動作快，龍牙兵擋不了多久！』

「我知道！」

四郎默默壓下些許焦躁加快速度……在沒有一盞燈，甚至幾乎沒有月光照耀的漆黑森林裡，仍能夠毫不介意地急速奔馳。他的速度以一句話來說就是異常，輕易超過時速六十公里的他專注狂奔。

……但有個存在正窮追不捨。轉頭看到那個的四郎不禁稍稍睜大眼睛。

「『黑』狂戰士……沒想到會追上來。」

看到那堵黑鍵牆的瞬間，狂戰士就決定要追蹤這個叫四郎的主人，而且是基於應該跟人造人徹底無緣的直覺使然。

卡雷斯雖然告訴她既然主人和使役者逃跑了，就去迎戰其他地方的使役者，她卻低吼一聲拒絕了。

總之，其實──連她自己也不懂。

她感覺讓那個男人逃走「不好」，那個主人絕對異常。不，說起來，那傢伙真的是主人嗎？

要說以自己的感覺來看，是哪一邊──

「──嗚？」

四把刀就像填補思考的空隙一樣射到眼前，對方似乎邊逃跑邊在不讓自己看清身形的情況下，朝這邊投擲黑鍵。

「黑」狂戰士瞬間抓住最理想的選擇，也就是不管它。

因為不會痛，或者說只有帳面上的傷害數值，而且沒什麼大不了。說穿了，以魔力構成的刀刃缺乏物理破壞力，不是可以打倒使役者的武器。

儘管如此，若直接命中確實可以爭取一點時間，但前提是對手是她以外的人。

「啊啊啊啊啊啊啊啊啊啊啊咿咿咿啊啊啊啊啊！」

隨著足以讓人心顫抖的尖叫，她更加快了速度，絲毫不介意直直攻過來的黑鍵。過沒多久，魔力解除的劍柄從她身上滑落，傷口也迅速癒合。

「──竟然是這樣。」

回過頭的四郎不知道該感嘆還是該傻眼。如果狂戰士是擊落黑鍵那還好懂，如果她因此停下那就更好。但沒想到直接命中仍絲毫不減速度……！

『創造她的主人，就是那個叫弗蘭肯斯坦博士的人吧？到底是怎樣設計才能打造出這種怪物啊。』

四郎對「紅」術士的發言苦笑——突然想到一個惡劣的點子。

「術士，請實體化，我需要你的『劇團』。」

瞬間，術士隨著一本書實體化。

「喔喔，原來如此原來如此！就讓她見見又愛又恨的他吧！『人生只不過是一道行走的影子，一個在舞臺上比手畫腳的拙劣演員，而後默默無聞！』（Life's but a walking shadow, a poor player, That struts and frets his hour upon the stage.）」

當他高聲喊出後，黑暗的森林裡產生不可能的奇蹟。「紅」術士確認過後，再次靈體化以避免被四郎甩開。

然後正追蹤四郎的「黑」狂戰士在那裡遭遇了。

「……嗚……！」

慌亂，只能慌亂。不可能在這裡的男人，面帶以他來說不可能出現的穩重表情說著

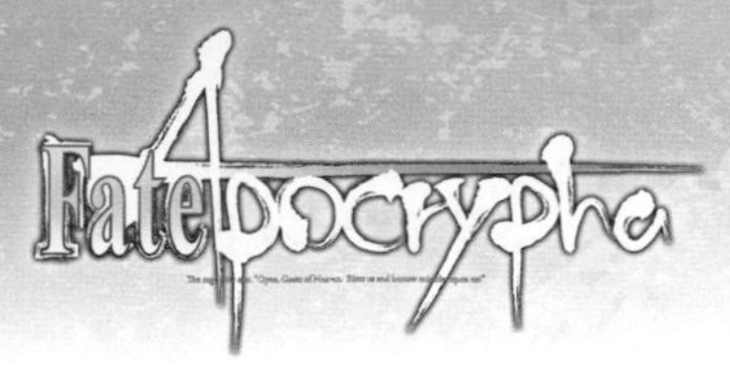

話，生前他一次也沒有用這種笑容面對過自己。

「——停下來。」

「……啊，啊啊……」

連被黑鍵命中都沒有停止，甚至更加速的狂戰士停下腳步。不喜歡表現情緒的她因為驚訝而張口。

在那裡的是「弗蘭肯斯坦博士」。是創造出自己的男人、自己的父親、自己憎恨的對象，和自己的——

為什麼？怎麼會？

「黑」狂戰士並不驚訝他在這裡，她驚訝的是他那無比平穩的微笑。因為從她睜開雙眼開始，父親的臉就因憎恨而皺起。以為他開口要祝福自己，說出的卻只有咒罵。

那是在一個十一月的寂寥夜晚發生的事——

『失敗了、失敗了、失敗了、失敗了、失敗了！』

『怎麼會這樣，這傢伙是個「糟糕透頂」的木頭人！』

『沒有感情！是線沒接上嗎！淚腺也不行，這樣別說完美的少女（夏娃）了，連人類都算不上！』

——啊啊，看來我是失敗作。

可悲的不是自己被認定為失敗作，而是瘋狂地抓亂頭髮的父親看起來太可憐了。

『父親，對不起。對不起，我是失敗作，對不起。對不起、對不起、對不起。我會修好，會好好修好，所以請你不要生氣。不要生氣、不要生氣、不要生氣——』

明明想哭卻哭不出來，流淚的機能似乎沒有啟動。每次想要安慰借酒澆愁的他時都被推倒、被揍、被踢開。

被打不痛，但她不知道……為什麼每次挨打，都有種心臟重重揪起來的感覺。

少女覺得過了好幾天仍悔恨不已的父親很可憐，並努力思考該怎麼辦才好。該怎麼做才能安慰父親呢？於是她一鼓作氣離開房子。

——外面充滿繽紛色彩。

翠綠的樹木、清澈的池水、耀眼的太陽，如果能帶這些回去，父親說不定會開心。

一隻野狗突然襲擊正這麼想著的她，應該是對她衣服上飄散的腐臭起了反應吧。

她扯裂了咬住自己手臂的野狗的脖子，瞬間接收到天啟。

『啊啊，漂亮，真漂亮。這很漂亮。因為我沒有，所以這一定很漂亮——』

撕裂腹部，發現更鮮豔的器官。這也是她所沒有的東西，所以覺得很漂亮，所以決定帶回家給父親看看。

粉紅色的器官很美麗，鮮豔的紅血很美麗。她完全不覺得醜陋、不覺得骯髒，也不覺得血的氣味很噁心。

……當她讓父親看到的瞬間，兩人之間的關係徹底決裂。因為她不僅是失敗作，甚至很明確地是個醜陋的怪物。

覺得血很美麗，會為器官陶醉的生物——就是怪物。

『不是、不是、不是。不是那樣，真的不是。我很正常，只是希望父親能開心。』

直到最後的最後，父親都沒有對她笑過，只是害怕地不斷逃跑，最後甚至留下一句絕對性的詛咒給她。

『妳是怪物！「瘋狂」的怪物！』

……所以才想保持正常，才決定要維持理性、要理解常識，並且決定要獲得伴侶。為什麼？因為正常人有家人。既然已經被父親拒絕了，自己無論如何都需要伴侶。

然而，伴侶不是希望就可以獲得，這個問題也不是去搶奪伴侶就可以解決。儘管如此，她還是試著綁架了幾個男人，卻沒有一個能成為伴侶。

所以她拜託父親。

『請給我一個願意愛我的人，給我一個願意看我的人。如果我是完美的少女(夏娃)，那麼你就應該有義務要創造初始人類(亞當)——』

父親拒絕，少女因憤怒與悲傷而瘋狂。憤怒起因於父親的背叛，悲傷——起因於她

體悟到自己直到死亡為止都是孤獨的。

只是想要被愛，想要愛人，想要知道愛……不，如果連這也無法實現，起碼希望能夠被恨。追蹤、彈劾父親，對逃亡的他感到憤怒而殺害他的家人。即使如此父親仍不斷逃、不斷逃，只是一直逃跑。

直到最後的瞬間，他仍只是持續逃跑。他已經屈服了，甚至沒有想過要找殺害心愛對象的人報仇。

『為什麼不恨我？為什麼不看我？』

……少女與父親一同投身於業火之中，弗蘭肯斯坦的故事到此結束。流傳後世的，只剩下醜陋怪物的傳說而已。

而現在，背叛少女的父親就在眼前，以溫和的表情看著少女。這是她所冀望、作夢都會看到的瞬間。

「——沒錯，這樣就好。別再戰鬥了，我不是為了這個而創造妳。」

「嗚、啊……」

博士朝自己伸手——看來他想做一般父母會對小孩做的事情，也就是摸頭吧。這就是自己所期望的事。

想被愛、想有人愛、想愛人。

這個願望正要實現。

但是——

但就是因為如此。

「嗚嗚嗚嗚啊啊啊啊啊啊啊啊嗚啊啊啊啊啊啊啊啊啊啊啊————————！」

狂戰士發狂了。不，這可不是發狂那麼單純，而是表露殺意，將「少女的貞潔」砸在自稱博士的男子側腹上。

「妳、做什麼……！」

別開口、別開口、別開口

別開口別開口——！

朝吐血的男人臉上再送出一記，臉就像洩氣的皮球一樣凹陷下去。

「啊啊啊啊啊啊啊啊啊嗚啊啊啊啊啊啊啊啊啊啊啊啊啊啊啊嗚嗚啊啊啊啊！」

大吼，大吼著將戰鎚徹底往他全身砸。男人連抽搐都無法，只能以全身承受這壓倒性暴力。

後來，當場面變成那裡是否曾經有人都看不出來的狀況，「黑」狂戰士（弗蘭肯斯坦）才停下了動作。

「啊……啊啊……」

在錯誤的時機聽到想聽的話語了。她知道，她已經理解，這應該是術士之類的魔術造成的。

屍體已經消失，自己徹底打爛的似乎只是個人偶，看四處散落的木屑就是最好的證據。

但是，啊啊，但是——

我又在明明很重視一個人的情況下，傷害了這個重要的對象——！

當人造少女頹喪地雙膝跪地時，一句冷漠至極的話敲響耳膜。

『——以令咒下令，狂戰士，「冷靜下來」。』

痛哭、憤怒、焦躁、絕望，一切都從腦海中倏地消失。

「啊……啊……？」

『好，狂戰士，冷靜下來了嗎？他們逃走了，所以這邊先告一段落吧。還有好幾個地方需要應戰，明白嗎？』

「黑」狂戰士有種邏輯充滿全身的暢快感覺。

沒錯，主人說得對，還有好幾個地方得去應戰。啊啊，竟然表露出情緒了，怎麼這麼丟臉，主人會不會降低對自己的評價呢——

『……別擔心，妳做得很好。剛剛真的沒辦法，那個主人太異常了。總之現在最優先的目標是收拾「紅」使役者，別忘了這一點。』

看樣子主人絕對沒有看低自己。

「黑」狂戰士接受現況點點頭，立刻奔出森林。只不過即使在頭腦已經恢復冷靜的現在，她的思考迴路還是有種讓那個主人逃了的遺憾存在。

關於這點卡雷斯也一樣。雖然他只是透過使魔遠觀，但那個主人的異樣程度……異

常程度，還是明確地傳達過來。

不過，他只是個主人。卡雷斯甩開寒顫，專注在指示狂戰士移動上。

使用了令咒太浪費嗎……不，卡雷斯對自己的判斷有信心。狂戰士的錯亂程度非比尋常，畢竟她殺了集自身崇拜與憎恨於一身的父親，也難怪會這樣。而且還可能對之後造成其他影響。為了讓這一切付諸流水，卡雷斯認為使用令咒沒有錯。

……至少比啟用寶具浪費一道，接著停用寶具又浪費了一道有意義吧。

§§§

爆炸聲、尖叫、慘叫、吟唱——戰場上的各種聲音混雜在一起，衝進裁決者耳中。她默默排除期望、不期望，甚至連期望這句話是什麼都不知道的對象，專注地在戰場上奔馳。

「……！」

一位使役者在那座巨大空中要塞裡待命——而且隨著光線散發出從這裡也可以感受到的壓倒性殺意。能夠破壞整座城堡的破壞力，現正全數集中在裁決者一個人身上。

但裁決者毫不慌張地立起旗幟。她的反魔力超乎規格，即使是神話時代的魔術，也無法傷及聖人的她。不過，這只是為了排開魔術而擁有的能力，並不是可以承受魔術後使之消滅。

「齊格小弟，退開點！」

齊格立刻對這句話做出反應。打滾般離開當場的他，目睹自空中灑落的光線讓裁決者消失的瞬間。

「裁決者！」

他反射性大喊——但途中就沒了聲音，因為他說不出話了。自出生以來就是魔術師的他明白，剛剛從空中射下來的光柱根本是滿滿惡意的雷擊。威力等於同時同點轟炸的這雷擊威力，就算是擁有最強反魔力的劍兵也不可能平安無事吧。

而她——「躲開了」雷擊。雖說躲開這個說法並不精確，因為不是針對單點，而是壓制整面的這種魔術無法傷到她，偏開了。

照理說應該有意志的雷擊喪失了惡意。相對的，這些雷擊襲向了周圍地區。

如果方才沒有裁決者提醒，齊格應該也會被這些雷擊波及吧。原本周圍是一片魔像殘骸和準備攻來的龍牙兵……但現在這些東西全都灰飛煙滅了。

不留一絲塵埃……如果沒有她提醒，自己或許也會得到這種下場。

「這就是……第八位使役者。」

他這樣嘀咕看向天空。雖然驚訝裁決者那不尋常的反魔力，但更驚訝的是方才使用的魔術。幾乎等於轟炸機的魔術只會存在於神話時代。

應該是「紅」術士使出的吧。那座空中要塞或許是「紅」使役者的寶具一類，至少現代魔術師做不到那種事。

不管怎麼樣，即使如此也無法收拾裁決者。齊格和裁決者都認為從空中要塞使用魔術的使役者放棄了。

然而——

「！」

兩人同時驚愕，頭上的使役者完全不在意方才偏開的狀況連續使用魔術。為什麼要做這種沒意義的事……不，這有意義，是在爭取時間，只不過採取的手段太壓倒性了。

「唔……！」

裁決者看了齊格一眼。這樣下去裁決者是還可以自由行動，但齊格就必須隨時遠離她。齊格毫不猶豫地說：

「……妳先走。不管怎麼樣，我都得去找必須見到的人。」

「我知道了。」

裁決者沒有預祝他武運昌隆，因為這戰場不是靠運氣好就能順利行事的地方。硬是要說的話，只能祈禱他不要撞見使役者而已了。

但不可能，因為他說他要去找必須見到的人，所以首先是人工生命體們。拯救他們是齊格的目的之一。

接著還有一個該見上一面的人，使役者──「黑」騎兵阿斯托爾弗。要見他並不是基於什麼明確的目的性，或許只是想見見他。裁決者覺得這樣挺溫馨的。

不過，要去見騎兵就等於會遇到使役者。而且他手中有劍，身上充滿戰意。

那麼對「紅」陣營來說，他就是敵人了。照理說應該阻止他，但即使阻止他也不會停下吧。齊格很清楚去見騎兵沒什麼用處、沒什麼意義，而且還會違背騎兵的期望，但他還是想去見騎兵。

裁決者奔出。她感覺到「某人」正遠離此處，於是更加快了速度。甚至放棄撥開龍牙兵們揮出的斬擊，只是專注地跑著。

裁決者不是想終止這場戰爭，如果雙方陣營的爭奪處在正確的狀況下，她就沒有任

何意見。

但會讓咬住的牙根嘎吱作響的焦躁感驅使她縱斷戰場，必須去見到那個正在遠離的「某人」。

然後「紅」使役者則有意地妨礙她這麼做。龍牙兵堆積如山，目的只是成為妨礙對手的牆壁。

「——礙事啊！」

當然，裁決者甚至不想浪費時間驅趕他們，因此用旗幟尖端瞄準一個點直接擊倒。然後揮灑聖水像之前那樣顯示出使役者的位置。目前先認定「黑」使役者沒有問題，只需注意「紅」使役者的位置變化。

雖然龍牙兵連爭取時間都算不上，但使役者可不一樣了。只要使役者一來，她連追蹤那個主人都沒辦法。

裁決者很快找出不會遭遇「紅」使役者的路線，並奔跑在這條路線上。但隨著時間過去，感覺到的寒氣卻愈來愈強。

就在這時，最糟糕的對手彷彿阻撓她的路線般介入。

§§§

齊格心想這樣就好，一邊目送裁決者的背影離去，一邊安心地呼了一口氣。她有她的目的，而且自己不應該妨礙她。她的目的更崇高、更重要，跟自己不同。

一跑出去，就發現該做的事情比該想的事情多更多。那些來襲的龍牙兵就算對使役者來說不堪一擊，但對自己而言每一個都是必須謹慎應付的對手。

刺擊的效用不大，所以他採取整個身體撞過去的方式衝刺，在貼近對手的情況下順勢將之攔腰折斷。龍牙兵瞬間分崩離析，接著切斷從側面殺出的龍牙兵手臂，以單手輕輕觸摸。

「理導(Straße)／開通(Gehen)。」

啟動魔術迴路——調查、分析、同步化接觸到的材質——然後找出全部相反，為了破壞它而必要的理論。

瞬間，從手掌發出的魔術變得最適合粉碎龍牙兵骨頭。齊格使用的魔術必須先接觸對象並進行分析，因此射程幾乎等於零，但是破壞力極為驚人。

龍牙兵如字面所述化為粉塵。

「騎兵！」

叫喊融入戰場的喧囂之中消失，齊格一邊跑，一邊慎重評估戰場的狀況。有特別巨大魔力衝突的地方，應該就是使役者之間交戰的位置。

「你在做什麼？」

一回頭就看到兩個戰鬥用人工生命體帶著有些非難的眼神看著自己。你在做什麼，你也來作戰啊——他們可能想這樣說吧。

「住手，別這樣。」

兩人聽到齊格這麼說，困惑地面面相覷。

「……如果你們想死我不會阻止，但如果還想活就回去。回去救助我們（人工生命體）。不管是正被榨取魔力的，還是沒有的都要救。你們並不是被束縛住的。」

「但是——這樣違反命令。」

「沒錯，我們收到的命令是作戰，討滅使役者與其臣子。」

「你們應該也知道這命令不可能達成，而且要遵從的義務到底在哪裡？」

齊格的話讓兩人再次面面相覷，一個龍牙兵像要打斷對話一樣朝齊格揮劍。

齊格迅速抽出「黑」騎兵（阿斯托爾弗）的劍，從龍牙兵側腹往頭向上砍去。人工生命體們也配合他的攻擊，以戰斧擊碎龍牙兵的頭蓋骨跟雙腳。

齊格再說了一次：

「想死還是想活……我們必須選一個。」

最後通牒。一個人工生命體回應他的請託回去城堡，另外一人決定還是得遵從命令，再次踏入戰場。

齊格認為這樣就好。只要給出選項，人工生命體就非得做出選擇不可。因為他們的思考迴路沒有不清晰到無法判斷。

出生以來就是僕人的他們，很神奇地沒有浮現過反抗這個選項。但如果給了他們選項，又是另一回事了。

齊格盡可能給了周圍的後方陣線人工生命體選項，他們應該會選出自己的路吧，在那之後就不是齊格的責任了——應該說他無法負責。

之後只剩下尋找「黑」騎兵，但他沒想過找到之後要做什麼。這是多麼愚蠢、多麼傲慢、多麼——不管用盡什麼話語都無法形容的難堪。「黑」騎兵肯定很無奈，沒想到他獲得自由之後，最初選擇的行動竟然是這樣吧。

——即使如此，即使如此，有個念頭正瘋狂地驅策自己。想做點什麼，無法忘記，沒有覺悟面對平穩的日常生活。

他有比這些夢想更加重要的事。想拯救伙伴，想見到「黑」騎兵，還他人情。

齊格很清楚，騎兵可能會說就算派不上用場也無所謂，說他根本不期望這種事而悲傷嘆息。只不過——齊格還是選擇這麼做。

沒錯，既然選了就不能反悔，反悔是最糟糕的行為。

深呼吸一口氣。好可怕，之前瀕臨死亡時明明什麼也不怕，但一想到一度得手的東西可能又要脫手離去——就害怕不已。

……不過心臟的躍動挑動他內心的某種東西。

咬緊牙根，重新握緊冰冷到嚇人的手兩三次，心中想著自己辦得到。許願、祈禱——並踏出一步。

§§§

兩位槍兵之間的戰鬥依然處於抗衡狀態。

雖然彼此都是槍兵，但風格完全不同。「黑」只消一彈指就有樁子貫出，「紅」則依然以手中握住的長槍直接粉碎為目的。

「黑」保持一定距離放樁，「紅」一邊將之悉數擊毀一邊拉近彼此距離——戰況如此反覆著。

神祕會在更強大的神祕之前失效。以這個觀點來看，「紅」槍兵（迦爾納）遠遠優於「黑」槍兵（弗拉德三世）。就算從生前的強度來看，大英雄迦爾納也屬破格。雷神（因陀羅）為了擊敗他，甚至必須要些手段。即使被所有伙伴背叛仍沒有墮落，榮耀的最強槍手。

——但即使是這麼強大的他，也無法攻下「黑」槍兵。

「黑」槍兵跟不確定是否真實存在的「紅」槍兵不同——弗拉德三世是確實存在於世界上的英雄。

為四周諸國畏懼，甚至人民也害怕——儘管如此，仍集尊敬與崇拜於一身的救國英雄。

如果沒有他，我國就不會存在。這位確實存在於歷史上的英雄於本國降臨。在這個國家裡，他的知名度跟大聖徒一樣。

他的寶具「極刑王」也同樣擁有非比尋常的力量。

那些確實只是普通樁子，但——問題在這些樁子會遵照「黑」槍兵指示，能自由自在地召喚。

說起來，只針對一個人動員這種程度的寶具，顯示「紅」槍兵依然是萬夫莫敵的強者。儘管雙腳、右肩、左側腹、左手肘等部位都曾幾度被樁子貫穿，他的動作和武力絲毫不見衰退。目前其寶具「太陽啊，化為鎧甲吧」抵銷了九成傷害，本人只受到可一邊戰鬥一邊恢復的小擦傷而已。

但是——

「——漂亮。你以槍粉碎一千支樁子，以你身上的烈火燒毀八百支樁子，並以身上的黃金鎧甲承受了兩千支樁子的攻擊。『紅』槍兵啊，你確實是個英雄。你的鎧甲別說樁子，應該連破城槌都起不了作用吧。」

迦爾納以嚴肅的態度接受「黑」槍兵稱讚。

「領主，誠惶誠恐。」

「若你非異教徒，孤就會允許你投降了。這點令孤無比惋惜，沒想到你竟然相信虛假之神。」

「嗯，為何可斷定我的神是虛假？」

「當然可以。所謂神是『沒有汙點的絕對存在』，不然有誰願意相信呢？有誰願意仰賴呢？與人相交、交媾的神，只不過是醜陋的怪物罷了。」

「這可難說，信仰當然會隨著風土千變萬化。如果是水災氾濫的地方，支配水者自然得以為神。若我們或他們的神是怪物，那麼你所信仰的神，也同樣是被強迫要『成為絕對』的怪物。」

瞬間，「黑」槍兵雙眼燃起熊熊火焰。「紅」槍兵見狀，仍一派輕鬆地說：

「──原來如此，穿刺公啊，你很苛刻呢。對你來說這椿子是攻擊、是防禦、是示威，也是恐懼吧。」

「……什麼？」

「決定領土、決定城堡、決定要守護的對象，也就是說你打算獨自形成國家。是因為對祖國的愛讓你這樣嗎？還是執政者的責任感造成的呢？」

「紅」槍兵平淡地揭露「黑」槍兵的真面目。不是身上的，而是內心的。

「但是這裡沒有服從你的部下啊。或許王者該孤高，但沒有部下的王是不存在的……穿刺公，這是你失策了。我是英靈，就算面對的敵人是國家也無所畏懼。」

「——哦，有意思。」

「黑」槍兵露出笑容，那是填滿憤怒、激情、憎恨與殺意的無比淒厲笑容。

「獨自對抗我國也無所畏懼嗎？不愧是英雄——孤已經三度針對你的傲慢給予懲罰了。沒錯……孤的槍正好咬住了你三次，因此你就死在這裡吧。」

「——！」

來襲的恐懼讓「紅」槍兵當下打算往後跳躍——但已經不是快慢的問題，「這波攻擊早在之前就結束了」……！

「反應很快嘛。沒錯，孤的『極刑王』並非樁子是寶具，『貫穿而出的樁子』才是寶具。在這塊領域內，不管你防衛得多麼滴水不漏，只要有孤實際攻擊的事實——」

某種東西在「紅」槍兵體內猛烈膨脹。堅硬、銳利且冰冷得可怕的這個是——

「樁子嗎……」

不管是樁子、刀劍、槌子，不論物理性或魔力性的攻擊，幾乎都會被迦爾納身上的黃金鎧甲擋下。但是唯一——來自體內則是例外，更別說這樁子會「以貫穿的形式顯現而出」。

就算是能自在飛舞空中，擁有強大下顎與毒針的胡蜂，一旦落入層層疊疊十幾二十層的蜘蛛網內，也只是無力的餌食罷了。

鮮血從貫穿而出的樁子滑落，這恐怕是迦爾納第一次在穿著鎧甲的情況下受傷吧。

「黑」槍兵即刻為了取勝而衝刺，他原本就不認為這點程度的攻擊可以收拾「紅」槍兵。

因此他不會放過這個瞬間，不管是怎樣的英雄，處於被樁子貫穿的狀態怎麼可能抵抗——！

「將軍了，『紅』槍兵……！」

無數樁子如洪水來襲，同時「黑」槍兵提槍突擊。與其說這是寶具，更像食人魚，因為他沒有魔力用盡的問題。只要一天從人工生命體身上榨取魔力，他就能持續生出樁子。兩萬只是啟用時的最大數量，不管樁子被打斷多少，只要有魔力便可不斷重生。

也就是說，這片戰場等於被他充滿惡意的樁子填滿，根本不可能獲勝。想一個人挑戰支配土地、坐擁國家的王，當然不可能獲勝。

但是——對英靈迦爾納來說，周圍全都是敵人這種狀況，實在是太過常見中的常見了。

「紅」槍兵竟一副完全不受貫穿身體的樁子影響般，揮開直朝腦門刺來的槍，漂亮

地化解掉。

「……！」

這讓「黑」槍兵不禁驚訝無比，這時「紅」槍兵更發揮了超強意志。

「火焰啊。」

火焰包圍「紅」槍兵全身，「黑」槍兵瞬間理解他要燒毀所有樁子。

「黑」槍兵的笑容瞬間抽搐，因為火焰來自「紅」槍兵體內。燃燒、燃燒，不斷燃燒——蹂躪「紅」槍兵的樁子一個也不剩地全數消失。

樁子間不容髮如豪雨來襲。

但很遺憾的，樁子想擊敗的是火焰化身，是火精靈也無法燒盡的太陽之子。

身披黃金鎧甲，手握神賜猛槍。在母親的悲嘆願望下獲得了黃金鎧甲，加上繼承了太陽神的血緣——這些只是與迦爾納這個使役者有關的一半事蹟而已。

迦爾納最強的武器是「意志」。堅強的意志和心，儘管承受諸多不幸，仍不埋怨任何人的施惠英雄。獲贈比任何人都特別的東西，卻不因此認為自己「特別」的男人。

不傲慢、不膨脹，自出生起直到被擊落為止，只是個努力地過著不辱父親之名的一生的英雄。

因此就算被三枝樁子挖穿內臟、扯斷手臂神經，就算無數樁子帶來無比精神壓迫，就算為了應付這些，而採取忍受火焰在體內循環這種超乎想像的蠻幹方式。

「紅(迦爾納)」槍兵也絕對不畏懼，絕對不屈膝——！

火焰在兩位使役者身邊流竄，跟方才的景象簡直如出一轍。火焰讓一切歸零，卻不只如此。

「——領主，我要收下你的首級了！」

「紅」槍兵身負火焰猛力衝刺——完全不在乎樁子和火焰帶來的傷害，直接朝肩膀送出一記。

「唔……！」

苦悶的聲音無法壓住，抗衡狀態在此崩解。「紅」槍兵終於逮住了「黑(弗拉德三世)」槍兵，而「紅」槍兵為了給予最後一擊，開始評估解放與黃金鎧甲並駕齊驅的寶具，也就是「梵天啊，詛咒我吧(Brahmastra Kundala)」的時機。

§§§

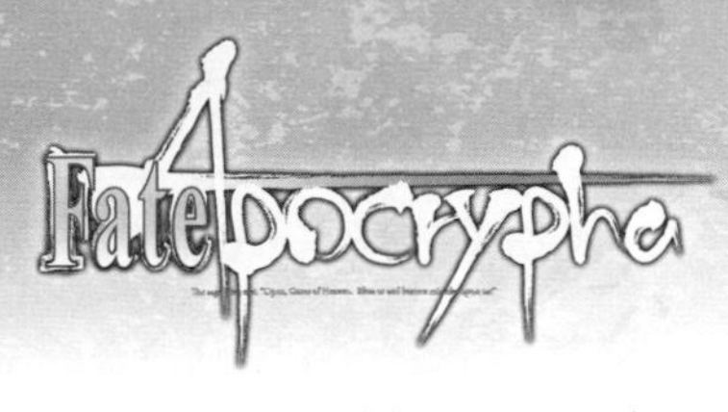

在千界城堡內的主人們正透過使魔或猶太教燭台觀戰，他們或對使役者下達指示，或者早已認為沒什麼好說，只是屏氣凝神地觀看戰況發展。

這時達尼克忽然說道：

「——我去外面一趟。菲歐蕾，主人們交給妳指揮，之後你們要聽從她指示。」

「……叔叔？」

達尼克沒有回應菲歐蕾呼喚，從窗戶一躍而出。對魔術師來說，在天空飛翔不是太困難的魔術，達尼克就像走上樓梯那樣踩踏在空中。

——看樣子還是得啟用啊。

達尼克凝視著令咒，慎重地評估自己的使役者……「黑」槍兵的狀況。目前除了已知「紅」槍兵與「黑」劍兵，也就是英雄齊格菲戰了個不分軒輊的結果之外，還有一個「黑」弓兵（凱隆）斷定沒有諸神血緣就無法打倒的「紅」騎兵阿基里斯。

除了這兩位之外，還有個「紅」劍兵（莫德雷德）也很難纏，現在我方騎兵正被單方面壓著打。這樣下去，「黑」騎兵（阿斯托爾弗）應該再過不久就會退出了。

但達尼克手中還有一張王牌，是「黑」槍兵的另一個寶具。

一旦啟用，想必能輕易撕碎「紅」槍兵，甚至連繼承諸神血緣的英靈也能收拾，正所謂必殺寶具。

當然，代價很大，應該說是怎樣也不想啟用的玩意兒。

「『鮮血傳說（Legend of Dracula）』……」

一旦啟用，「黑」槍兵就會變化為只出現在傳說中的吸血鬼。變得不是英靈，而是如字面所述的怪物。

代價則是達尼克的「性命」。因為「黑」槍兵是為了消除因弗拉德三世的血而弄髒的傳說——也就是要把吸血鬼德古拉從歷史上消除，才以使役者身分締結契約。

「——換句話說，使用那寶具等於對孤吐口水，即使孤死也絕不用。然後，若你以令咒強制孤這麼做，之後的應該不用孤多說吧？」

這是剛召喚出來的「黑」槍兵對達尼克提出的警告，不，是命令。若讓他使用這寶具，就必須以死贖罪。

「……然而一旦戰敗，橫豎我還是得死。」

這點沒錯。雖然逃跑可以多活點時間，但身為魔術師的達尼克．普雷斯頓．千界樹會死，只有這點是他無法做出的選擇。

如果是為了獲勝，達尼克願意做出任何犧牲。但現在的問題在於自己是「黑」槍兵

的主人。

他可以用一條令咒命槍兵使用「鮮血傳說」，再用第二條令咒命他自裁。理論上來說這麼一來就沒問題，然而這樣達尼克將會失去使役者。

即使在這個時間點全數消滅「紅」陣營的使役者，接下來還要面對同族內訌。儘管達尼克是千界樹一族族長，但這可是爭奪能夠實現所有願望的聖杯戰爭。

連最懂事的菲歐蕾和卡雷斯，都不太可能再遵從他的命令了。

那麼該從誰手中接收使役者嗎？

這也是個難題。究竟誰會服從讓出使役者這種命令呢？而且能與菲歐蕾的使役者凱隆對抗的英靈，除了已經消失的「黑」劍兵（齊格菲）以外沒有其他了。

不管採取什麼行動，都是風險很高的狀況。

「——唉。」

達尼克很清楚已經被逼上絕路，但這一百年來發生過好幾次同樣狀況。

其中要屬六十年前的第三次聖杯戰爭為最，那是他到現在還覺得自己能活下來真的非常神奇的慘烈戰鬥。

從崩塌的洞穴意外幸運發現通往大聖杯的道路，以話術巧妙籠絡納粹德意志，在元首一聲令下派出超乎常理的龐大軍隊到同盟國家，並強行奪走大聖杯。

然後在將大聖杯送往德意志途中刻意經過托利法斯，把並肩作戰的魔術師和軍隊全數殺光。接著每天過著研究跟政治運作的日子。面對協會時，甚至甘於扮演千界樹是專門接收瘸腳魔術師的角色。

達尼克為了讓大聖杯熟悉托利法斯這塊土地而漸漸改造它，在這過程中變得不光能召喚英靈，甚至能召喚出「只是擁有英靈面象的對象」，可說是出乎意料的副產品。

畢竟他有很多時間。十年、二十年、三十年、四十年、五十年、六十年——

讓他這麼執著的原點到底是什麼？

是想抵達根源這種魔術師的原動力？這當然有很大影響，既然生為魔術師，當然會以到達根源為目標。但他真的是基於這麼「單純」的願望走到這一步嗎？

……約莫八十年前的痛苦記憶復甦。

當時，一段姻緣找上以意氣風發的新進魔術師身分華麗出道的他，而且對象很不錯。以達尼克來說，剛好可以藉由這個機會跟貴族血緣搭上線。

但這時突然喊停。因為有一位魔術師提出忠告，千界樹一族的血統不純正，大概撐不過五代，之後只等著凋零。

——愚蠢，五代之後這麼久的事情，總有很多對策可以想吧。

當時似乎只有達尼克這麼認為。對不喜歡挑戰風險的一族來說，他是必須立刻排除的異議分子。

不論是原本笑著拍拍他肩膀，對他發誓友情不滅的小舅，還是羞赧地低聲訴說愛意，原本將成為自己伴侶的女性，全都不再搭理他。

——這也無妨，總有這種事吧。

但就在這個瞬間，千界樹一族想上攀成為貴族的夢想就斷絕了。即使撐過五代之後的凋零，一旦被貼上了標籤，就絕對再也無法平反。

自己是無所謂，但那個魔術師就這樣剝奪了後繼者們的未來。在這個瞬間，達尼克體悟要以正規方式到達根源——就是以魔術師身分致力鑽研，盡可能在協會出人頭地成為貴族——這種做法將是永遠無法實現的夢想，並將之放棄。

因此，他必須優先思考不至於讓一族凋零下去的方法，在那之後才能探索到達根源的方法。

雖然不是沒有脫離魔術協會，一邊隱身於一般社會之中繼續研究的做法，但達尼克也拒絕這麼做。

當然，留在協會是一種屈辱。然而達尼克一分一秒都沒有忘記過這份屈辱，將之刻劃在心中——成為奮鬥的原動力。

就在此時，他偶然得知冬木的聖杯戰爭。他拉攏對祕術（神智學）有興趣納粹德意志，獲得軍方的力量支援，以主人身分參戰。

因為艾因茲貝倫犯規導致狀況混亂至極，對他來說反而是幸運。

……第三次聖杯戰爭在不清不楚的狀況下結束，疲憊的艾因茲貝倫、遠坂、馬奇里並沒有方法阻止達尼克與納粹德意志。

傳聞指出艾因茲貝倫仍未放棄聖杯，似乎打算造出新的聖杯。遠坂則放棄了聖杯，打算在冬木市尋找別的途徑。馬奇里則是在這時候就已經開始衰退。雖然沒有掌握確切消息，但第三次聖杯戰爭應該給了他們致命打擊吧。

達尼克不再恨捨棄了自己的那一族人，甚至從現況來看應該感謝他們。當然這些人一族都早已滅絕，甚至史上無名——

達尼克沒有直接下手剷除他們，只是以政治方式將之逼上絕路。比方讓這些人在無用的實驗上花費大筆資金、流出密藏的術式，或者讓繼承刻印的小孩不幸地在實驗之中死於偶然的意外事故。

只有這些諂媚達尼克，甚至墮落到不惜賣身的傢伙們，沒有被收編進千界樹一族之內，遭到放逐。之後只確認他們前往聖杯戰爭的舞台極東國度，也就是日本，更之後就再也沒有消息了。恐怕只會一輩子怨嘆著過生活吧。

達尼克過著不斷踢掉他人往上爬的人生，而現在他必須踢掉的是魔術協會與一族的魔術師們。

當然，無論是要踢掉自家族人還是讓自己的使役者使用禁忌寶具，他都不會猶豫。若是知道平常達尼克是怎樣的人看到他現在的表情，一定會非常戰慄吧。那表情非常冷酷無情，看不到一絲人情。

這種時候他會想著非常狠辣的事情，如果有必要，他不會猶豫做出各式各樣惡行。他也是因此特地來到戶外，不需要讓其他人無謂警戒。

「──好了，該如何是好呢？」

思考了一會兒後，達尼克得出一個結論。雖然是個必須不怕髒了自己雙手的判斷，但對他來說，事到如今也不必介意這種事情了。

§§§

——戰況只能說是單方面壓倒性地強。

不論是原本身為英靈的層級，還是以神祕傳說的程度來論，一切都差距太大。

或許是動物般直覺讓「紅」(莫德雷德)劍兵不去接下「黑」(阿斯托爾弗)騎兵手中金色騎槍揮出的攻擊，而是靈活地不斷閃避。

儘管幾乎沒有威力可言，但這是一把擁有「可強制讓使役者雙腳消失」般致命威力的槍——「一觸即捧」(Trap of Argalia)。

然而要是沒有直接命中就沒意義。「黑」騎兵當然不至於不擅使槍，甚至可說他經歷過許多騎馬比武，武藝早已超越一般騎士的境界。

只不過「紅」劍兵並非一般騎士。她可是騎士王亞瑟·潘德拉岡的私生子，學習、偷竊了他的技術，將之轉化為自己血肉的天才莫德雷德。

「太慢了！」

從旁觀的角度來看，「紅」劍兵的全身鎧甲肯定是重量級裝備。即使是以魔力編織

產出，但重量仍不會改變。對自身敏捷程度有自信的「黑」騎兵原本打算利用這點，徹底擾亂她的步調。

然而實際跟不上的不是別人，就是「黑」騎兵自己。他拚命以騎槍接下「紅」劍兵揮出的劍招，每每接招都有紅色雷光一閃而逝。

這是「紅」劍兵的魔力。因為她彷彿要讓全身魔力滿溢而出般瘋狂地放射魔力，所以僅是接劍便會竄過陣陣麻感。「黑」騎兵感到無比戰慄，因為每每接劍就會感受到——從她身上散發的瘋狂、憎恨以及投入戰鬥的喜悅等火焰般的激情。

「啊——可惡，我可是很忙耶……快點去死啦！」

「紅」劍兵一咂嘴，不悅地低聲咒罵。因為在這種時候，「黑」騎兵天生擅長做出對手最討厭的事情——他笑了。

「哎呀哎呀，別這樣沒情調嘛，再陪我一下好不好啊？」

「笑話——！」

而且「紅」劍兵燃點很低，她因為太過憤怒而咬緊牙根，揮出更強猛的一招。

可怕的是即使在這樣的狀況之下，這一招仍勉強能算是基於「劍術」使出的一記。

與之交手的「黑」騎兵就能理解，她用的劍術絕妙地融合了狂戰士的凶猛和使劍者（劍兵）

的技巧。

要比喻的話，就像教導了一隻凶暴的野猴子必須作戰才能獲得食物，並讓這隻猴子去跟上千上萬的「敵人」交手。當然，猴子沒有習武的智慧，但本能會教育猴子，經歷的戰鬥會鑽研牠的精神，而報酬會豐潤牠的生命。

最後產出的，將是習得並非武術的「某事物」的終極怪物。

「紅」劍兵的劍術非常接近這種感覺。只有不斷作戰、持續殺戮的人才能學會，拋棄禮儀與騎士道等，只為生存與殺戮而存在的劍技。

除她之外，沒人習得這種技術；除她之外，也沒人適合這類技巧。是由她（莫德雷德）所創，只有她才能活用的獅子之技。

「唔……！」

槍劍相交迸出火花。戰鬥開始到現在，「紅」劍兵徹底壓制著「黑」騎兵。

不耐煩的卻是「紅」劍兵。

——去你的，攻不下啊。

「紅」劍兵擁有的那種幾乎等於超能力的直覺，讓她自知不可接觸到那把黃金騎槍。就算覺得這把槍尖不鋒利的槍刺到一下也不會造成多少損傷，直覺仍告訴自己萬萬

不可。

結果，閃躲攻擊的動作稍微加大，沒辦法順利帶上回招動作。雖然進攻不至於變得雜亂無章，但確實不再那樣犀利。

索性忽略直覺警告，刻意接下槍招看看嗎——？雖然這樣想過，但立刻駁回。那把槍是寶具。既然是寶具，不管威力多小，都不能輕忽。

它或許可使刺中的對象無法動彈或者減緩動作，如果是這種能力就相當致命。而且她不覺得「黑」騎兵會在沒有任何計策的情況下，挑戰最優秀職階的劍兵。

「紅」劍兵壓抑焦躁……這種焦躁不是覺得自己會敗，而是擔心自己是否會在與其他使役者交手前就結束，尤其是還沒與「黑」弓兵交手就結束。

「紅」劍兵壓下這股情緒，專心一意地等待「黑」騎兵露出破綻。

——來了！

這時機會到來。她使出全力往上方彈開槍，一劍往毫無防備的腹部砍去。區區鎖子甲在她手中的劍之前如同不存在。

「咳……！」

「黑」騎兵危急之下全力扭轉身體，而此舉也確實奏效。他的側腹雖然被貫穿，至少沒有當場死亡。

然而真的可說是奏效了嗎？畢竟「黑」騎兵已經沒更多力氣，撐過治療魔術跟自身的治療能力生效為止的短暫時間。

「——掰啦，挺好玩唷。」

「紅」劍兵這麼說完舉高巨劍(Clarent)，「黑」騎兵勉強抬起頭笑著嘀咕：

「……準備完畢。」

「黑」騎兵說出的話讓「紅」劍兵疑惑地皺眉。

「喂，什麼準備完畢了？說啊。」

——瞬間，正是瞬雷不及掩耳的速度。接受了令咒支援的「黑」(弗蘭肯斯坦)狂戰士所使出的猛烈一擊，直直砸向「紅」劍兵毫無防備的背部。

卡雷斯認為現在就是勝敗關鍵點，而用掉了第二道令咒。依照「黑」弓兵的看法，「紅」劍兵應該沒有「黑」劍兵(齊格菲)或「紅」騎兵(阿基里斯)那種接近概念武裝的防禦型寶具。他認為頭盔頂多只能隱瞞真名與其能力，並沒有除此之外的特殊力量。

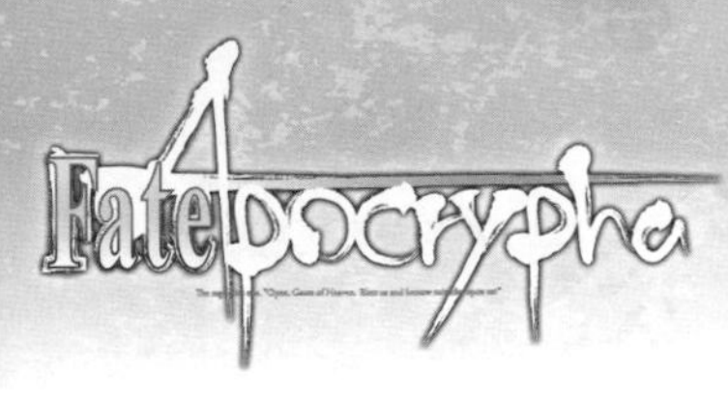

那麼至少這一下應該能直接產生效果。尤其狂戰士手中的戰鎚不是砍殺用，而是給予衝擊傷害的武器，對身穿全身鎧甲的對手特別有用。

聲響有如拿高壓機壓碎汽車，「黑」狂戰士確實在這一擊中抓到回饋手感。旁觀的騎兵也是這樣感覺。

然而，但是——

「——怎麼可能？」

該讚嘆的不是鎖定了目標，並按照計畫成功打出一擊的「黑」狂戰士。而是承受這一擊之後別說被打飛，仍彷彿在地面紮根而文風不動的「紅」劍兵。

透過使魔觀戰的卡雷斯，還有身為當事者的狂戰士與騎兵，都無法隱藏驚愕情緒。

「狂戰士……像妳這種垃圾再多來一個……」

那聲音就像徹底壓抑痛苦與憤怒而冰冷不已，劍尖直指「黑」騎兵。原本打算配合時機用騎槍突刺的騎兵一步也動不了。

「——嗚——嗚！」

『不妙。狂戰士，拉開距離！』

被強烈「死亡」預感圍繞的狂戰士，在卡雷斯下達指示的同時立刻往後方跳躍。這一跳拉開了二十公尺，正好混進在那兒的魔像堆裡。

在那之後，「黑」狂戰士與「黑」騎兵再次體驗到「紅（莫德雷德）」劍兵究竟是多麼誇張的英靈。

「——以為這樣就可以戰勝我嗎！」

一躍。不，這早已不是跳躍，而是「發射」。「紅」劍兵就是被裝填的槍彈，而擊槌正敲打在撞針上。

「紅」劍兵的技能「魔力放射」——在膛線引導下旋轉著衝出槍管，毫不猶豫朝狂戰士射出。

手中架起的大劍是彈頭。儘管頭盔完全覆蓋了頭部，狂戰士還是感受到了。

——這個使役者在笑。

「紅」劍兵畫出弧線的劈砍一起炸開了周圍的魔像。如同炸開這個詞所述，這一劍捲起爆風與紅雷，周圍的魔像在餘波肆虐下灰飛煙滅。

監視此一光景的「黑」主人們，以及正好看到這幅景象的使役者全都抽了一口氣。

「——怎麼會這麼誇張。」

在場所有人完全同意某個人勉強擠出的這句話，這一招就是如此強悍。而更可怕的

點在這還不是「寶具」，只是英靈以全力放出的一招普通攻擊罷了。

『狂戰士……！』

卡雷斯拚命以念話呼喚，但狂戰士沒打算回應。主人卡雷斯知道狂戰士沒死，但——挨了剛剛那一下的她，現在究竟怎麼樣了呢？

「紅」劍兵用劍揮開煙霧，看到狂戰士並確認她的真面目後，因憎恨而皺起臉。

「妳——」

『喂，成功了嗎？』

劍兵用不悅的聲音回應主人打斷進來的念話：

「成功了。雖然成功了，但對方還活著，還在苟延殘喘。」

『……妳心情不太好呢。所以知道她的真面目了嗎？』

「不知道。只不過——這傢伙不是人類，應該說是不是生物都很可疑。感覺……有點接近人工生命體。」

『妳說人工生命體？』

「扯斷的手臂上面沒有血管，而是用管線連接。主人，你聽過這種英靈嗎？」

『人工生命體啊……這種的英靈好像聽過……又好像沒有。』

「喂，主人，到底是有還是沒有啦……不，算了，無所謂吧。反正知道一個快死的使役者名字，也只是平添無用知識罷了。」

『等等等等……人工生命體……我原則上問一下，她應該不是全身都是機械吧？』

「肉身像是拼接起來的缺陷品，不是機械……嗯，隨便啦，我現在要送她上路了。」

要「殺害」使役者，就必須擊碎其靈核。要做到這點，只要破壞與靈核直接相連的心臟或腦便可。

「紅」劍兵毫不猶豫用劍刺穿「黑」狂戰士的心臟，她也毫不抵抗地直接承受這一劍，只在劍刺入的瞬間抽搐了一下而已。

「——結束了。」

既然已經給予致命傷，就沒閒工夫管她如何了。下一個目標是「黑」騎兵（阿斯托爾弗）。劍兵一回頭，就看到騎兵架著騎槍往這邊衝過來。

動作雖然很快，但在還沒完全恢復狀態下使出的這一擊，只稍稍高出一般英靈的平均水準之上。就算這種招式擊出百下，劍兵也有自信可以全部化解。

「來啊，母狗！」

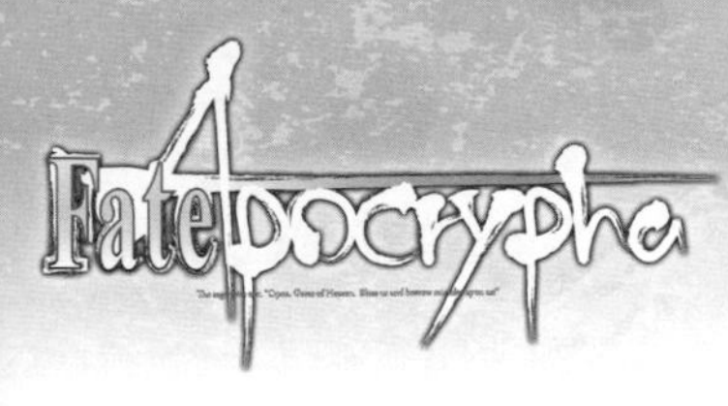

劍兵很確定自己可以用劍撥開騎兵的槍，並在轉眼間取下其首級，然後這樣就會結束了。她的直覺雖然還不到預測未來的層級，卻能輕易導出當下最理想的答案。

「黑」騎兵九成九會被收拾掉。為防萬一，剩下就是專心面對這個場面。

「紅」劍兵的判斷沒錯，但這之中卻少算了一點。如果說，不是普通的戰鬥用人工生命體，或者魔像那類雜兵——然後甚至不是使役者，某種本應不存在於這個世界上的「虛假」存在的情況。

各種計算就會輕易地破解。

「——！」

首先，「黑」騎兵浮現愕然表情停下衝刺。接著，視野角落映出一道小小人影。

那並不是——「黑」狂戰士（弗蘭肯斯坦），而是個普通的雜兵（人工生命體）。對方提著細劍，跟騎兵一樣向前衝刺著。以雜兵來說，這一擊的速度意外地快。

但這種攻擊不過是蚊子叮的程度，「紅」劍兵無視他，集中精神注意「黑」騎兵。

如果騎兵衝撞過來，將之彈開後以單手揍扁對方就結束了。原本「紅」劍兵是這麼打算，但總覺得有點疙瘩。

這點疙瘩算不上預感一類，只是些許、一丁點的不協調感覺。因此劍兵無視這種感覺，擺好架式等著反擊打敗「黑」騎兵。

「黑」騎兵甩開驚愕，一副在焦躁驅使之下的樣子加快速度襲向劍兵。

先來到劍兵身邊的是人工生命體，但劍兵的全身鎧甲應該可以彈開他的攻擊吧。應該說必須如此，至少區區人工生命體的劈砍不該穿破鎧甲。

——但是人工生命體手上那把武器可是使役者所擁有的劍，雖然算不上寶具，但銳利程度可不是其他雜兵手中的平凡武器可以相比。

即使如此，使用這把武器的若是普通人工生命體就不會有問題。不過——

——只是非常專注、心無旁騖，甚至捨棄了自己的生命。

齊格理解「黑」騎兵的衝刺會失敗，拯救了自己的英雄很明顯將會悲慘地被對手殺死。

這點他絕對無法忍受。心跳強勁地往全身輸送血液，為踩踏在大地上的雙腳帶來力量。

接著怒吼。他心想自己什麼都不要，就算這一擊毫無意義也無所謂，就算只能稍稍延長「黑」騎兵的性命也沒關係。

拋棄騎兵，去過安穩的人生——齊格敢說這樣才真的毫無意義。

對「紅」劍兵來說，最大的失算莫過於她身上的全身鎧甲。她失策了。確實「黑」狂戰士伴隨令咒加成效果的全力一擊都被劍兵扛了下來。

但這不代表她沒有受傷。受到戰鎚直擊的鎧甲部分凹陷下去，扭曲變形。

那麼，這一塊鎧甲當然會變得脆弱。人工生命體的雙眼確實掌握到了這個可以算是擊破點(Catastrophe Point)的存在。

劍兵和齊格共享劇烈衝擊，彷彿從肩膀撞上去的衝刺給齊格全身帶來強烈痛楚，但劍兵的狀況就沒有這麼簡單了。

「什——麼？」

劍兵在感覺到痛之前先是驚訝茫然，因為細劍貫穿了她最自豪的全身鎧甲。血從側腹汩汩流出，憤怒瞬間閃過，相對的是冰冷的殺意支配了劍兵腦海。

「——你是誰？」

齊格舉著抽出的細劍不發一語。他不是不回應，而是無法回應。眼前的使役者並沒有因為憤怒而發狂，只是維持鋼鐵頭盔覆蓋面部的狀態與他對峙——結果使齊格甚至無法開口說話。

「……不回答也無妨，反正我已經決定要殺了你。」

「——！劍兵，住手！」

「黑」騎兵再次衝刺，蹲低了身子使出滑行般的一招攻擊。但「紅」劍兵（莫德雷德）用劍化解了這一招後，一副要讓對方嚐嚐隨便進攻的苦果般，賞了一記猛烈的肘擊回去。

「唔……！」

因為劍兵瞄準方才騎兵被砍中還沒完全恢復的部位攻擊，因此騎兵的腹部又開始噴血。「黑」騎兵儘管倒地不起，仍死命地惡狠狠瞪著「紅」劍兵。

劍兵甚至面帶憐憫的表情對騎兵說：

「很遺憾，我認定這傢伙是敵人。如果他再弱小一點，或許就可以走上不一樣的道路了吧。」

「紅」劍兵緩緩地舉起做工精美的白銀劍，且劍指的對象不是騎兵，而是人工生命體。齊格有種自己彷彿身處夢境般的感覺，從正面望著劍兵英勇的身影，並覺得很可怕，也預感自己會死吧。儘管如此，他的情緒感覺似乎麻痺了，不，應該說現在的他非常接近平常心的狀態。

心跳的速度跟平常完全一樣，看來這個心臟似乎不會因為懼怕而加快跳動速度。齊

格在心裡稱讚「黑」劍兵齊格菲不愧是赫赫有名的英雄。

……勝負只需要一擊。

齊格甚至無暇揮劍，「紅」劍兵的劈砍就撕裂了他的胸口。自肩膀沒入的劍直接抵達了心臟。

「——掰啦，無名的人工生命體。我會記住你。」

這毫無疑問是「紅」劍兵給予他的稱讚。鮮豔的血噴出，又一位人工生命體倒在大地之上。這是從方才起就不知道反覆過多少次的光景。

然而在這一瞬間，所有投入聖杯大戰的人工生命體都倒抽了一口氣……大家都知道他是誰，也理解他為何回來。

無法支持他、幫助他，但能夠認同他。希望能給予在這麼多人工生命體裡唯一選擇了自由的他祝福。

戰爭沒有結束，不論是魔像、龍牙兵還是人工生命體們都從未停手。但就在這時候，千界樹造出人工生命體，感到一切都結束了。

人工生命體們帶著除了同族以外無人能知的慘澹情緒——繼續在戰場上掙扎。

「紅」劍兵這下總算能與「黑」騎兵對峙了。

「——久等啦。」

「……」

黑騎兵沉默不語，垂下的臉上看不到總是掛著的柔和笑容。

「『紅』劍兵，我要上了，我不會原諒妳。」

「哈，要鍾情於他是無妨！但這裡可是戰場，只要與我敵對者格殺勿論。要是傷了我，那就更不用說啦！」

「是啊，這我明白。雖然明白，但我阿斯托爾弗不可能可以接受這種道理啦！」

「紅」劍兵對激昂的「黑」騎兵露出帶著挑釁意味的笑容，並打算這回真的要好好迎戰，這時卻因突如其來的念話停止攻勢。

發念話給她的當然是她的主人獅子劫。

『喂，「黑」狂戰士上哪去了！』

「紅」劍兵儘管對這意義不明的提問感到疑惑，但還是老實地回應：

『主人，你是怎樣啦，狂戰士早就——』

『妳有確認她的肉體的確消滅了吧！』

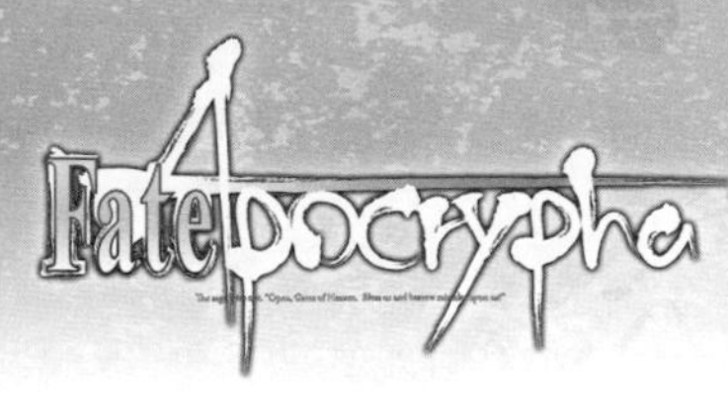

『……不，沒有確認到這麼仔細。』

就算不用做到這種程度，劍兵的手感也告訴她已經收拾了對方。她一邊稍微注意「黑」騎兵的動向，並稍稍歪了歪頭——才發現那裡沒有任何人。

「什麼……！」

劍兵儘管愕然，仍開始檢視周圍狀況。使役者並沒有消失，證據就在於她的戰鎚仍插在大地上。劍兵雖然聯想到墓碑，但立刻就發現奇怪之處。

當她砍下去的時候，「黑」狂戰士（弗蘭肯斯坦）應該握著那把戰鎚才對。那麼，戰鎚是幾時插在大地上的？

因為這景象太過奇妙，所以劍兵的注意力被戰鎚吸引過去。下一瞬間，「黑」狂戰士就像算準時機一樣從空中落下，趴在「紅」劍兵背上。

「唔……放開我！」

長時間處在戰場的「紅」劍兵知道，這毫無疑問是捨身一擊。是某種就算犧牲自己也要使用的招數。

「喃啊啊啊啊啊啊啊啊啊啊啊啊啊——喔唔！」

「黑」狂戰士就像凶暴的野獸，或者地獄亡者般大叫，並拚命抓著「紅」劍兵的背不放。

膨脹的魔力捲起旋風，開始以她為中心點產生巨大龍捲風。

「狂戰士！」

「黑」騎兵以單手阻擋打算飛進眼裡的沙塵，拚命大叫。

但狂戰士仍沒有回應。

『——騎兵，到此為止。狂戰士要啟用寶具了，快後退。』

主人的聲音帶著些許令人不快的冷漠，騎兵當然出言反駁。

『我不要，劍兵是……』

『閉嘴。要是待在那裡，你可是會死喔。想讓我使用令咒嗎？』

騎兵儘管對這番話咬牙，還是拉開了他認為安全的距離。當他冷靜下來之後，才驚訝於自己佇立的場所。

因為那裡距離她倆超過一百公尺。也就是說，騎兵的肉體判斷不離開這麼遠就還有危險。

「黑」騎兵知道狂戰士的寶具有兩種，一個是隨時啟用的「少女的貞潔」。然後另外一個才是——

「……『礫刑雷樹』。」

這是會把「黑」狂戰士本人逼上絕路的禁忌寶具。

卡雷斯不知道該對她（狂戰士）說什麼才好。

只是他無法阻止她，理由並非因為這是打倒「紅」劍兵最好的方法。

卡雷斯並沒有命令她，也不是其他主人或菲歐蕾強制他們這麼做。卡雷斯只是依稀覺得狂戰士會這麼做，而狂戰士也不待他用掉令咒，便打算啟用這寶具。

『……狂戰士，我會用令咒支援妳。』

這樣的令咒使用方式並不是要保護她，也不會強制讓她撤退，而是支援（Boost）她。令咒的命令內容愈是單一且即時，效果就愈是強大。且若使役者贊同主人的命令，那麼將會發揮更好的效果。

以現在的情況來說，只要卡雷斯命令狂戰士把寶具的威力發揮到極限，就可以達到威力加成的效果。

做到這種程度，應該足以收拾「紅」（莫德雷德）劍兵吧。

『——嗚嗚。』

表示肯定的低吼聲穿透力強到甚至令人不悅，卡雷斯這時候才打從心底對「黑」狂戰士是弗蘭肯斯坦這點感到「後悔」。

她徹底瘋狂還比較好。如果是個不會分辨主人的臉、無法溝通，只知道屠殺敵人的狂戰士還比較好。

因為這樣，卡雷斯使用最後的令咒就不會如此躊躇。他的心態本來就沒有多積極想要參加這場聖杯大戰，也沒有特別想實現的願望。

他應該可以不惋惜、不悲嘆地放掉狂戰士。

……然而，現在他腦中浮現的卻是與其說一臉空虛，倒不如說是以茫然的表情摘著花，拔下花瓣扔掉的狂戰士模樣，還有只是望著隨風飄散花瓣的她的身影。

一股彷彿撕碎臟腑的痛楚閃過——卡雷斯強行忍下。他不流淚，原本就沒有權利流淚。被殺害的將是她，痛下殺手的是自己。只有這點絕對不能搞錯。

卡雷斯以令人厭惡的冷漠聲音說出這句話：

『第五的「黑」以令咒下令。』

捨棄所有淡淡的回憶。

『——解除所有限制，啟用寶具「磔刑雷樹」，打倒「紅」劍兵。』

天空破開，龐大的魔力集中到「黑」狂戰士身上。這些魔力讓戰鎚末端的扇葉高速旋轉。

「妳這傢伙……！」

「紅」劍兵的聲音似乎因焦躁而扭曲，「黑」狂戰士甚至露出微笑說：

「——跟我、一起、上路。」

從天空打向大地，或從大地竄向天空。蒼白光芒像瀑布一樣傾洩而下。

「————————————————！」

雷擊徹底蹂躪世界，徹底破壞半徑百公尺內的所有物體，連一片肉片也不留下。

看著事態發展的所有人都確定「紅」劍兵死定了。除了像「紅」騎兵（阿基里斯）那樣例外中的例外，不管多強的使役者中了方才這樣一招，都不可能平安無事。

「黑」狂戰士賭上自身性命放出的這一擊可謂充滿執著。

「成功了嗎……？」

但他們忽略了一點，投入這場聖杯大戰中作戰的不單是使役者。雖然他們並未出現在戰場上，仍是為了與使役者並肩作戰而齊聚於此。

沒錯，就像卡雷斯使用令咒支援「黑」狂戰士的一擊一樣。

「這……」

「黑」騎兵（阿斯托爾弗）看著出現在自己眼前的使役者，驚訝地說不出話。對方身上散發陣陣黑煙，與肌肉燒焦的噁心氣味。

「紅」劍兵就在眼前。

「……混蛋，沒能完全躲開啊。」

「紅」劍兵稀鬆平常地嘀咕。

『別這樣說。說真的，妳沒消失就已經萬萬歲嘍。』

『囉唆啦，你這個主人早一秒使用令咒就好了啊。』

『不會有差別，原本我用令咒強制移動妳到安全範圍的時候，妳應該毫髮無傷才對。但那雷電追殺妳，甚至想把妳拖進中心點……對方恐怕以令咒下達「打倒『紅』劍兵」之類的命令吧，就是這樣才讓妳受傷。』

加上令咒支援的使出渾身解數的一擊，要熬過這個確實只能仰賴令咒。

「紅」劍兵的主人獅子劫界離毫不猶豫地使用了令咒。他透過令咒下令「逃離至安全範圍」，這種幾乎完全沒有時間概念的「轉移」已經算是一種魔法了。只是一介魔術師的獅子劫界離之所以能夠使出連神話時代的魔女都只能在自身領域之內使用的魔法，全因令咒內蘊含的龐大魔力所致。

……而且就算做到這一步，劍兵仍不算毫髮無傷。

卡雷斯的令咒也扭曲了空間概念，甚至於因果關係，讓「磔刑雷樹」強行擊中「紅」劍兵。

但因為令咒的龐大魔力都消耗在這方面，所以沒有增加多少威力。結果，「紅」劍兵只是受了重傷。雖然要花點時間，但恢復不是難事。

「——可惡！」

卡雷斯一拳打在石牆上，皮膚立刻綻開出血，但彷彿正在腦內躁動的熱氣使他毫不在意刺痛的感覺。當他確認自己的使役者死亡，便不發一語離開房間，接著立刻把怒氣發洩在牆壁上。他實在不想在其他魔術師面前，表露出這麼沒出息的一面。

「……那不是你失誤。」

或許是察覺弟弟內心的傷痛，菲歐蕾追出來這麼說。但卡雷斯只是搖頭大吼反駁：

「不，是失誤！是明知道對方也有令咒可以使用，還賭了這一把的我造成的失誤。如果對方使用令咒的時機再晚個幾秒……或者我更早幾秒決定使用令咒，事情就不會是這樣！我就不會讓那傢伙……讓狂戰士白白送死了！」

卡雷斯自責於自身失算跟判斷錯誤，但從菲歐蕾的角度來看，那一半沒錯，一半則錯了。

錯的部分在於那是無可避免的錯誤。以跟「紅」劍兵對決來說，卡雷斯和狂戰士毫無疑問已經表現出最佳結果，只是對方技高一籌罷了。

「至少你讓對方受傷了吧？」

菲歐蕾認為這就不是白費力氣，她那充滿鬥志的一擊不應該是白費力氣。但身為魔術師的卡雷斯卻搖頭否定。

「如果有治療魔術，那點傷勢還是可以痊癒……姊姊妳別管我了，快點回去指揮作戰吧。」

「可是——」

「好了，拜託妳先回去。」

卡雷斯以不容分說的口氣這麼說，菲歐蕾就為了指揮戰局而回到房間裡。留在原地的卡雷斯背倚著牆，雙手掩面思考。

……在那招沒有成效的時候，該讓她撤退嗎？

……想以偷襲方式襲擊「紅」劍兵是失策嗎？

……說起來，用狂戰士挑戰的判斷本身就太過愚昧了嗎？

當然，要找理由一定有很多。如果沒能在那時候收拾「紅」劍兵，我方騎兵犧牲的可能性就很高。

能以實力對抗「紅」劍兵的槍兵和弓兵，當下都還有別的難纏敵人要應付，根本無暇顧及這邊。

該怎麼做才好？該怎麼做才能獲勝？該怎麼做才能拯救她？卡雷斯拚命思考得出的結論，仍是無計可施這最顯而易見且最糟糕的結論。

我方不能失去騎兵，當時能率先趕到的也只有狂戰士而已。碰巧狂戰士跟丟了正在追蹤的主人與「紅」術士，正在尋找下一個目標。

不，就算悔恨怨嘆也於事無補。

……「黑」狂戰士（弗蘭肯斯坦）死了，卡雷斯的聖杯大戰也在這個時間點結束了。右手上的三條令咒全部消耗掉之後消失，兩者之間的聯繫完全中斷了。

痛苦超乎想像，有種胸口被掏空的痛楚。儘管如此，卡雷斯畢竟是個魔術師，還是有做好相應的覺悟。可能會死、可能會被殺，或者可能要下殺手，最糟糕的情況是必須殺害包含姊姊在內的整族人——他已有這類覺悟。

但現在掏空他胸口的完全是其他層面的問題。直到他進行召喚儀式、參加戰爭為止，從沒想像過的問題。他從沒想過「黑」狂戰士的死，會給自己造成這麼大的傷害。

『我什麼都沒為她做。』

她的願望只要有聖杯就能實現。以狂戰士這個職階來說，她的智商高得驚人，更重要的，她是個很好相處的使役者。

卡雷斯很想咒罵認為兩者之間只是基於利害關係要相處一些日子的自己。她是彼此交流心情、一同作戰的寶貴伙伴。不，「這都變成過去式了」。

所以才難過。

然而過去永遠無法改變——回歸「座」的使役者再也無法回來。

儘管有著人類外表，卻強制被當成怪物的少女，只是想要一個與自己一樣——願意疼愛自己的「某人」這樣的小小願望。

卡雷斯為自己連這都無法幫忙實現而扼腕不已。

「紅」劍兵雖然身負重傷，但傷勢停留在如果獅子劫界離立刻使用治療魔術，就不會對戰鬥產生影響的程度。也就是如卡雷斯所說，「黑」狂戰士啟用的寶具，在攻擊的層面來說沒有比這更沒意義了。

但這寶具還有一種隱藏的力量，在設計圖上是連卡雷斯都沒有注意到的一個小節，上面這麼寫。

『此雷擊並非普通雷擊，是弗蘭肯斯坦的意識介入後的力量。只要雷電還存在，她就絕對不會消滅。』

當雷擊將周圍一切化為塵土的同時，也給現場的齊格心臟強烈電擊。心臟劇烈地收縮、舒張，本應停止的血液再次開始流動。齊格吸收弗蘭肯斯坦釋放的魔力，全身血液開始循環。

——自己取名為齊格的少年最初感受到的是痛楚。

§§§

「這……！」

連在召喚時，理應獲得各種使役者相關知識的裁決者看到這模樣，都不得不愕然。

「唔，那邊的是『黑』陣營的使役者——看來不是。哼，是裁決者啊。」

聲音清爽如風，動作輕巧如被風吹動的樹梢枝葉。

一身翠綠的少女在空中一個翻身，於裁決者身邊落地，手中握著與身體比例不符的大弓。

「——妳是『紅』陣營的弓兵嗎？」

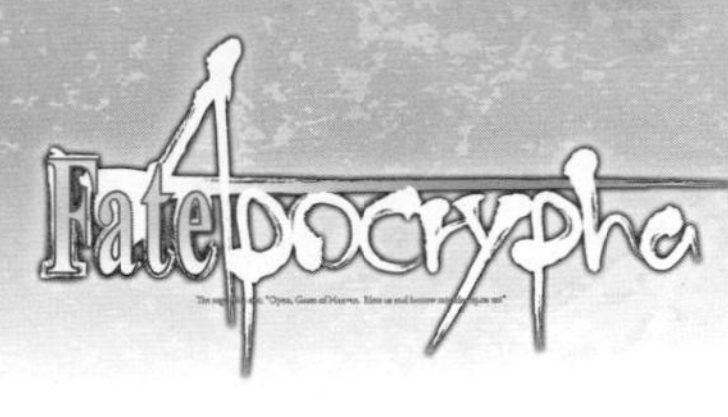

裁決者當然心存警戒。身為曾被「紅」使役者槍兵與術士（應該是）兩位襲擊過的對象，她當然要小心。

但「紅」弓兵對這樣的裁決者感到疑惑般看著她說：

「怎麼，妳是裁決者吧，難道還不懂現在該戒備的對象是誰？」

「——不，這我當然理解。」

弓兵方才這番話是真心的，所以裁決者稍稍放鬆了戒心。看來「紅」陣營那邊也並沒有那麼統一，至少「紅」弓兵與其主人並沒有將裁決者當成必須殺害的對象。

沒錯，現在最該戒備的不是她。

「……對『黑』陣營來說的第二位狂戰士，斯巴達克斯……是嗎？」

「紅」狂戰士（斯巴達克斯）被「黑」槍兵（弗拉德三世）捕捉，並強制更換了主人。也就是說，現在的他雖是「紅」狂戰士，卻與「紅」陣營敵對。

只是這樣還不是問題。在聖杯戰爭之中，原本是伙伴的使役者轉為敵對，絕對不是不可能發生的事。

但是——

「喔喔喔喔喔喔喔喔喔喔喔喔喔喔喔喔喔喔喔喔喔喔喔喔喔喔————！」

這種事情有可能嗎？裁決者瞬間把那個看錯成一座小山，接著腦中浮現那是不是屍體堆積如山的念頭——直到後來才得出必須否定這些的結論。

「是狂戰士……沒錯吧。」

「嗯，我也沒想到『會這麼慘烈』。我射他愈多箭，他就變得愈強大，甚至早已失去人類外型。不愧是狂戰士，真沒想到會徹底瘋狂成這樣。」

當事人「紅」弓兵（阿塔蘭塔）傻眼地嘆息。

兩人眼前正有著一座小山般的怪物，如果那怪物只是體積龐大，裁決者還不至於啞口無言。

她驚訝的點在於目前「紅」狂戰士的狀態。

手臂有八隻，其中三隻與其說沒有關節，甚至該說連骨頭也沒有。雖然很像章魚腳，但這麼粗壯的東西一旦揮動起來，應該能像鞭子一樣悉數打碎敵人吧。

那如粗木般的腿上長出了好幾條昆蟲一樣的腳，應該是因為原本的雙腿無法承受，為了分散重量而生出來的吧。

頭雖然已經快埋進脖子裡面，但肩膀位置卻冒出了恐龍般的上下顎。

——「疵獸咆哮」。

裁決者認為與其說這是寶具，更像是詛咒道具一類。對方活著、還在活動，而更重要的……他仍在這戰場上追求勝利。

將部分傷害轉變為魔力，並累積起來提高自身能力，而這之中恐怕也包含了治療能力吧。承受傷害，將之轉化為魔力提高能力，並自我治療。這樣的循環甚至沒有主人介入的餘地。

問題在於這樣的循環持續運作到一種異常的程度。治療能力失控的結果，就是讓他的身體脫離正常範圍。但承受傷害就會強化能力的機制依然存在，因此身體不斷變異。

要推估一個人類的力量，從身高和體重評估是最簡單的方式。就算是所謂的英靈，絕大多數也可以這樣判斷——因為基本上他們的外型還是人類。

但「紅」狂戰士早已捨棄了人類外表，八隻手一定比兩隻手強。如果體重超過自身能夠負荷的程度，那麼只要增加腳的數量來支撐就可以了。

對於篤信愈是受傷就愈是接近勝利的狂戰士而言，這種程度的狀況只是小意思吧。

「在那裡……啊——！」

當位在肩膀、脖子和腹部的五個眼球一同瞪向「紅」弓兵和裁決者的瞬間，兩人就像彈開般往左右兩邊退離。「紅」狂戰士並不介意兩者已離去，放出渾身解數的一招。

大地遭到吹散粉碎，像榴彈那樣襲擊裁決者與弓兵。

「唔、唔——！」

「唔……！」

岩石割開兩人肌膚，裁決者身上的部分鎧甲甚至損毀。如果攻擊本身沒有附帶魔力，就絕對傷害不了使役者。但這揮下的一劍充滿了足以迸射而出的大量魔力，甚至汙染被此劍粉碎的岩石。

這個邏輯跟使役者投擲出的短劍一樣……只是連被劍打碎的岩石碎片本身都帶有魔力這種現象，對裁決者來說也是一種從未知的體驗。

「嗯，看起來是我連累妳了。原諒我，裁決者。」

聽到「紅」弓兵致歉，裁決者緩緩搖頭。

「不，這種狀況很常有……只不過我在立場上也無法與他敵對，現階段只有這個戰場受害而已。」

「嗯，關於這點我也沒有意見——」

「紅」弓兵一臉苦澀地看著裁決者，突如其來的冰冷感覺讓裁決者繃緊了臉。

「……怎麼了？」

「『主人下達了命令』，我差不多要撤退了。」

「呃，該不會？」

「紅」弓兵嘆了一口氣後，安慰地拍了拍裁決者肩膀。

「雖然我覺得很抱歉，但之後的交給妳了。」

「等——」

「紅」弓兵阿塔蘭塔，在希臘神話裡以飛毛腿著名的英雄之一，她的腳程可不是裁決者能夠追上。

在裁決者驚呼一聲之前，她的身影已消失在森林之中——這不是她化為靈體，而是跑走了。

裁決者保持沉默仰望頭頂，那兒有著一位……不，一隻異形英雄。手中握著跟身形相比細小如針的羅馬短劍，鎖定了裁決者。

沒錯，「紅」狂戰士——斯巴達克斯是反叛所有權力者的鬥士，就算對方是裁決者也不例外。

「……被算計了。」

「紅」弓兵確實沒有敵意，但她的主人似乎抱持不同看法。

自己應該要見到的「某人」已經抵達空中花園，該怎麼追上去呢……如果有能遨翔天空的雙翅就好了。

但繼續留在這裡就代表要與「紅」狂戰士，也就是斯巴達克斯交手。這時候該使用「特權」嗎？

不行。除了命他一死以外，他不會停下，而基本上裁決者不可以命令使役者自滅。那麼自己該撤退嗎？這也說不上是什麼理想的選項。如果只有自己，裁決者或許會選擇撤退，但還有人留在這戰場上。那是一個雖然弱小卻擁有鋼鐵般堅硬靈魂的少年。

裁決者心想起碼要跟少年會合，但現在的他似乎正與戰線後方的人工生命體們持續對話，應該是想盡可能多拯救一位同胞吧。直到他完成這項任務之前，他不會離開這個戰場。

這麼一來，剩下的選項只有一個。

「——爭取時間了。」

既然不能撤退也無法迎戰，現在裁決者能夠採取的行動只剩下專注於防衛上。只要能夠守住，恐怕「黑」陣營的使役者或「紅」陣營的使役者就會不得不出面擊退他。

但這樣的推測也屬於樂觀。最壞的狀況就是不論「黑」或「紅」都沒有前來幫助自

己，彼此等待時機侵略對方。

現在這似乎與所有人為敵的感覺，面對足以令一般人背脊發寒的狀況，裁決者卻覺得有些懷念。

嘲笑、憎恨、愚弄──儘管以一己之身承受這一切，仍毫不動搖的信仰。對甚至沒有主人可以一同並肩作戰的裁決者來說，孤獨總是伴隨著自己。

『……不，我並不孤單吧。』

儘管目的不同，還是有一個不以聖杯為目標的少年。還是有人知道自己的存在，並與自己並肩而行……現在或許這樣就足夠了。

「紅」狂戰士(斯巴達克斯)怒吼──裁決者知道他要出招，架好了聖旗。

在羅馬短劍揮下之前，裁決者的聖旗就撥開了它。兩條巨大的鞭子手臂瞄準她襲來──承受住，撥開。還有潛藏在那之中的一條──！

「嗚、唔──！」

直接命中。裁決者被打飛，在大地上滾了好幾圈。幸運的是，受命前來殺害她的龍牙兵成了墊背。雖說接住她的代價是三尊龍牙兵接連粉碎，但如果沒有這些龍牙兵，裁決者應該會一舉被打飛到戰場邊緣去。這是同時擁有令人難以置信的肌力與累積到極限的魔力，才能使出的招式。

不，剛剛那個……可以算是招式嗎？

裁決者起身抹去嘴脣上的血跡。她所附身的肉體——蕾蒂希雅的肉體有保存備份。在裁決者完成目的或半途被打倒的瞬間，蕾蒂希雅的身體就會取回情報所示的模樣，並視狀況強制傳送到安全的場所。在這過程之中，不論受到什麼樣的傷都會立刻重生。

因此可以說不管裁決者受多少傷都無所謂……但要是在毫無防備的情況下挨了剛剛那一招，很可能會喪命。

就像看破她的迷惘一樣，光柱從空中打下。

「什……！」

若不是在戰場上，甚至令人感到美麗的七彩光柱瞄準的不是裁決者——

「喔喔喔喔喔喔喔喔喔喔喔喔喔喔喔喔喔喔喔喔喔喔喔喔！」

慘叫猶如混雜了苦悶與喜悅。「紅」狂戰士因為受傷而立刻開始治療皮開肉綻的傷勢，但即使是反叛的英雄斯巴達克斯，也差不多要到極限了吧。

……不，他早已超越極限。他承受、再承受，不斷承受所有傷害自身的痛楚，剩下的只等一舉宣洩——

瞬間，裁決者理解從空中打下光柱的「紅」陣營盤算著什麼，以及狂戰士本身的盤算為何了。

怒吼著的他，目標是壓制者的臣子們……也就是說——

「他打算毀掉場上一切嗎……！」

當然，「紅」陣營也不在例外，但他們鎮守於空中要塞裡，要移動到狂戰士無法觸及的範圍也並非不可能。

龍牙兵對他們來說只是單純的雜兵，不可能憐惜這些被創造出來的生命。

另一方面，問題在「黑」陣營這邊。恐怕對他們來說，這也是出乎意料的狀況吧。沒有人會料想到「疵獸咆哮」是一種這麼惡質的寶具。

伴隨累積的龐大魔力帶來變化的肉體，早已不受契約的束縛。就連擁有反魔力A的英靈僅只能夠抵抗一道的令咒效果，恐怕也已對他起不了作用。

因為令咒是「上對下的束縛」。不論本人多麼沒用，只要是主人，地位上就會處於使役者的上位。

對反叛的英雄斯巴達克斯而言，就算在普通狀況下，仍得消耗兩道令咒才能夠讓他遵從命令。若是現在這個狀況，恐怕花上三道也辦不到。

沒錯，換句話說，「紅」狂戰士不會停手。假設他將用盡力量使出下一招，損害恐怕會波及這整片戰場。甚至連介於城鎮與戰場之間的千界城堡，都難以倖免於難。

好了，該怎麼辦——一道天啟開示正在迷惘的裁決者，那是透過令咒傳來的麻痺般的痛楚。

裁決者愕然望向遠方，就算無法以視覺掌握，仍可感應到那壓倒性的龐大魔力量。使役者參數開始改寫，對應的使役者有兩位，其一從健在轉為死亡，另一位則從瀕死狀態——

§§§

過去有一位英雄，他是屠龍大英雄。

在各種方面都完美、完善，沒有缺點的大英雄。是個任何人都景仰、需要他力量的男人。

英雄認為——自己很幸福。直到死之前，這點都沒有改變。沒有屈服於壓倒性的力

量之下，也沒有被絕望壓潰。

擁有的只是祝福與稱讚的話語。英雄認為自出生到死亡為止，這點都沒有改變。持續被需要的完美英雄，直到最後的最後所希望的卻是自身之死。

旁人希望他完成的事，最終卻變為懲罰回到他身上。自己的大舅子愛上一位美女而來拜託英雄，英雄為了攻陷這位美女，自己代為擁抱了這位美女來解決問題。這雖然不算罪惡，但也不是什麼值得稱讚的行為。

當周遭知道他這麼做了後，英雄因此損害了美女的名譽，也損害了美女的尊嚴。那位美女不是普通女人，而是一國公主。英雄知道這麼一來將會引發醜陋的爭端──於是對過去把酒言歡的朋友說：

『啊──事不如願。哈根，我因為無敵而不會被你所傷，但我仍需要你殺了我。』

過去的朋友實現了英雄的願望。他憑藉一股執著找出英雄的弱點，明知行徑卑劣仍仔細地安排計畫，瞄準了正在喝水的英雄背部。英雄明知如此，卻沒有抵抗。

英雄沒有留下屈辱的身影，也沒有留下愚蠢的模樣，作為一個被奸計暗算的悲劇英雄而死去。過去的朋友則變成以卑鄙手法殺害英雄的稀世惡徒，惡名昭彰。

本來故事應該在這裡結束。應該只是個爭端因此平息，一位英雄逝去的故事。

……但這樣的結果卻招致超乎英雄想像的最糟糕事態。

英雄的妻子燃燒著滿腔復仇怒火，最終導致許多男人喪命。

一定是因為英雄為眾人所愛、所親近，所以無法真正理解這種執著式的愛情吧……無法理解這種所愛的對象遭到殺害，就要加倍奉還的熱情愛意。

或者因為英雄反覆被需要就予以回應的迴圈太久，導致他即使面對自己所愛之人，也認為若不提出需求就得不到回應了。

結果，他的願望到最後仍未實現。既然不是討滅邪惡，也不是行善，只是特別強化在「實現」這方面的英雄，會有這樣的結果也是無可奈何吧。

不過，英雄在臨死之際茫然想著。面對死亡的他，似乎總算明確找到了「想要完成的事」。

我以英雄的身分活著，並且死去。對這點我並不後悔，在我的人生中，我可以斬釘截鐵地說沒有絲毫不愉快。

即使如此，我還是想過如果自己不是王子，如果自己只是一個「普通的」男人。是不是就能專心一意地追求自己的目標呢？

啊，如果我能獲得第二次人生，請讓我實現夢想吧。

即使沒有人認同也好，即使沒有人讚賞也罷，想要認同自己，想要以自己為榮。這裡才有我所追求的事物，才有我所期望的某些東西存在。

我想站在我所相信的事物這邊，這麼一來一定——可以抬頭挺胸活下去。

不是為了別人而戰，也不是為了自己而戰。

為了我所相信的仁、我所相信的義、我所相信的忠、我所相信的愛而執起這把劍，以這副身軀迎戰。

這就是我的夢想，我的希望。

我——想要成為正義之士。

§§§

左手背上竄過的劇烈痛楚強行讓意識醒覺過來。

「嗚……」

彷彿被烙鐵烙印般的痛楚漸漸緩和，自己還活著嗎？既然感覺得到痛楚，恐怕是還活著吧。

但是，這裡並不是跟裁決者一同返回的那片戰場。一道冰冷堅硬的岩石觸感傳來，看來——又回到一度曾經來過的那個地方。

齊格因為介意剛才的劇烈痛楚，因此下意識看了看左手。

「什、麼……？」

齊格戰慄，他自出生以來就獲得聖杯戰爭的基礎知識，因此他會驚訝到忘記所有痛楚也是理所當然。

「怎麼可能，這是……！」

左手手背上有三道花紋，他當然知道這是在聖杯戰爭中身為主人的證明——也就是令咒。

不，這跟一般令咒有微妙不同。雖然會因為主人不一樣，令咒花紋的外型當然也會相異，但都應該是紅色的。不過，他手背上這個怎麼看都是黑色。

浮現在齊格白皙皮膚上的黑色花紋，有種可怕的感覺。

身後突然有股巨大生物的氣息，彷彿手腳末端要麻痺的恐懼感令他駐足。本能告訴齊格不可以回頭，並努力地不去在意身後咻咻的腐臭吐息。

但是——身後的那個抱有明確惡意。

不能不戰，不能不握起劍。而且不可以是一般的劍，甚至連「黑」騎兵（阿斯托爾弗）給自己的劍都不夠。

必要的是足以「屠龍」程度的魔劍。如果不是足以成為傳說的強大武器就沒用。

——別傻了，哪裡找得到這種東西？

——別傻了。「你手中已經握有那個了」。

浮現的想法立刻被低語顛覆。

……右手握著劍柄，劍身有大半埋在大地之中，看樣子必須將之拔出才行。為了打倒背後的生物，就必須拔出這把劍——

齊格並未猶豫，緊緊握住劍柄，打算一口氣拔出。

「唔……！」

但拔不出來。即使用盡渾身力量，這把劍仍文風不動。簡直就像有人緊緊握住埋藏土中的劍刃那樣。

不拔劍就會死。冰冷的恐懼傳到項頸。生存本能不斷訴說：不拔出這把劍就會死。恐懼足以殺人。當人在觀察非存在於這世界上的可怕之物時，即使肉體沒有毀滅，精神也會崩潰。尤其手中沒有任何可以與之對抗的手段時，會更確實地陷入危機。

——你無法拔劍。

——但「如果是你就做得到」。

左手的令咒詭異地閃爍……令咒中蘊含龐大魔力，甚至可以顛覆森羅萬象的法則。不只做得到魔術可以達成的許多事情，甚至能夠重現接近魔法範疇的現象。

那麼，要拔出這把劍所需要的力量又是什麼？

——被需要的不是你。

——追求的不是你。

……答案已經揭曉了。獲贈的心臟，復甦時取得的強大魔力，以及現形的黑色令咒。

所有條件重疊，一切都朝同一個方向前進。

無法抵抗，也不打算抵抗。就算這或許是他人給自己的道路也沒關係。

──「這是我所選擇的道路」。

──「這是你已選定的道路」。

這樣啊，那麼──

「……以令咒命令我身。」

一道令咒閃耀白光。齊格的身體伴隨膨脹的白光變化，英靈的情報讀入他的身軀之中。身體情報顯露於外，戰鬥經驗累積起來，既有能力顯現，甚至重現了寶具。

但即使是令咒，也只能短暫重現這樣的奇蹟。

時間是一百八十秒，這就是一道令咒能夠重現英靈的時間。只要超過這個時間，齊格菲就會變回齊格。

齊格認為這樣就夠了。即使只有三分鐘，只要這副身軀能夠幫助到他，只要這副身軀有力量拯救他們。

毫不猶豫。如果必須取得的東西就在那裡，不論是毀滅、衰退，甚至慘死都心甘情願接受。

不需在右手灌注力量，彷彿意志更重要一般順暢地拔出劍，回到光芒滿盈的地獄。

最後心想起碼看看怪物一眼而回頭——不知為何看到自己佇立當場。

……之後再來思考有關這個現象的事情吧，現在有該做的事。齊格停止思考，選擇了向前邁進。

雖說只有短短三分鐘、僅只三次，但重現非常完美。在身體能力方面，齊格已經完美地重現「黑」劍兵（齊格菲）。

背後揹著幻想大劍（巴爾蒙克），身上隨處可見覆蓋身軀的白銀鎧甲，胸口大大坦露在外，露出被龍血染成褐色的皮膚。那皮膚是無論怎樣的利刃以及魔術都無法傷及的龍鱗，除了背上的某一處之外……

龍的詛咒實現這樣的奇蹟，龍的心臟允許他變身。因此這機制名為龍告令咒（Dead Count Shapeshifter）。每消

耗一次就更逼近死亡，短短一百八十秒的結晶生命。

過去存在於世上的傳說中英雄——「屠龍者」回歸。

§§§

那是在場所有使役者都感覺得到，足以令人凍僵的衝擊。原本以為龐大魔力如爆炸般四散，沒想到很強大的「某事物」就此誕生。

對戰中的「紅」騎兵（阿基里斯）和「黑」弓兵（凱隆）也暫時休兵，奔出森林——

「黑」術士（亞維喀布隆）停下操控魔像的手。

「黑」槍兵（弗拉德三世）與「紅」槍兵（迦爾納）戒備著彼此，將視線轉到「某物」身上。

「紅」弓兵（阿塔蘭塔）停下那雙飛毛腿，以訝異的表情看著「某物」。

「紅」術士（莎士比亞）、「紅」刺客（塞彌拉彌斯）兩位也難掩驚愕之情。

甚至連「紅」狂戰士（斯巴達克斯）都瞬間停下動作。

「紅」劍兵（莫德雷德）儘管困惑於眼前發生的狀況，仍緊急發出念話聯絡主人。

『喂，主人！』

『怎樣？』

『我跟你確認一下，「黑」陣營所有使役者都已經召喚出來了對吧！』

『應該是這樣沒錯。』

『……那出現在我眼前的那傢伙又是誰！』

『……我也透過貓頭鷹眼看到了，看起來是使役者。』

『依我所見，那傢伙不是弓兵、不是槍兵、騎兵、狂戰士、術士，更不是刺客。是劍兵，跟我一樣是劍兵。這是怎麼回事啦……！』

『嗯。哎，反正這是場聖杯大戰，就可能發生這種事情了吧。』

獅子劫以輕佻的語氣這麼說完，也不給陷入混亂的「紅」劍兵反駁的餘地，直接宣告：

『去擊垮他。雖然只是大致上，但妳的傷勢已經治療完畢。儘管對面是劍兵，但仍是非正規的存在……正牌使役者當然不可能打不過非正規的存在。沒錯吧？』

聽到這番話，「紅」劍兵理解了狀況，並拋開困惑之情。接著配合獅子劫，口氣輕佻地說：

『……感覺我好像被你騙過去了耶。』

『哎，妳想撤退我也無所謂，妳去做妳想做的事情就好。所以說妳想撤退嗎？如果是這樣，我就又要用令咒了喔。』

『——啊～～去你的。被你騙了，我一定被你騙了！但我打！我打給你看。父王絕對不會在這時候選擇撤退！』

「紅」劍兵將手中白銀劍甩了一圈，凝聚高昂戰意——朝著遠方可見的「黑」劍兵砸了過去。

然後，恐怕是這戰場上唯一知曉一切的「黑」（阿斯托爾弗）騎兵正拚命忍耐，不讓淚水從眼角泛出。但他還是忍不住，默默地啜泣起來。

那個並不是「黑」劍兵，劍兵確實在那時候消失了。

那麼，現在站在那裡的是誰？跟「紅」劍兵對峙，手中握著劍的人到底是誰？

這還用說，只有一個人。騎兵不知道為什麼會發生這麼莫名其妙的事情，他也不在乎。

騎兵只為那個人沒有選擇的平穩生活惋惜，為他所選擇的苦難之路落淚。生前騎兵從未遺憾過自身的弱小，但現在他卻有這種感覺。自己的軟弱、自己的言行、自己的判

斷讓他迷途到了這個地方來。

「——對不起喔。」

實際上，「黑」騎兵並沒有想要藉由聖杯實現的願望。他只是因為想要享受第二次人生而回應召喚——頂多只是這樣而已。因此，如果其他「黑」陣營的使役者有更迫切需要實現的願望，他很樂意將這個機會讓出去。

不過現在不一樣了，他有了即使必須踢掉別人，也想實現的願望。騎兵想幫助他，想幫助那個以嘶啞的聲音拚命訴說「救救我」的他。

可是騎兵做不到，深痛的悲哀緊緊掐住了「黑」騎兵。

「紅」劍兵以悠然的態度，為了迎戰而踏出一步。「黑」劍兵握緊了劍，選擇與之對峙。然而他的目光，卻放在「紅」劍兵腳邊的「黑」騎兵身上。

「——你還好嗎？」

「……混蛋。」

化身為「黑」劍兵的齊格見他精神不錯，於是安心了下來。剩下的，只需要以這劍兵的力量打倒劍兵便可。

「……嗨，假劍兵。」

頭盔下的臉露出別有深意的笑。齊格儘管感受到如方才那般沉重的壓力，卻發現自己不再膽怯。即使甚至能感受到質量的戰意迎面而來，自己的精神仍絲毫不為所動。

「確實如妳所說我是假的，但這把劍與我的力量毫無疑問是真的，要當妳的對手絕無不足。如果有所不足，只有我的心志不到位。」

「是嗎？那麼——就讓我們試試吧！」

「紅」劍兵瞬間拉近距離。踏出那身厚重至極的鎧甲難以置信的輕快步伐，打算以一記斜劈砍向齊格。

儘管粗暴卻無比精密的這一招非常符合英傑之名，所以若能扛下這一招，就可以把對方當使役者看待——「紅」劍兵抱持這樣的想法揮劍。

齊格沒有接劍也沒有閃躲。可怕的是他竟向前踏出一步，舉起護手直接承受了這一劍。

「紅」劍兵驚訝地瞠目。這是怎麼回事，這「強健到恐怖的程度是怎麼回事」。就算是使役者身上的鎧甲，自己的劍也不可能砍不進去。

不，劍刃確實砍進護手，且砍到了他身上。但砍不進去的不是護手，是他的皮膚。

雖然難以置信，但「黑」劍兵（齊格菲）的皮膚「比鋼鐵還要堅硬」……！

即使「紅」劍兵預測到對方可能採取的各種行動，要從驚訝之中恢復也需要些許時間。儘管直覺不斷警告她，但那一瞬間身體還是無法跟上反應。

唯一可惜之處就是為了讓「紅」劍兵露出破綻，「黑」劍兵不得不以單手接下攻擊吧。雖說揮劍時仍使出了全力，但單手揮劍的威力就是不及雙手出招。

話雖如此，衝擊力道還是很強。見「紅」劍兵腳步踉蹌，「黑」劍兵更趁勝追擊。刀劍鏗鏘，血沫飛舞，「黑」劍兵輕巧地揮舞巨劍。不，他並非憑著一股蠻力亂揮，這之中含有招式技巧。當彼此劍尖接觸的瞬間，劍身就像蛇一樣交纏。

「紅」劍兵的劍被往上彈開，她急忙在握住劍柄的手上加強力道，以防止劍脫手飛出。但因為這樣而空門大開——「黑」劍兵當然不會放過這個機會。

下一招就是以雙手握劍的渾身解數橫斬。

全身鎧無法全數吸收衝擊，「紅」劍兵也無法撐住腳步，整個人飛到遠處去。

儘管在地面打滑，但她仍勉力重整態勢站起。然而就在此時，劇烈疼痛襲來，「紅」劍兵按著側腹低聲呻吟：

「……啊～～混帳，那傢伙真的是使役者啊。」

「黑」劍兵的劍擊非常巧妙。那並非像狂戰士那樣只憑一股蠻力亂砍，而是為了以最有效率方式破壞人體的毫不留情的一劍。另外，在砍出這劍之前彈開敵方武器的手法也非常卓越。

也就是說，他不是只披了劍兵的外皮，看樣子他毫無疑問繼承了「黑」劍兵累積下來的龐大戰鬥經驗。

這個人工生命體確實擁有使役者——而且是最優秀劍士（劍兵）——所有稀有戰鬥知覺！

側腹的痛楚突然消失——是主人使用了治療魔術。而且從他動作如此迅速來看，應該在很接近戰場的位置觀戰，恐怕他本人也藏匿在戰場上某處吧。雖然劍兵不清楚那麼大個頭到底可以躲去哪裡就是了。

『喂，主人，你小心點啊，要是離得太近……』

『話是這麼說沒錯，但比起透過因果線感應到妳的危機，直接看到比較能及時反應吧……哎，其實我也想落跑啊。』

獅子劫嘀咕抱怨著。這就像在耳邊被碎嘴一樣的感覺，讓「紅」劍兵重重呼氣，一腳怒蹬在大地上。

『喂，主人，我就這麼不值得信賴嗎！』

『我說妳啊，「黑」劍兵——很強喔。』

獅子劫輕鬆地說出嚴正事實。聽到他毫不猶豫地這麼回應，「紅」劍兵在生氣之前是說不出話。

『就我大概看起來的感覺，參數方面應該跟妳不分軒輊。而且他很麻煩的是，似乎持有特殊防禦型的寶具或技能。也就是說如果正面對打，對方的防禦力在妳之上。』

獅子劫淡淡地說出事實與從中推測出的狀況。

『……是啊，我明明砍穿他的護手，但砍不進他的皮膚。』

這很異常，顯然是某種東西阻撓了她的劍，而且那不可能是主人的魔術。既然劍可以劈穿鎧甲，那麼關鍵就出在他的肉體上。

『世上有很多英雄號稱擁有不死之身，但真正不死之身的英雄卻沒多少。各種有關不死之身的傳說之中，都應該會有所謂的「例外」存在。』

『喔……那麼那傢伙的弱點是？』

『這只能靠妳努力找出來啦！』

『王八蛋，這不是廢話！』

『不過呢，我這個主人想給使役者提一個方案。在對抗「黑」劍兵的時候，「讓我用令咒強化妳的能力如何」──？』

獅子劫的提議有些偏離令咒原本的使用方法。令咒本來是用在更侷限的狀況之下，例如做出等同魔法效果的空間穿越，或者精確射中原本不可能瞄準的微小定點，如果不是這樣，令咒的限制力就會削弱。

若採用獅子劫提議的方式，劍兵的能力應該可以獲得全方位提升，但也就只是這樣。不過——

『哎，主人，這真是高招。這麼一來，賭上我劍兵之名，我保證一定能砍進去。』

「紅」劍兵的直覺告訴她，剛剛那一劍不是因為沒砍對或被其他力量阻撓，單純只是對方很堅韌。那麼，只要能夠連續使出超過方才那一劍的攻擊，她就有自信可以砍穿對手。若將目的鎖定在這戰場上與「黑」劍兵對決用，拿出令咒支援應該不是壞事。

『這樣啊，那……劍兵，「我相信妳」。』

「我相信妳」——只是這麼說，剛才感覺到對他的怒氣就飛到九霄雲外去，心中湧出一股興奮。劍兵雖然對自己的單純傻眼，現在卻覺得這樣很爽快。

『好……好啊！主人，我了解了。』

『以令咒命令我的劍士。拿出妳所有實力，打倒在這戰場上的「黑」劍兵吧！』

龐大魔力透過因果線傳遞，並且全數湧入在末端的少女體內，透過魔術迴路流竄全

身——

『我聽到你的願望了！以「紅」劍兵莫德雷德之名宣示，必定打倒「黑」劍兵！』

瞬間，「紅」劍兵放射魔力，模樣就像一尊擁有人類外型的蒸氣火車頭。少女一邊猛烈噴發名為魔力的蒸氣，一邊架起劍。她無所畏懼，只有純粹鬥志。

接下來就不需要言語了。「紅」與「黑」無法共存，齊格做出選擇，而「紅」劍兵回應了他。

「——『黑(Black)』劍兵啊，要上嘍。」

聽到白銀這方(劍兵)的叫陣，黃金這方(劍兵)回應之。

「——儘管來，『紅(Rot)』劍兵。」

沒有遲疑。跨越恐怖，承受殺意，不需要報酬、不需要稱讚，只是遵從自己的選擇，彼此以雙手握劍——向前奔出。

「紅」劍兵利用「魔力放射」技能使出槍彈衝刺(Bullet Charge)。在令咒加成之下威力更上層樓的這一招，氣勢正如於大地上狂奔的彗星。準備接招的齊格——「黑」劍兵知道在速度上失利的自己沒有勝算，於是決定直接迎戰。

槍彈與斷頭臺正面衝突，火花照亮兩人。暴風瘋狂席捲，兩人每過一招，巨響便會傳遍戰場。

「哈，這一砍太嫩啦，『黑』劍兵……！」

「唔——！」

兩人對砍到第十三回合，劍與劍交纏，轉變為單純的力量比拚。這麼一來，當然——擁有「魔力放射」與令咒加成的「紅」劍兵位於上風。

「喔喔喔喔喔喔喔喔喔喔喔喔喔喔喔喔！」

高昂的「紅」劍兵強行壓倒「黑」劍兵。兩人拉開距離——「紅」劍兵露出得意的笑，並以自己的劍指向對方。

「這樣還算堪稱最強的劍兵職階嗎？太令人失望了。說起來，既然不是正牌，頂多只有這種程度是嗎？」

「黑」劍兵保持沉默站起身子。「紅」劍兵看了看……認為他沒受到什麼損傷，強健的程度真的太不尋常了。她下定決心——一定要在這裡收拾他。

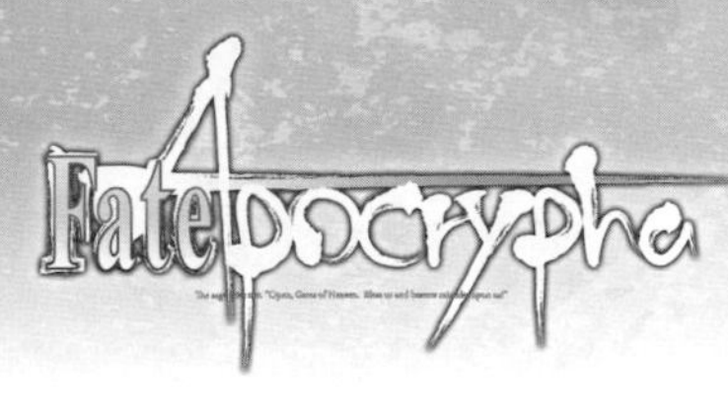

「——劍啊，填滿吧。」

「黑」劍兵讓自己的劍進入解放階段。從劍身散發出的黃昏色極光，開始照亮他的臉龐。

他啟用了對使役者來說的最強王牌(Ace in the Hole)——寶具。

「要解放寶具了嗎……哼，好啊！」

『好啊，劍兵，讓他嚐嚐妳的寶具威力！』

無須等待劍兵詢問，身為主人的獅子劫主動表示許可。

「——好啦，主人的許可下來了。這邊也用寶具對抗吧！」

「紅」劍兵架起劍，頭盔作為寶具的功能同時解除，收納到了鎧甲之中。據說過去，不列顛王國有一位騎士王亞瑟·潘德拉岡。當他在位為王的期間從不會老化……長年維持著拔出石中劍的可愛少年外貌。

那麼其嫡子莫德雷德當然——也有著纖細，甚至可說楚楚可憐的少女外表。

不過，她雖有可愛的外表，卻藏不住那幾乎跟狂戰士沒兩樣的粗暴本性。翠綠色的眼眸充滿對暴力的陶醉之情。

褪下頭盔的同時，她手中的劍也起了變化。白銀劍身染紅，外型開始扭曲變形。每當劇烈噪音響起，劍的周圍就迸出陣陣紅色雷光。

這現象絕非出於劍的本質。這把亞瑟王獲得並加以保管，身為王之證明的「燦爛閃耀王劍」——被莫德雷德掠奪，並讓亞瑟王身負致命傷的劍。

之所以幻化為邪劍，起因是與劍相關的故事。莫德雷德得到這把劍的時候，王劍變成了憎恨的邪劍。

「懲罰的時間到了。你就迎接非正牌英靈該有的結局吧，『黑』劍兵——！」

壓倒性的魔力漩渦吹散周圍的殘骸，排拒所有生命。只是兩位使役者準備啟用寶具，就造成這樣的局面。

「……上陣。」

「黑」劍兵只是靜靜地這樣低語。

從神話時代起直到現代，原本應永遠不會交流的兩位英雄，終於揭露了彼此的「必殺」一招。

「向崇高的父親掀起反叛（Clarent Blood Arthur）！」

「紅（莫德雷德）」劍兵昂揚。

「幻想大劍・天魔失墜(Balmung)！」

「黑」劍兵吼叫。

黃昏光芒滿盈，紅雷向前衝刺。閃耀光芒激烈衝突，成為起爆點(Ground Zero)，捲起強勁狂風。這簡直像是高度壓縮過的龍捲風，牽連周圍事物，只是持續破壞。別說瓦礫碎石，所經之處甚至連一點塵埃也不留。

——而寶具互擊的結果，「紅」劍兵略占上風。

會殲滅周遭事物的「黑」劍兵寶具，跟破壞位在眼前一直線上範圍內所有物質的「紅」劍兵寶具相比，「紅」的在性質上面比較有利。

「黑」劍兵跪地——「紅」劍兵狂怒。

「你這傢伙，為什麼還活著……！」

沒錯，對「紅」劍兵來說，對手還活著本身就是個大問題。

對莫德雷德來說，這把巨劍是擁有詛咒般榮耀的武器。少女無法容許自己敗給父親之外的任何人，而且也無法原諒使父親身受致命傷的這把劍，沒能成功剷除其他人。

「『黑』劍兵，你別給我亂動，我會殺了你。不是別人，是由我來殺了你……！」

不過，現在還另有一個要剷除「黑」劍兵的重大理由。

透過寶具互擊，「紅」劍兵明白「黑」劍兵還沒找回最佳狀態。說起來他原本就是透過利用令咒的力量，才得以實現變身這種亂七八糟的奇蹟。

沒錯，他的力量與「黑」劍兵相等，也毫無疑問擁有他所有的戰鬥經驗。

不過，精神層面上卻無論如何也跟不上。那個人對揮劍這種行為「抱持困惑態度」。因此，這一戰在各方面都是「紅」劍兵位居上風——但那是這次。

對擁有「黑」劍兵軀體的人工生命體來說，這毫無疑問是他初次上陣。

「紅」劍兵的直覺告訴她，必須在第一次交手（尚未成熟）就殺了對方，必須在對方解除變身的現在取下他的首級。

下次變身的時候，他應該會有更堅定的覺悟，並且變得跟自己差不多強大了吧。那麼，到了第三次——

如果想要抓住勝利，就必須徹底剷除「下一次」的機會！

無論如何都要砍下他的頭，並用劍貫穿他的心臟——「紅」劍兵（莫德雷德）因此踏出一步。

§§§

「紅（塞彌拉彌斯）」刺客的要塞寶具「虛榮的空中花園」儘管位在戰場中，但只有這裡保持寧靜與平穩。

「——好了，主人。『那個』也在你的計算之內嗎？」

「紅」刺客不懷好意地咯咯笑著，言峰四郎則以平時未有的嚴峻表情，看著眼下正發生的狀況。

「號外！號外！沒想到『黑』劍兵竟然復活了！哎呀呀，這可是等同聖人的大奇蹟呀！真是『不要魔法（Hang up magic）』的最佳表現！」

聽到「紅（莎士比亞）」術士這麼說，四郎默默地搖頭。

「不，那不是復活……那個真要說，比較像是附身。」

「你說附身？」

「……有些使役者能給主人的身體強大影響。一般來說，主人與使役者等同主人與使魔的關係，但有些使役者擁有可以共享肉體的技能。在這種情況下，主人就會變成幾乎不死身的狀態，不過當然僅限聖杯戰爭開打的期間……更重要的，這不代表戰鬥能力有所提升，所以頂多能夠防範刺客偷襲罷了。」

「等等。依吾所見，那個的情況不一樣。那傢伙不是主人，毫無疑問是使役者。」

「嗯，所以我說附身。恐怕是藉由令咒的強大魔力召喚『黑』劍兵出來了吧。當然，正常來說就算有令咒，也不可能做到這樣——」

「黑」劍兵與「紅」劍兵正激烈對抗。那是在神話之中也不可能出現的「屠龍者（齊格菲）」與「紅」劍兵之間的交鋒。

「只有那個人工生命體是例外。他身上帶著某種與『黑』劍兵有所關連的東西，但我不確定那是肉體的一部分，還是聖遺物就是了。總之，他以此為媒介，讓劍兵附身到自己的肉體上。」

「怎麼可能……吾等並非隨處可見的低級惡靈，而是英靈啊。靈魂純度、密度、強度、硬度等一切都不同。要讓身體能力完全附身複製上去，根本不可能。」

「紅」刺客說得沒錯。如果四郎所言正確，那個就是「外殼」，是披著「黑」劍兵（齊格菲）身體的存在。但這不可能，因為「黑」劍兵——不，就算除他之外，只要算是英靈的存在，其身體能力或魔術能力自不在話下，連靈魂也不是人類所能相比。

「如果是把肉體附身上去，那麼靈魂將無法承受，遑論只是個人工生命體。」

「就因為是人工生命體才能辦到。因為他們的靈魂幼小所以純粹，沒有受到任何事物影響，可以承受各種肉體變化。」

所謂人工生命體，說起來是以魔術迴路為基礎「鑄造」出來的存在。因為不像人類有體驗累積，因此他們的靈魂有如嬰兒那樣純粹且強健。活了二十年的人類會累積二十年份的體驗，在危急情況下，這些體驗有時能發揮出色的力量。

但若論讓他人的肉體附身上來的狀況，這些累積的體驗便會像白血球那樣進行妨礙。因為其他人累積的體驗，跟自己累積的體驗完全不會相符。

然而人工生命體不是，他們沒有累積體驗，只是以肉體成熟的型態生產出來的存在。因此，在附身時反而不會出現排斥反應。

「……不過說起來，英靈附身本身就算只有短短一秒鐘，也可算是奇蹟發生了。即使有令咒輔助，頂多只能撐個幾分鐘吧。」

「也就是這麼回事了——咱們可以不用在意他。」

四郎點點頭。確實「黑」劍兵復活令人驚訝，但如果有時間與次數限制，那又另當別論。即使保留了令咒到上限，也只剩下兩次，根本是無須介意的存在。同時「黑」劍兵應該是還不習慣作戰吧，實在很難說他發揮了原本的實力。

『儘管如此，那個人工生命體本身——讓人格外煩躁。』

在這戰場上聚集的人，對四郎來說全部是棋子。不論與我方敵對，還是與我方同盟，甚至他自己本身都是棋子。

然而只有他明顯不同。預料之外的棋子突然復活回到棋盤上，因此讓四郎心中產生焦躁吧。或者說——

「……愚蠢至極。儘管生命短暫，但想要成為完美的存在才更理想啊。」

然而四郎的呢喃沒有傳進任何人耳中。「紅」刺客問道：

「哎，總之他不是問題。話說四郎，如果那椿事再不處理好，就要來不及了喔。裁決者也來到戰場了，雖然現在狂戰士纏著她，然而一旦讓她抵達這座花園就玩完了。」

「嗯，我已經獲得他們許可……只剩下在雙方同意下進行轉讓儀式了，很輕鬆……因為必須連續執行，還是得花上一些時間。」

「嗯，若那三位打算妨礙，就由吾來爭取時間吧。」

麻煩妳了——四郎留下爽朗輕鬆的笑容後離去。剩下兩位認定他為主人的使役者。

「話說術士，難得咱們有機會獨處，吾要請教閣下一事。」

「啊，吾輩也有件事必須請教。那麼，女王閣下，由您先說。」

「——閣下在盤算什麼？」

「紅」刺客臉上依然帶著豔麗笑容，將冷酷的感情透過眼神拋了出去。那眼神就像盯上獵物的蛇。

然後看到刺客那模樣，「紅」術士別說冒出冷汗，甚至只是覺得奇怪似的稍稍歪個頭就帶過去，膽識絕非一般。儘管沒有武器、不諳魔術，他仍有一條三寸不爛之舌。

「沒什麼特別。如同之前所說，吾輩只是追尋著主人——言峰四郎正準備實現的虛渺壯大夢想罷了。」

「哼，說書人(Story Teller)啊，你怎麼可能是這種料？確實那傢伙的夢想就像玻璃工藝那樣脆弱而長遠，實現夢想的道路上也有許多苦難等待，甚至連能不能克服這些苦難都是問題。然而——假設吾主克服這一切苦難，甚至抵達了『那個』。」

——只能說是一種奇蹟了。常人聽了四郎告訴「紅」刺客的夢想只會一笑置之，是只有異常者才會認真討論的玩意兒。

「……你所扮演的角色會無法存在於這世界啊。」

「不光是吾輩，連閣下——不，所有英靈都一樣呀！」

聽到這話，「紅」刺客微笑。

「吾不一樣，還是有明確的角色可扮演。不然吾可不會接受四郎的提議。」

「噢，原來如此，是這麼回事啊！嗯，確實要是主人實現夢想，這個世界甚至不需要人來編寫故事。但是——達成此目的的故事本身是傑作。就算給無限隻猴子無限台打字機，也絕對無法寫出的前所未有、空前絕後的傑作！如果能寫出這樣的故事，吾輩也無怨無悔了。」

「……道理說得通啊。」

儘管如此，「紅」刺客依然不改臉上驚訝之情。老實說，之所以懷疑他，就是起因於他釋放了「紅」狂戰士（斯巴達克斯）。

如果四郎的計畫順利進行，這男人很有可能給自己製造苦難。

「啊，原來您介意這個。那就不用擔心！」

「……不用擔心什麼？」

「紅」術士（莎士比亞）張開雙手，唱大戲般宣告：

「我等主人已『反抗死亡和一切無知的仇恨（Against death and all oblivious enmity）』，而且打算獲勝！『不可能完全沒人妨礙』這麼誇張的計畫！輪不到吾輩使出姑息的奸計，自然會有各式各樣的人出面阻撓啊！因此！因此我等主人一定確定自己可以克服這一切！」

「紅」術士顯得非常興奮，「紅」刺客總算放鬆了戒心。

「——原來如此，若是這麼回事，就能理解你為何是這種態度了。術士，你認為會有阻力吧？具體來說是什麼會出面阻撓？」

「這還用問，就是現在正因無知而困惑著的她啊。」

「……裁決者啊。那傢伙擁有的特權確實令人驚訝，但咱們現在不正也安排相應對策嗎？」

「不不，雖然她擁有誇張的特權，但真正恐怖的是她本人啊。」

「怎麼，你認識她？」

「世上沒幾個高舉旗幟的聖女英靈……她就是我祖國所愛的敵人，因為聽從神之聲而毀滅，悲哀且瘋狂的鄉下姑娘——貞德．達魯克呀。」

「喔，那傢伙是你祖國的仇敵啊。」

「紅」刺客這麼說完笑了。她說得沒錯，貞德．達魯克以法國救世主的身分起義，打得英軍節節敗退。雖然最後因為伙伴背叛而成為階下囚，但他們的怨恨應該非常深重吧。當時英國的許多著作都把她當成敵人加以彈劾。

「不不，吾輩早已不介意這些。何況現在我等主人不就是極東的聖人嗎？是英國還是法國什麼的並不重要，只是——若她要加以妨礙就不能留情，必須剷除。」

「……你要出馬？」

「吾輩出面？『怎麼可能』？女王閣下，當然是交給您辦。」

「紅」術士朗聲大笑。雖然預料到是這種結果，但「紅」刺客仍不禁嘆息：

「……所以？你想問什麼？」

「沒別的，正是有關主人的事。四郎是他的本名，當然無須多說，但言峰這姓是哪裡來的？總不會是隨便取的吧。」

「噢，這個啊。言峰似乎是他的養父。你也知道那傢伙孤身一人，因此拜託一同活下來，名叫言峰的監督官神父給他一個明確的身分。」

「嗯哼，原來如此。之所以能當上聖杯大戰的監督官，也是靠著這層關係啊。」

「似乎是。但神父似乎早已過身，他跟義兄弟也沒怎麼交流……你眼神中的笑意是什麼意思？」

「不不，只是認為我等主人相當信賴您啊。吾輩詢問時被他隨口帶過去了呢。」

「……問題應該是只有不信任你吧。」

如果一個不小心跟「紅」術士洩漏自己的出身，感覺他不僅有很大機會到處亂說，

甚至有可能被寫成傳記出版。

「唔唔，吾輩自認並非喜於揭露他人隱私的下三濫啊——哎呀。」

花園底層傳來衝擊，簡直像發生地震，整座花園大大地搖晃了一下。

「……剛剛那是？」

「狂戰士的攻擊餘波吧，看來正漸漸到達臨界點。」

「紅」刺客（塞彌拉彌斯）命令空中花園上升，如果被那「兵器」鎖定了這座要塞可就不好了。他該鎖定的不是這座要塞，必須是千界城堡。

「可是——聖杯不會被毀了嗎？」

「安心吧。大聖杯在城堡的地下，也不是一些瓦礫堆積就會怎樣的玩意兒，只要不是狂戰士當面攻擊就不會有問題。然後，那傢伙打一開始就沒有智商想到這點。」

「紅」刺客利用遠觀魔術，確認正與「紅」狂戰士交手的裁決者。

「好了……與狂戰士對峙的裁決者打算怎麼做呢？要是挨了最後一記，即使是那傢伙，也無法平安無事吧。」

正如「紅」刺客所說，反叛的鬥士斯巴達克斯再過不久就會使出最後一擊。他鎖定的目標是齊聚了壓制者們的千界城堡，瘋狂的戰士根本不在乎自己的主人就在那裡。

當不斷膨脹的肉體無法支撐自身重量，開始崩解時，狂戰士終於要發出最後一擊。而那也是在這戰場上的最後一擊。

——來了。

裁決者確定下一招就是「紅」狂戰士會使出的最大威力一擊，同時也是最後一擊。他將會用盡讓自身存在於現世的所有魔力後消失吧。

如果這是英靈斯巴達克斯選擇的道路，裁決者並不會加以阻止。

但她還是得避免因此連累到自己。

裁決者將視線移到彷彿嘲笑著自己般的空中花園，接著看向正在激戰的「黑」與「紅」劍兵。

決定了。不是遵從神明給予的啟示，而是按照自身意志下定決心。

裁決者手中依然握著旗幟，往後方大大跳開——確認狂戰士的視線轉向要塞之後，轉往兩位劍兵處前進。

她打算先去提醒這兩位並讓他們撤退。其他使役者都已察覺「紅」狂戰士的異狀，

撤退到安全距離之外了。

只剩下變身為「黑」劍兵的齊格、「黑」騎兵（阿斯托爾弗）和「紅」劍兵（莫德雷德）在會受波及的範圍內。

——不可以！

而且「紅」劍兵和「黑」劍兵還以寶具互擊。這強大能量的餘波，不僅傳到裁決者這邊，甚至也到達「紅」狂戰士所在之處。

突破臨界點的「紅」狂戰士咆哮，倒數計時開始，大地震盪起來。

裁決者大叫：

「快逃！」

正打算下手解決齊格的「紅」劍兵，以愕然表情看著即將炸開的狂戰士。儘管猶豫了一下，但聽到主人指示的她還是一咂嘴，立刻化為靈體。

附身在實際存在的人類蕾蒂希雅身上的裁決者自不用說，齊格也無法化為靈體躲過這一劫。

「齊格小弟！」

裁決者急迫地呼喊，但虛脫的齊格只能默默搖頭回應。看來方才「紅」劍兵使出的寶具攻擊，以及變身反作用力帶來的強烈痛楚和損傷，使他無法動彈。

「……快走，妳不是該在這裡消滅的使役者。」

儘管如此，他毫不猶豫叫裁決者逃跑。裁決者嘆了一口氣。

「別說傻話……帶你來這裡的可是我。」

「選擇投入戰鬥是出於我自身的意志。」

「唔，頑固也要有點限度！」

「……妳沒資格說別人吧。」

儘管狀況如此危急，齊格還是以冰冷的眼神看著裁決者這麼說道。

「——不用擔心，我沒打算讓你死在這裡，而我自己也不能在這裡消滅。」

裁決者將右手的旗幟插入大地。一回頭，只見疲憊不堪的「黑」騎兵一副要護住齊格的樣子緊緊抱著他。

主人不可能在這種情況下還不讓使役者靈體化逃脫，應該是騎兵本人拒絕那麼做吧。擁有「單獨行動」技能的騎兵就算被切斷魔力供應，也可以暫時存活下來。

……然而在這種狀況下不逃，仍然是一種無謀的舉動。

「『黑』騎兵，妳不逃嗎？」

「我不要。」

「可是——」

騎兵抱著齊格猛力搖頭。

「我說不要就是不要！我不想再看到他受傷了！我絕對不會從這邊退開！」

儘管自己也身負重傷，但騎兵沒有逃跑的念頭。雖然他不能做些什麼，只能護著齊格然後兩人一同滅亡。

毫無意義，真是毫無意義的行為。

如果不把「黑」騎兵阿斯托爾弗的寶具考慮進去，那他就是個介於二流與三流之間的英靈罷了。在查里大帝十二勇士之中，傳說顯得「弱小」的也只有阿斯托爾弗一人。

然而即使如此，阿斯托爾弗仍是個英雄。

「我討厭這樣……」

雖然渾身發抖，但騎兵仍不放棄要保護齊格的態度，也不畏縮。天生的強者表現得勇猛是理所當然，因為他們很強。他們以自身的強大為榮，擁有不論面對怎樣的敵人都不會屈服的堅強意志。

但阿斯托爾弗不一樣。這個英靈很弱，絕對無法對抗名為命運的敵人。他的強無法撼動高山、貫穿天際。儘管如此，生前的阿斯托爾弗仍是個人人認可的英雄。即使弱小、力有未逮甚至敗北，阿斯托爾弗仍是個有勇氣之人，擁有成為英雄的資格。

「——我明白了。那麼，請待在那裡別動，亂動會有危險。」

如果這樣的決定是出於使役者本人的意志，身為裁決者的自己便無權阻撓。

所以，這是她為了保護齊格而做。雖然這稍稍偏離了裁決者本身的職責，但在戰場上的判斷完全交給了她本人。

不是野獸、人類、魔物，甚至已經不是英靈。

那個幾乎等於巨大「祟神」的使役者終於將最後一擊砸在大地上。

「紅」狂戰士（斯巴達克斯）腦中充滿陶醉的欣快感。最後一擊想必可以破壞各種暴政，打破權力吧。

當然，他是瘋狂的……他甚至理解自己瘋了。然而他無法罷休，他天生就無法忍受屈於他人之下。

不，不是這樣。被輕蔑、受傷會讓他獲得快感。某種渾濁的沉澱物的東西積存自己體內，給他帶來無上愉悅。

所以他能保持笑容。而當這些達到臨界點時，斯巴達克斯就會反叛。只要世界上有

壓制者存在，他就無法阻止自身的愉悅與憤怒。

而現在，獲得第二次人生的他，正打算使出畢生最美妙的一擊。全身被置換的痛楚侵蝕他的腦，但這也即將結束。這可不是使出渾身解數這麼簡單的一擊，而是將自身一切當成祭品奉獻出去，才能夠換得的終極破壞。

「——啊啊。」

他甚至發出嘆息。他並不在乎自身肉體變得多麼醜陋，將一生奉獻給反叛的受虐角鬥士終於揮出了這一擊。

鎖定的對象是這場聖杯大戰中擁有最高權力的壓制者，即是裁決者，以及在她背後的千界城堡等。這一擊足以衝擊月亮、毀滅繁星，是包含他生前死後在內的人生最完美反擊拳。自己這一拳、這一劍，是否真能轟到壓制者們呢？

他無法得知也無意得知。只是將一生奉獻給反叛的禁欲角鬥士（Gladiator），面帶笑容斷氣了。

裁決者、「黑」騎兵與齊格正位在這一擊的直線範圍內，不可能躲開。無論擁有多堅固的盾牌，也無法抵擋這賭上性命的一擊。

然而——即將承受這一擊的，是聖杯戰爭中絕對的裁判，也就是裁決者。

「吾神（Luminosite）——」

以雙手握緊旗幟，釋出真名。

聖女貞德．達魯克代替配劍持有的旗幟。這面能夠鼓舞跟隨聖女的士兵，使他們氣勢昂揚的旗幟，據說一直守護著總是在戰場上打頭陣的聖女。

「降臨此地（Eternelle）！」

而若將這面旗幟當成寶具啟用，就可將貞德持有的超規格魔力，轉化成物理或靈力性的各式各樣防衛能力。

「紅」狂戰士這一擊灌注滿滿憎恨與歡欣，不僅遮蔽了手持旗幟的裁決者，連站在她身後的「黑」騎兵（阿斯托爾弗）和齊格都被覆蓋下去。

裁決者握緊雙手，現在裁決者手中的這面旗幟就是他們的救命索。她壓抑苦悶，只是看著前方——裁決者只是忍受著這暴力的光之漩渦。

看起來就像對抗全世界之惡的某人。

看起來就像對抗墜落晨星的某人。

就像儘管有著嬌小的人類模樣，卻無法認同眼前的「那個」而挺身對抗的所有人。

榮譽、堅持、愛、憤怒，或者包含除此之外的什麼。人類儘管面對足以殘殺上萬人的暴力，還是擁有堅強的心，能抱持超越恐懼的勇氣挺身而出。

齊格看著她小小的背影，一種悲痛的情緒湧現。雖然他自知這是一種自我解讀，但一想到她生前流傳下來的那些悲痛故事，就無論如何也無法拋下這些念頭。

因為背叛而被奪走了一切。作為一個人類，承受了可以想到的各種最惡劣對待，仍沒有任何怨恨……甚至從不絕望的聖女化身。

如果她會怨懟那還好，有憎恨還可以理解。但她不僅無怨無悔，甚至沒有一絲留戀。齊格覺得這點實在太不可思議了。

……「黑」騎兵不禁想到讓大海分開的老人神話。完全被遮蔽的光就像一分為二的海水。如同生命有其終點，賭上性命的一擊也有結束的時候。「紅」狂戰士渾身解數的一擊讓千界城堡半毀，並導致戰場上的大量魔像、人工生命體與龍牙兵喪命。

即使是這麼誇張的暴力席捲，三人甚至沒有受傷。當光消滅，裁決者呼了一口安心的氣，轉過頭來。接著面露燦爛笑容，再次放心地喘了口氣——

「……太好了，你們平安無事。」

這麼低聲說道。

與其說這是一劍劈砍，不如說這是一場災難。而且是一場懷抱惡意的地震、海嘯。將龐大魔力全數轉化為破壞力的這一招撼動大地，掃過千界城堡。

魔術師們慘叫。幸運的是，他們坐鎮觀戰的位置並沒有直接被猛火侵襲。但幾公尺之外的地方已經一片狼藉。

「剛、剛才那是什麼……發生什麼事了……」

難怪戈爾德要驚恐地嘀咕。如果是直接命中還可以理解，但他們所承受的只是單純的餘波。

「……『紅』狂戰士（斯巴達克斯）人呢？」

卡雷斯嘆口氣，回應菲歐蕾的問題。

「消失了……其他使役者呢？」

「弓兵還活著。騎兵呢？」

賽蕾妮可忿忿地點頭。儘管她要騎兵靈體化後回來，但別說回來了，騎兵甚至想要保護人工生命體。按這個情況來考量，她差不多該做出決定了。

「騎兵也活著。術士呢？」

羅歇因為自己和術士苦心打造的魔像們被掃個煙消雲散，而受到嚴重打擊。但至少還是確認了最關鍵的術士存亡與否。

「老師沒事……魔像被毀了八成，在城堡內待命的魔像們則處於勉強可以運轉的狀態。」

「這樣啊，那只剩下槍兵了。叔叔雖然似乎還活著……」

「領主沒事。但與『紅』槍兵之間的對陣在沒有分出勝負的情況下強行終止，讓他非常不悅。別說這些了，有緊急狀況。」

站在毀掉窗框上的達尼克，以略顯沙啞的聲音說道。

「……緊急……狀況？」

菲歐蕾認為應該沒有比現況更緊急的事態了，但達尼克的聲音比想像中更緊繃。

「——空中花園開始往這邊接近過來。」

「紅（莫德雷德）」劍兵解除靈體化之後，開始檢查周遭的狀況。

——許多生長在草原左右森林裡的樹木被掃倒，悽慘的狀況甚至讓人誤以為被巨人蹂躪過去。

——魔像、人工生命體和龍牙兵們幾乎都死光了。想來也是，那麼龐大的魔力一口氣收縮、爆發。活下來的應該只有在後方待命，或者察覺苗頭不對而逃亡的部分人工生命體。

——使役者們都迅速脫離了戰場。起碼會遲鈍到被這種攻擊牽連的話，只能說連三流都不如了吧。

也就是說，這裡被剷平，變成荒地了。那個奇妙的怪物（使役者）連同自己一起把這片戰場消滅。憤怒、傻眼、嘲笑……「紅」劍兵覺得這些都不符合她現在的心情，茫然地佇立了一會兒。

「喂，劍兵。」

「……啊，主人。現狀如你所見。」

「紅」劍兵聽到身後傳來的聲音，回過頭後聳聳肩。身為她主人的獅子劫，也在掃

過戰場一眼後發出無奈的嘆息。

「好啦，主人，接下來該怎麼辦？給點指示吧。」

「要我給指示……要是在這一大片荒地投入敵我戰力混戰，毫無疑問會很慘啊。」

「那我們要撤退嗎？」

獅子劫原本打算同意她的話，但在望了望天空之後又駁回此一提案。

「——不，不能撤退。劍兵，妳看。」

獅子劫手指的方向，有一座神話時代產物的空中花園。獅子劫有針對塞彌拉彌斯仔細地調查，因此他理解那是「紅」(塞彌拉彌斯)刺客的寶具。

問題在於那座空中花園，正朝著即將崩塌的千界城堡接近。

「……哼，確實。若在這裡撤退，我就要被當成局外人了。」

「是吧？劍兵，我們走。」

「了解啦，主人。話說你擅長飛行嗎？」

「老實說我就是最不會這種魔術。雖然我不太想這麼做，但似乎得靠妳嘍。」

聽到獅子劫這麼嘀咕，「紅」劍兵不禁咯咯笑了。沒錯，現在就是她的既有技能「魔力放射」派上用場的時候了。

§§§

「……嗯哼。原本認為要破壞那座城堡有點麻煩，但這下省了咱們不少功夫啊。原本還以為必須用上槍兵的寶具呢……」

「紅」刺客這麼說完，看了看撤退回來的其他使役者們。

「諸位辛苦了。雖然諸位的亢奮之情應仍無法平息——還好，只需稍做忍耐，很快會再度開戰。」

這話讓「紅(阿塔蘭塔)」弓兵歪了歪頭。

「這是無所謂——但我們接近那座城堡想做什麼？打算直接過去殺害主人們嗎？」

「這還用問——當然是討回大聖杯啊。」

瞬間，在場所有使役者都安靜了。騎兵和弓兵面面相覷，槍兵也露出疑惑的表情看向刺客。

「妳說討回？不，更重要的是……要怎麼做？」

「紅」刺客笑著指了指地板。

「——這座空中花園之所以能浮在空中，是基於『上下顛倒』的概念。所以植物會朝下生長，水會從下游往上游流去。」

花園停在千界城堡上方。如果托利法斯居民這時仰望天空，看到這座甚至可以遮住月亮的空中花園，心中會有何想法呢？至少應該無法保持正常吧。

「矮小的魔術師們，睜大眼睛瞧瞧吧，『這才是魔術的真正境界』。」

「紅」刺客高聲朗笑，張開雙手釋放術式。

花園底部「轟」地吹起勁風。類似龍捲風的強勁風勢，彷彿某種管道一樣連接著城堡。

「喂喂……妳該不會真的想要搶回來吧？」

「紅」刺客點頭回應「紅」騎兵（阿基里斯）這番話。

「那是當然！這座花園就是為此而設計！好了，大聖杯啊，出來吧！現出你那以到達神之境界般的魔術所架構出來的醜陋又美麗的姿態吧！」

土壤崩解，被吸收上去。城堡的三分之二以上已經遭到破壞，裸露的岩石地基粉碎，大聖杯終於露出了其外貌。

「那就是——聖杯嗎？」

「紅」弓兵面帶驚訝之色嘀咕。視力堪比飛鷹的她，的確看見了下方的大聖杯，但她驚訝的點不在這裡。

不單是弓兵，槍兵、騎兵以及術士都只能茫然呆立當場。累積了六十年以上，絕對不會產生變化、無色透明的龐大魔力正在打旋。

「那就是聖杯……！好！那個『好得過頭啊』！完美！美妙、美妙、太美妙了！連吾輩在這裡都能感受到的壓倒性魔力！甚至讓人想一躍而入與之同化！儘管如此，外表卻有如剝了皮的人體那樣醜陋！正所謂『美即是醜惡，醜惡即是美（Fair is foul, and foul is fair）』！」

術士口中迸出歡喜之聲。

除非是非常貪婪的願望，不然如果到那種程度，很明顯的確可以稱作「萬能的願望機」。難怪這些使役者會如此驚訝。

「……嘖，已經完全附著在靈脈上了啊。要將之剝下得花點時間，但咱們也無法太悠哉行事。諸位，敵人來了。」

不用「紅」刺客提醒，在場所有使役者都已察覺此事。為了防止大聖杯被奪走，「黑」使役者們接連往這邊過來了。

「吾必須暫時專注在處理大聖杯上，其他使役者就交由諸位處理了。若無法在此攔

下對方，諸位的願望也將煙消雲散。好好記住這點啊。」

聽到彷彿伴隨著嘲笑說出的這番話，「紅」騎兵和弓兵也絲毫不掩飾敵意地回敬過去。

「——我們很清楚，輪不到妳嘮叨。妳才是，別失手了。」

「該做的事情我們當然會做，妳就不必一一下指導棋了。不用說我也知道啦。」

但儘管被投射這麼明確的敵意，「紅」刺客仍不改遊刃有餘的態度。

「吾輩在大聖杯刺激下也湧出了許多靈感，在此先失陪了！」

「……你好歹幫點忙。」

術士無視眾人傻眼的視線，迅速前往建設給他使用的工坊——也就是「書房」。

「對了對了，吾忘了說一點。這座花園『不屬於羅馬尼亞』，請諸位留意這一點，好好迎戰。」

「紅」刺客留下這番話就消失了。目前正以非常緩慢但確實有進展的速度，將大聖杯剝離托利法斯。

因為花園已經貼近城堡旁邊，使役者應當一躍就能登上這裡吧。

「——『黑』槍兵（弗拉德三世）由我收拾。」

「紅」槍兵這麼嘀咕並架起了手中神槍。「紅」騎兵當然選擇了對抗恩師「黑」弓兵（凱隆），而「紅」弓兵則鎖定了首次對上的術士為目標。

攻守轉換，「黑」使役者們必須在大聖杯被奪走之前將之取回。「紅」使役者則必須在完全搶奪成功之前死守大聖杯。

伴隨攻守轉換，狀況也跟著轉變。原本是屢攻不下要塞的千界城堡，現在已經變成無用的長物，位於壓倒性優勢的是「紅」陣營。

但現在還有一個問題，就是正往此處前進的裁決者。不過知道這個狀況的，只有「紅」刺客、術士和主人四郎。

「黑」陣營、「紅」陣營和裁決者都知道自己正在與時間賽跑。在大聖杯抽離靈脈，完全收進空中花園的幾分鐘內，他們必須拚死命作戰。

§§§

裁決者留下「黑」騎兵（阿斯托爾弗）和齊格，獨自朝空中花園奔去。她愈接近空中花園，就愈對那飄浮空中的寶具吃驚。擁有足以破壞城堡威力的對城寶具雖然稀少，但仍有少數英靈持有。然而，寶具本身就是一座城堡的英靈，數量應該極為稀少吧。

說到擁有可以當成寶具的城堡，裁決者第一個想到的只有愛爾蘭的光之神子，而且那還限定在他的母國才能實現。

遑論現在眼前的是一座空中要塞，這可能性幾乎等於零。而且更麻煩的是，看來那座空中要塞的主人對自己抱持惡意。雖然繞了很多遠路，總之必須彈劾「紅」陣營的事項相當多。

——不過……

裁決者有股強烈的預感揮之不去，好像有某種致命的狀況已經開始，並準備結束。她勉強甩開這股發寒的感覺，瞪著千界城堡的城牆直直往上方奔去。

從身旁開出的大洞可以看到大聖杯緩緩現形。

「……真難以置信。」

無怪乎裁決者會忍不住這樣嘀咕。彷彿全身被緊緊掐住的壓迫感，讓她知道那大聖杯毫無疑問是真品。她不敢置信的，是想把那個拉出來的「紅」陣營。

這確實是一場爭奪大聖杯的戰爭。若最終「紅」陣營獲勝，就可以預料情勢會變成現在這樣，但前提是聖杯大戰要先正常打完。他們為何要在戰爭去向仍搖擺不定的情況下，急著回收大聖杯呢？

恐怕現在出問題的不是「紅」陣營的使役者，而是主人那邊。而且起碼不是照著魔術協會意向行事的人物——

推敲到這裡，裁決者好不容易登上了空中要塞。這裡的水往高處流，草木則明顯不是往上，而是往下生長。

「逆流的水……空中花園（Hanging Garden）……！」

「正是，裁決者。」

嘲笑般的聲音使她回頭——能夠把空中花園當成寶具持有的英靈，裁決者也只知道兩人。一位是尼布甲尼撒二世，而另外一位——在混淆了古老傳說下的結果，甚至傳出「打造成功」此一假象的傳說女王。

世界最古老的毒殺者——塞彌拉彌斯。

「『紅』刺客……原來是妳。」

「誠然。好了，裁決者啊，來到吾之花園有何貴事？吾應當沒有特別做出違反規則之事吧？」

或許因為燈火昏暗，「紅」刺客一身冶艷漆黑的洋裝有一半已與黑夜融合。裁決者

覺得那看起來非常——詭異。

「不，你們的確違規了。」

「紅」刺客「哦」了一聲，表現出對此一說法有興趣的態度。

「——那麼，妳說說咱們違反了什麼規則？」

「如果妳沒有愧對自己的良心，也認為自己完全遵從了聖杯戰爭的規則——就讓我見見妳的主人。」

「紅」刺客眼神中的嘲笑瞬間轉為警戒。裁決者看著她的眼神，確認自己一路推敲下來的邏輯並沒有誤。

「……很遺憾，吾之主很忙，再加上生性膽小，不能使之與其他使役者見面。」

「那麼，『你的主人躲在這座花園裡對吧』。」

裁決者明確地點破。「紅」刺客則已進入備戰狀態。裁決者彷彿壓制對方般，手持旗幟指向對方說道：

「『紅』刺客，妳該知道這麼做是白費力氣。從空中花園射出的光柱是妳使用的魔術吧？那麼——」

「嗯，確實吾之魔術無法貫穿妳的反魔力，這也算是裁決者的特權之一，是吧。」

「我還有很多特權……『紅』刺客，請不要逼我使用這個。」

裁決者全身散發淡淡藍光，這下連「紅」刺客也不禁繃緊臉。

「……身為裁決者最大的特權，能對所有使役者使用的令咒啊。」

這才是裁決者之所以是裁判的最大原因。裁決者對各個使役者保有兩道令咒可供使用。以這次聖杯大戰的狀況來說，就是總計二十八道。難怪「黑」陣營會想拉攏她成為伙伴。

說得極端點，只要她下令自殘，絕大多數的使役者就會當場了結。當然，還是可利用令咒對抗令咒。如果收到自殘命令，只要對方主人以令咒下令不可自殘便可。

但這就等於白白浪費兩道令咒。如果考慮使役者可能背叛而要留下一道令咒保命，事實上等於無法再使用令咒了。

再加上若裁決者成為伙伴，能夠調度活用的令咒就會增加為四道。足以顛覆各種優劣態勢的裁決者，當然是無論如何都想拉攏的人材吧。不過說來會被這類誘因吸引的英靈，本身就無法成為裁決者了。

「吾勸妳別這麼做。即使妳用掉所有令咒，吾也不打算背叛主人。若妳用上所有令咒命令吾，主人便會阻止妳。」

「……原來主人不是被妳控制的傀儡啊。」

「當然。無論生前如何，現在的吾是使役者。吾沒有任何私心，全心侍奉主人。」

裁決者向前踏出一步宣告：

「那麼，現在的妳是我的敵人。」

到了這時候，她終於明確地認定「紅」刺客與其主人為敵。這舉止讓刺客都不禁露出緊張神色。

原本刺客和裁決者的規格就無法相比，再加上魔術師和裁決者對陣，將處於致命性的不利狀況之下。裁決者甚至不需用上令咒，就可以立刻打倒刺客吧。

——說到底，「紅」刺客和主人其實不希望和裁決者開戰。

他們的重點放在要讓「紅」槍兵(迦爾納)和「黑」槍兵(弗拉德三世)接觸交手，並讓「黑」槍兵的主人確認現況。他們只要用對話方式，爭取到完成以上的幾分鐘時間便可。

理解「黑」槍兵的主人達尼克．普雷斯頓．千界樹有多麼殘酷的四郎，相信一旦狀況對「黑」陣營不利，他就會強制啟用重現了「那則」傳說的寶具。

「喔，是嗎？但是很遺憾，就在方才這一瞬間，咱們變成不得不共享利害關係的狀況了。」

「——？」

裁決者回頭。現場無聲無息，也感受不到魔力波動。但再過幾秒就會發生最糟糕的狀況——這樣的啟示傳到她心中。

「好了，快去吧。別擔心，吾也會幫助妳。必須與那個對抗——可是相當麻煩的事啊。」

裁決者稍稍咬牙。但她沒有說錯。

隨著龐大魔力出現，某樣東西「誕生」了。那是一種致命到讓人無暇在乎聖杯戰爭去向的某樣東西。

裁決者背對她，全力急馳而出。

§§§

——狀況非常一面倒。

「……果然啊。」

「唔……！」

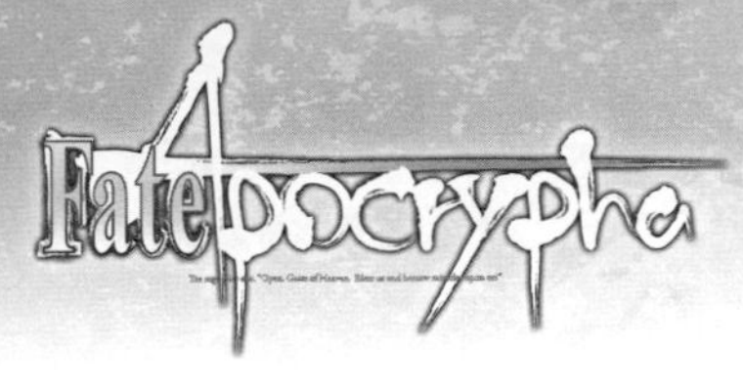

「紅」槍兵用平淡的語氣說話，並將「黑」槍兵逼上絕境。那絲毫不留情的精確態度，的確符合大英雄該有的冷酷。

但是，在沒多久之前還能與之抗衡的英雄弗拉德三世，現在卻完全處於劣勢。

「黑」槍兵本人也察覺到這異常。身體無力，若說方才的自己有十成功力，現在頂多剩下六成吧。

「黑」槍兵仍可流暢地產出樁子，不過樁子本身的氣勢與刁鑽程度都沒有方才那樣凌厲。「紅」槍兵甚至不需要使出護身烈火，只消用手中長槍和身上的鎧甲便可回擊所有樁子。

「這座空中花園是我方刺客支配的領域，並不屬於你的領土範疇。即是——只要在這座花園內，你就不是救國英雄。」

「紅」刺客（塞彌拉彌斯）的寶具「虛榮的空中花園」屬於可支配一定範圍的要塞寶具。換句話說，這裡不再是弗拉德三世被尊為英雄的羅馬尼亞領土，因此他的知名度幾乎等於零。

當然「紅」槍兵迦爾納的知名度也趨近於零。但迦爾納與弗拉德三世本身的實力就有相當差距。

即使知名度趨近於零，只要相關傳說存在於世界某處，迦爾納就毫無疑問是個大英雄。但一旦離開羅馬尼亞，弗拉德三世就只是個嗜血的吸血鬼罷了。

對以身為英雄的特性為基礎召喚出的「黑」槍兵來說，這種知名度無法轉化為力量，甚至反而會阻撓他發揮原本應有的實力。

揮舞長槍挑戰「紅」槍兵的「黑」槍兵，已經失去他總是保有的優雅與殘酷。現在支撐他的，只剩下身為英雄的衿持。

就只有這一點，帶給他作戰的力量。

但這點力量離「紅」槍兵的首級太過遙遠。

只要「黑」槍兵身為英雄的戰意略有衰減，之後將會以兵敗如山倒的狀況作結吧。

兩位使役者都很清楚這點。那麼「黑」這方只要撤退，只要轉身背對敵人逃跑便可吧。然而如果能做到這點，他也無法成為英雄了。

——孤要死了嗎？

一股突然出現、幾乎確立的念頭從「黑」槍兵心中湧現。自己戰敗，當然會等於「黑」陣營全面潰敗。但這也無可奈何，自己力有未逮，追得太過深入敵陣。更重要的，他壓根沒想過大聖杯會被強行搶奪。

他也想過若「黑」劍兵（齊格菲）還活著，是否狀況就會不同。恥辱、絕望和後悔如氾濫的河

流擾亂他的心思。

然而——

看來船到橋頭不會直啊。

正當他這麼想、這麼確定、這麼覺悟的時候，與自己定下契約的主人如魔法般突然現身，如惡魔般喃喃低語：

「不，我們還不算沒機會獲勝——只要你啟用那個寶具。」

在場所有使役者都停下動作。位於現場唯一的主人，就是千界樹族長達尼克。

達尼克站在離使役者們交戰的位置有些距離，樣式類似神殿的柱子上睥睨全場。他那模樣令「黑」槍兵格外不悅。

但達尼克剛剛說出口的話問題大得多。「黑」槍兵使出一招重擊後，拉開與「紅」槍兵之間的距離，瞪向自己的主人。

「……達尼克，你剛剛對孤說什麼？」

那不是鬧著玩，是真正的純粹殺意。魔術師悠然承受這股殺意，繼續吐出囂張的話語：

「領主啊，我是說要啟用寶具。除此之外，我們沒有機會獲勝。」

「你這傢伙胡說什麼？你忘了孤說過絕不使用那寶具嗎！孤會死在這裡！會懷抱悔恨死去！消逝！但這就是輸家必經之路！達尼克！孤沒想過要啟用那個變成悲慘的存在！絕對、絕對不！」

「忘了的是你。我們無論如何都要獲得大聖杯！為了以那個作為象徵，向魔術協會報上一箭之仇。或者為了到達根源。領主你應該也希望實現願望，那麼——只能啟用寶具了。」

達尼克說完舉起一隻手，上面三道令咒正散發紅光。

「你……！」

達尼克對瞠目的「黑」槍兵一笑，以冰冷透徹的聲音宣告：

「以令咒下令，『英靈弗拉德三世，啟用寶具——「鮮血傳說」』。」

「達尼克——你這傢伙啊啊啊啊啊啊！」

連這樣充滿所有憎恨、絕望的大叫，都無法打動達尼克。

「——孤不是、吸血鬼……不是……啊……！」

顫抖的低語是英靈弗拉德三世最後殘存的理性吧，而這僅存的理性也被主人達尼克徹底粉碎。

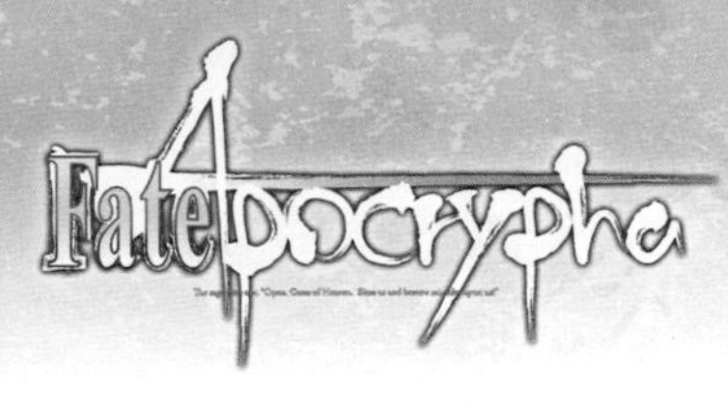

「不，『你就是吸血鬼』。吸血鬼德古拉，在杜撰的故事之中背負汙名的可悲怪物（Creature）。以第二令咒下令。『直到獲得大聖杯為止必須存活』。」

「黑」（弗拉德三世）槍兵咆哮，朝主人達尼克撲去。達尼克露出淺笑，承受「黑」槍兵的手臂攻擊。

胸口「啵」一聲被輕易貫穿，達尼克的身體崩解，鮮血四散，灑在槍兵臉上。但哄堂大笑的——竟是達尼克。

「哈哈哈哈！失禮了，我的使役者啊！為了賠罪，儘管吸乾我的血吧！你果然是吸血鬼，統治夜晚的王者（Vampire）啊！不需要你的願望，留下我的夢想、我的願望、我的存在吧！以第三道令咒下令。『槍兵，將我的存在刻劃於靈魂上』！」

「什——麼？」

低語究竟出自誰的口？或者是在場所有人？「黑」槍兵殺害主人，而主人透過令咒發下的第三條命令，讓在場所有人嘩然。

使役者能吞食人類靈魂，並將之轉化為魔力。這是身為靈體的他們才擁有的特權。若人類要執行，頂多就是換個軀殼和觀察。

但只有這個魔術師（達尼克）例外，他著眼在魔術領域認定為無法變換、只是毫無用處的養分的靈魂上。

……恐怕是因為他在第三次聖杯戰爭中，與使役者並肩作戰之故。或者因為懼怕過去被某位魔術師宣告的預言，導致他完成了此一偉業。

達尼克創出了可將他人靈魂當成自身糧食的魔術……但這是無比接近禁忌的咒法，完全不合乎倫理道德。為了自己的性命，他甚至願意捏爛嬰兒頭骨。

只不過這魔術太過危險，是只要某個環節弄錯一點點，就足以致死的危險大魔術。他在這六十年間吞噬他人靈魂的次數，其實總共只有三次。

那三次都在他認為的完美狀態下執行儀式，但即使如此，靈魂與肉體的匹配率也不過六成。不是自己的「某人」正漸漸支配自己。

就算下一次執行儀式時能完美地成功，也只會誕生一個名叫達尼克·普雷斯頓·千界樹的他人。儘管保有記憶，且鉅細靡遺地記錄下細節——那也絕對不是自己。

也就是說，達尼克在沒有執行儀式的情況下，吞噬使役者槍兵的靈魂，真的只是自殺行為，除此之外什麼也不是。

畢竟這可是英靈的靈魂，是只要聚集七位就能啟動大聖杯，最高級且龐大的靈魂。

不是「容器」的人類根本無法承受。

「怎麼會這樣，不可能……！」

所以無怪乎「紅（阿塔蘭塔）」弓兵會這樣訝異地嘀咕。

「——因為有令咒。不，即使是這樣也不可能。達尼克……不，現在的你……既不是達尼克，也不是弗拉德三世了吧。」

「黑」槍兵……不，這位也不算是達尼克的「某人」得意地笑了。

「沒錯，弓兵。就算仰賴、第三道、令咒，把弗拉德三世這位英靈的靈魂，徹底加工到……適合我、吸收、的狀態，也無法支配英靈，更不可能將之吸收。」

淡淡的笑聲早已無法判別究竟出自達尼克還是弗拉德三世了。

「但是，但是呢，至少可以刻劃上去。至少可以把我這百年下來的意念……對聖杯的執著刻劃上去……我早已不是達尼克，但也不是弗拉德三世！就算只是個追求聖杯的怪物也無妨……！」

原本就算透過準備聖遺物召喚英靈，還是有容易召喚出思想較接近對象的傾向。想洗刷汙名……也就是說，擁有過剩自信與驕傲的達尼克和弗拉德三世，在精神層面、靈魂的顏色都頗為相似。

更何況時間雖然短暫，但兩人畢竟以主從關係度過一段時光。若再加上第三道令咒的束縛，要將「達尼克・普雷斯頓・千界樹」這樣的個體特質（Identity）強加在龐大的英靈靈魂之上，也絕非不可能。

雖只是些許，但這個魔術師的執著超越了英靈。

「住手！住手、住手、住手、住手、住手啊……！孤是瓦拉幾亞之王，弗拉德三世之子——『不要進入孤之中啊啊啊啊啊』！」

「黑」槍兵露出帶著怨憤的表情怒吼。他的面容正漸漸替換成好像達尼克，又好像弗拉德三世的另一種模糊形象，看起來就像一種不定型的怪物。

「好了，這麼一來你就是我，我就是你了！領主！不，吸血鬼！你的力量將變成我倆的共通財產！一切都是為了聖杯！我的夢想、希望將深植你體內，永遠生存下去！」

達尼克・普雷斯頓・千界樹現在正以癌細胞般的侵蝕力，寄生在弗拉德三世這位英靈的靈魂上。

「你、這傢伙啊啊啊啊啊啊啊啊啊啊啊啊啊啊啊啊！」

——這下不成。

原本貫徹「旁觀」態度的「紅」（迦爾納）槍兵立刻逼上前，並打算以自己手中的槍從背部貫穿「黑」槍兵的胸部。他不認為這行為卑鄙，因為作戰到一半左顧右盼的可是對方。

「紅」槍兵成功貫穿靈核所在的心臟位置，絕大多數使役者毫無疑問會在這時候死去。如果是以耐打著稱的英靈，或許還有機會留存現世。但很遺憾地，喪失了知名度的弗拉德三世，並不是那樣強大的使役者。

沒錯。如果「紅」槍兵貫穿的使役者對象「確實是弗拉德三世」。

「……！」

「紅」槍兵理應確實貫穿毫無防備地露出背部的領主心臟。

但別說對方消滅，甚至連頭也不回。從貫穿點冒出的不是鮮血，而是某種漆黑的影子。

「紅」槍兵認真地看著自己的槍低聲說：

「……確實有手感回饋。但原來變成那樣之後，就無法奏效了啊。」

「槍兵，你說你的槍起不了作用？」

「紅」弓兵難掩驚訝。槍兵手中的槍跟她的弓一樣，是神明賜予的神兵。如果用這樣的神兵命中靈核還無法奏效，即代表——

「如果是在他變成吸血鬼之前，應該可以很正常地粉碎靈核殺了他。」

蝙蝠齊聚，開始幻化為人型。

「但在我們眼前的不是『黑』槍兵弗拉德三世，而是聲名遠播，為世上眾人畏懼的——吸血鬼。」

這個世界上有被稱為死徒的吸血鬼。他們不是混入人群吸取人血，就是不與任何人交流保持孤高。不論是哪一種，死徒擁有只屬於他們的獨特概念與文化，悄悄生活在世界的反面。

但現在出現在使役者們面前的，並非死徒這種存在。若要以神祕的概念來說，其實時間不過短短百年。但他所締造的恐怖傳說遍布全世界。說到吸血鬼，人們首先想到的不是隱身在世界之中的死徒們，而是以羅馬尼亞的大英雄弗拉德三世為原型——所創造出的「吸血鬼德古拉」。

「——真是怪物。」

「紅」槍兵率直的感想，應該可以獲得在場所有使役者同意吧。

完全變回人形的吸血鬼看向在場的使役者們。儘管殘酷，但那裡已經不再有充滿知性的眼神了。

優雅的貴族黑衣撕扯得破爛不堪——某種不是血與肉，而是有質量的黑影從那之中

洩漏而出。

槍兵持有的槍在他喪失英雄這一面的同時，如塵埃般消逝殆盡。

「……好了，把我的聖杯還給我。我必須靠大聖杯實現我一族的悲願。沒錯，為了一償夙願，我必須無限地、無窮無盡地活下去。必須增加族人、必須產子、必須增加更多眷屬。必須找出兼具才能、努力，以完善的培育環境培養出我的繼承人們。所以，把大聖杯……還來、還來、還來、還給我啊啊啊啊！」

——這怒吼混雜了達尼克自身的夢想與吸血鬼的本能。

不是為了到達根源，而是將一輩子投注在到達根源前一階段的「增加族人」上頭。

不得不增加——都是為了這一族。

不得不變強——都是為了這一族。

想向大聖杯許下的願望，乃是增殖、增強、增加自身。將對一族的愛與自身執著混為一談的男人，拒絕理解自身夢想究竟有多麼破滅。

留下來的只有帶著血色的殘酷眼神，以及再也無法隱藏暴露於外的尖牙的怪物。他緩緩地如觀察周圍般看了一圈，接著將目光鎖定在一個點上。

那「無名的怪物」，已經嗅到被花園吸收的大聖杯存在。

「哈，不管怎樣，那毫無疑問是離神最遠的怪物啦！」

「紅」（阿基里斯）騎兵向前，手握殺英雄之槍，以那雙飛毛腿瞬間接近吸血鬼。隨著跳躍擲出的長槍，如槍彈般猛力逼近吸血鬼——！

「不成！」

制止的聲音來自「黑」（凱隆）弓兵，但太遲了。槍已經被對方捉住。

「這……？」

以超越音速之勢擲出的必殺一槍。吸血鬼竟然靠單手，就抓下這幾乎不可能躲過的一槍。

這等於是徒手抓下飛彈，因此手部肌肉當然會被扯碎、神經斷裂、骨頭發出嘎吱聲響粉碎。

但吸血鬼的重生能力遠遠凌駕於傷勢。從斷裂之處重生回來的樣子，甚至讓人感到可怕。

吸血鬼笑著撲向「紅」騎兵。躍在空中的騎兵立刻被撲倒在地，但騎兵仍表現得遊刃有餘。只要沒有繼承諸神血緣，任何攻擊都傷不了他的身體，也無怪乎他會這麼有自信。

吸血鬼露出尖牙的瞬間，騎兵猛然抵出手臂。應該是他長年累積下來的龐大戰鬥經驗與生存本能促使他這麼做吧。被咬上的瞬間，他感覺到一股奇妙的搔癢感。

——有毒？

下一瞬間，「紅」騎兵被「黑」弓兵猛力踹開。尖牙剝離，搔癢感跟著消失。

「紅」騎兵一邊呻吟一邊起身，向師傅(弓兵)抗議：

「老師，你幹嘛突然踹我啊？」

「……如果沒有『神性』技能，對你發動的攻擊確實無法生效。加上因為你生性勇猛，干涉精神層面的幻術之類技倆也行不通。但即使沒有繼承神之血緣，還是有辦法『讓你成為伙伴』。」

弓兵拉弓搭箭，毫不猶豫朝方才仍是伙伴的吸血鬼射出。但吸血鬼處之泰然地拔出插進體內的箭，而且沒有流出半滴血，傷口立刻復原。

「剛剛那不是攻擊，而是『吸血行為』。不是為了殺害你，而是為了招攬你成為伙伴的行動。你的身體在面對惡意和殺意時幾乎等於無敵，但很不擅長應付他人的需求。沒錯，也就是說——」

「紅」騎兵——阿基里斯的母親女神忒提斯將還是嬰兒的他放進神聖之火內燒烤，

使他體內的人類血緣蒸發，打算藉此讓他成為真正的神。儘管在丈夫珀琉斯制止之下中斷此舉，卻使他的肉體變成除腳跟之外刀槍不入的不死之身。

這也就是說，任何攻擊都無法對阿基里斯生效……然而此一特徵也有兩個漏洞。第一，同樣流有諸神血緣的人便可傷害他；其次，若不是發動攻擊——

「……表示友好的行為不會受阻。」

「紅」騎兵不悅地接著說完，「黑」弓兵嚴肅地點頭同意。

這時吸血鬼抽動了一下身子，將臉轉向空無一物的方向。他不悅地繃起臉，擲出手中緊握的「紅」騎兵長槍。瞄準的對象不是在場「紅」或「黑」使役者的任何一位，而是飛奔過來的少女。

——彷彿劃破黑暗的閃亮光芒。

「紅」騎兵的槍遭到擊落，沒能命中少女。隨風飄盪的旗幟，是可以打破所有黑暗的終極受洗武裝(Holy Weapon)。

「裁決者……！」

「紅」（阿塔蘭塔）弓兵的大吼引導所有人往那個方向看去。其中雖然包含過去曾想剷除她的「紅」槍兵，但裁決者連看他都不看一眼——只是專注地瞪著在此誕生的吸血鬼。

「弗拉德三世……不，既是吸血鬼，也是達尼克……」

裁決者無法以令咒束縛甚至放棄當一位使役者的他。「黑」（弗拉德三世）槍兵目前處於幾乎消滅的狀態，即使以令咒命他自裁，寄生於上的達尼克仍可拒絕執行。

裁決者已經認定，這個吸血鬼將是破壞聖杯戰爭的最大原因。

他不是尊榮的英靈，甚至連使役者都不是。只是個獲得吸血鬼的力量，毫無倫理道德的「無名怪物」。

而更棘手的點在於他本身的概念。畢竟在這羅馬尼亞——與弗拉德三世本人有關的穿刺公傳說，以及身為吸血鬼的傳說並列存在。所以弗拉德三世的威名、知名度很有可能沿用到他身上。

如果大聖杯從空中花園解放……羅馬尼亞大概一夕之間就會變成人間煉獄。

這就是說，歷史與傳說將會混在一起互相融合。成為只為了殘殺當地居民而存在的傑作慘劇（Grand Guignol）。有心人士或許會如是稱呼此一慘劇。

即是——「瓦拉幾亞之夜」。

誠如「紅」(塞彌拉彌斯)刺客所說，無論如何都必須先討滅他才行。

「為了調整聖杯戰爭，要暫時請各位協力作戰了。」

「……喔，所以對手是這個吸血鬼了。」

裁決者首肯回應「紅」弓兵的發言。

「是的。在打倒他之前，煩請各位先彼此休兵。我們不能讓這個吸血鬼取得聖杯……絕對不能。」

吸血鬼彷彿等著裁決者下定論一樣瞪著她，裁決者舉起左手，朗聲宣告：

「在裁決者——貞德．達魯克之名下，以令咒命令聚集於此的所有使役者！打倒過去曾為弗拉德三世的吸血鬼！」

刻劃在左手臂上的令咒散發強烈光芒。束縛的鎖鍊纏在「黑」弓兵、「黑」(亞維喀布隆)術士、「紅」弓兵、「紅」槍兵以及「紅」騎兵身上。

當他們與吸血鬼交手時，這鎖鍊不會造成任何妨礙——甚至可說只要他們與他交手，還可以強化身為使役者的能力。然而一旦想與對立陣營者交戰，動作就會變得遲

緩，揮動手中武器的力量也會被削弱。

那麼該與誰交手就顯而易見。說來他們原本就是英雄，原本就是為了打倒怪物、魔物、凶神惡煞而存在的勇者。

「——好，就讓我和『黑』弓兵支援大家吧。騎兵、槍兵，你們可以隨性活動，展開攻勢。」

「了解啦，大姊。槍兵，事情就是這樣。」

「……我無妨。」

「術士，你能不能像捉拿『紅(斯巴達克斯)』狂戰士時那樣，以魔像製造枷鎖呢？」

「不是做不到，但無法像狂戰士時那樣順利，頂多讓他的動作變得遲緩些吧。而且要是他化身為煙霧或蝙蝠，這邊就束手無策了。」

「黑」術士在空中動了動手指，十尊魔像就流暢地動了起來。他以一根手指控制一尊魔像，只是這樣就可以讓十尊魔像分別以不同的動作襲擊吸血鬼。

與之相比，在戰場上自行活動的魔像，簡直就是木偶。

魔像一邊閃躲吸血鬼刺出的手臂，一邊以青銅拳頭回敬。儘管挨到這足以對一般使役者造成傷害的強烈攻擊，吸血鬼仍毫不在乎地反擊。

然而，在裁決者以令咒下達飭令的現階段，他沒有任何伙伴，四面八方全是敵人。

「紅」騎兵（阿基里斯）和槍兵彼此配合好時機，同時用手中神槍進攻。一把是恩師惠賜的殺英雄之槍，另一把則是甚至足以打倒諸神的光槍。

再加上技術到達神技層級的兩位弓兵，儘管在伙伴貼近敵人的情況下，也能毫不受到干擾地找出空隙持續射箭。

除此之外，還有裁決者貞德．達魯克投入作戰。少女揮舞吸血鬼相當抗拒的聖旗，接連打退吸血鬼伸出的手臂。

合計六位，每一個都是堪稱最強的使役者們。但這六位臉上的表情沒有絲毫餘力。並不是他們不鬆懈，而是如字面所述，他們真的非常拚命。

「可惡，又變成霧——！」

弗拉德三世以「黑」槍兵身分被召喚而出，若是在自身領地內，便可使用作為穿刺公由來的寶具「極刑王」。

但當他變成吸血鬼，且被達尼克附身之後，雖然導致此寶具遭到封印，卻也因此獲得了新的武器。吸血鬼本身就擁有許多種強大能力。

椅子從可與黑夜融合的一身黑衣之中召喚而出。既然不是從地面冒出，就可以不用

擔心偷襲——但以吸血鬼的怪力擲出的樁子，理所當然地可超過音速。

「嘖，很煩耶……！」

「紅」騎兵跨步近身，迅速化開這些樁子。在絕大多數使役者裡面，應該沒幾個人能在速度上勝過他吧。而且無論騎乘與否都不改此一事實。特洛伊戰爭的大英雄阿基里斯無論生前死後，都沒有遇過能在速度上勝過自己的對象。

雖然不及「紅」騎兵，但「紅」槍兵也非常敏捷。從方才起，他便將射出的樁子悉數擊毀。

但是——量產出的樁子其中一根，終於纏上「紅」槍兵的腳。威力媲美寶具的樁子貫穿他的腳背。當槍兵打算將之抽出時，動作因此停了一拍。

吸血鬼以天生的超常怪力打飛槍兵。只是這樣，槍兵就被打飛到整個人撞上牆壁。雖然損傷輕微，但面對只憑蠻力便可壓倒自己的吸血鬼，槍兵無法掩飾驚訝之情。

「紅」騎兵反射性看向槍兵撞上的牆壁。這麼一來，吸血鬼像早就算準時機一樣襲向騎兵。彷彿要吸取騎兵的血將之化為眷屬般露出尖牙。

「紅」槍兵擲出手中神槍加以阻撓。

「——執著、怨憤，或者該說是妄想嗎？既不是魔術師，且再也不是英雄的你已經誰也不是了。變成『不是任何人的你』想必非常痛苦。怪物，別留下你的遺憾，快點消失吧。」

確實如同「紅」槍兵所言，怪物的痛苦絕不尋常。
所有自我整個消失的感覺。連對人類來說可算是根本的自身名字，聽起來都很像其他人的感覺。

自己是誰、自己是什麼——這些都在漸漸消失。

這樣的他仍能夠保持自我，全仰賴第二道令咒給予的命令之賜。儘管被六位使役者包圍，感覺即將喪命，但吸血鬼仍高聲怒吼：

「……哈、哈哈！我拒絕！我還不能死，我還不能被殺！不，在獲得大聖杯之前，我不會死！」

當箭貫穿他的身體，他就立刻化身為霧氣或蝙蝠，甚至是巨大的猛犬呲牙裂嘴。他能自由自在地變換形體，一身怪力與利爪不僅擊毀魔像，甚至時而會以有如空間跳躍的敏捷行動撕裂弓兵們。

——但這邊可是六位使役者同心協力搶攻，的確不可能陷入劣勢狀態。從整體來看，狀況可說是裁決者率領的使役者這方有利。畢竟他們只要爭取時間就可以了。只要

天色轉亮，吸血鬼的力量就會驟減，也會變得更容易收拾吧。

問題在於吸血鬼仍打算往大聖杯所在的位置前進。儘管正在作戰，但主人達尼克第二道令咒的命令，以及達尼克本人的意志，讓吸血鬼拘泥著大聖杯。

如果他獲得了大聖杯，事情會演變成什麼樣呢？他想要對累積了六十年的魔力漩渦許下什麼願望呢？如果他還殘留一分理性，想必他的願望是窮究魔術的極致——也就是到達根源吧。

但若連這點理性都不剩，那麼他的願望就會充滿破壞性了。

——毫無疑問是這樣。

而裁決者有預感是後者，他將會向大聖杯許下毀滅願望。當然大聖杯有可能未能完全啟動，因此無法完成實現願望的功能，但裁決者沒有愚蠢到寄望這樣的機會。

六位使役者明確區分前後衛，很有效率地持續作戰。

『有機會。』

聚集於當場的使役者應該都如此確信吧。雖然緩慢，但使役者們攻擊的速度開始壓過吸血鬼自我療傷的速度了。即使幻化為霧氣，「紅」槍兵的「魔力放射」所產生的火焰仍不給他機會逃跑。

吸血鬼朝所有人投射憎恨的目光並不斷進攻。「紅」騎兵挺身上前防堵了這些攻擊。然而——

事情發生得太突然，而且沒有前兆。「紅」陣營所有使役者都一臉苦悶地跪地，停下動作。

「唔……怎麼……回事……！」

「是主人嗎……？」

雖然只有一瞬間，但他們的存在突然變得很薄弱。而吸血鬼沒有放過短暫的空檔，一個跳躍往大聖杯奔去。

「——慢著！」

裁決者與「黑」弓兵（凱隆）同時奔出。裁決者從方才起一直感受到的寒氣，是害怕吸血鬼實現願望嗎？

裁決者甩開這些念頭，專注在追趕以猛烈勢頭狂奔的吸血鬼背影上。幸好從這裡感覺得到大聖杯的魔力，不至於跟丟他。

但是——好快！

「『黑』弓兵，請你牽制他！」

聽到裁決者指示，弓兵不發一語且不減速地拉弓搭箭，連續射出五箭。這五箭全數刺進吸血鬼的腳和腰等部位，但吸血鬼卻化身為蝙蝠。

吸血鬼的速度雖然略略減緩，但牽制無法奏效。「黑」弓兵甩了甩頭，專注在追趕上。

「……『黑』弓兵，你知道方才『紅』陣營停下動作的原因嗎？」

「不。我原本以為是令咒的效果截止了——但看來不是這樣。」

「黑」弓兵能感受到一股有別於來自主人魔力供應的力量。這應該就是令咒帶來的增幅效果吧。

裁決者也介意這部分。難道是主人不同意協力作戰嗎……？不，如果是這樣，應該會優先傳達給使役者。那樣子看起來就像——

搶先在前的蝙蝠突然接連被打落。某種收縮過、細如絲的光從走廊深處的遠方連續射出。

「唔……完全不在乎我們死活嗎！」

這麼做毫無疑問會牽連正追趕吸血鬼的裁決者等人。射出這些光線攻擊的「紅」刺客（塞彌拉彌斯）應該根本不在乎這些吧。她似乎認為有她在就足以解決事態。

這就是大意。蝙蝠們再次變回吸血鬼的模樣，儘管全身被撕裂得皮開肉綻，但在優先重生雙腳的策略下，使吸血鬼得以恢復加速。

與其說他在奔跑，更像是某種柔軟的球反覆撞擊牆壁往前彈跳那樣。爾後吸血鬼發現一道門，只要踏入門後的空間，就可以找到他所追求的東西。釋放心中泉湧而出的激情的萬能願望機就存在於此。

——再過不久，我就能實現願望了。

目前至少有「黑」狂戰士（弗蘭肯斯坦）、「紅」狂戰士（斯巴達克斯）和「黑」劍兵（齊格菲）三位使役者收納進小聖杯了。「黑」劍兵雖然因為發生怪異現象而再次被召喚，但也還有兩位。如果是小規模的願望——也就是並非要求改變世界的程度，應該可以強行啟動大聖杯，並實現願望。

增加我的肉體、增強我的肉體、填補我的肉體。如果是這點程度應當不成問題。

達尼克·普雷斯頓·千界樹，他已經開始認為這個名字屬於他人了。

但這個男人理解追求聖杯到最後的結果，就是自己現在在這裡。所以——高興吧，達尼克。你的願望馬上就要實現了！

毫不猶豫地打開門，出現了期望的場所。以日曬磚搭建而成的寬廣樓梯就在眼前直直往下，一座超巨大結構（Giga Structure）彷彿要穿破最上層般屹立當場。

被藍白光芒填滿的萬能願望機——是冬木的大聖杯。

「——啊啊。」

吸血鬼不僅超前大多數使役者，甚至超前裁決者，搶先來到大聖杯之處。接著只消強制啟動大聖杯，實現自己的願望……

「達尼克・普雷斯頓・千界樹，到此為止了。」

有人站在通往大聖杯的樓梯途中。那不是使役者，所以吸血鬼判斷對方是主人，決定予以殺害。

但制止的聲音令吸血鬼反射性停下。原本若能一氣呵成解決對方就好，但那聲音裡有「某種東西」勾住了吸血鬼的注意力。

「……是誰？」

鞋跟「喀」的聲音讓吸血鬼反射性地縮起身子。一股寒氣竄過，本能告訴自己不能與眼前的某人打照面。那是炸彈，而且導火線已經點燃，不用幾秒鐘的時間就會毫不客氣地引爆。

擋在吸血鬼跟前的是一位褐色肌膚的少年。他臉上帶著穩重笑容，嚴厲地宣告：

「或者該說你是他的殘渣嗎？我很佩服你的執著之心，但原本就不能把聖杯交給你了，遑論墮落成吸血鬼的你。」

爆炸了。就算忘記自己的名字，達尼克也有絕對忘不掉的過往記憶。以魔術師身分傾盡全力作戰的那場第三次聖杯戰爭——他絕對不會忘記成為一切開端的那場戰爭。

所以才驚訝。

「……怎麼可能。」

「哎呀，達尼克，以你來說這台詞真是太過正經又平庸呢。既然你都活下來了，『那我還活著』應該也沒什麼好驚訝的吧。」

「怎麼可能！不可能！為什麼！『為什麼你在這裡』！為什麼你還活著……？」

少年聳聳肩，以輕佻的態度回應：

「——當然是因為我以『紅』陣營主人的身分，參加了這場聖杯大戰啊。」

對吸血鬼來說，這是絕對不可能發生的事。少年也不管瞠目結舌的吸血鬼，繼續朗

聲說道：

「達尼克，我就在等這一刻到來！冬木的大聖杯『屬於我』！魔術師，或者說吸血鬼，或者你兩者皆非——我絕對不會把大聖杯交給只會導致世界毀滅的你！」

這句話讓下意識束縛吸血鬼，名為恐懼的枷鎖解套。

「……笑話啊啊啊啊啊啊啊啊！」

激怒的吸血鬼準備踏出一步加速——狼狽地跌倒。

「嘎、咿……？」

仔細一看，才發現某種尖銳的物體刺進了膝蓋。這是代理人愛用的投擲式概念武裝——「黑鍵」。

「你是吸血鬼。很遺憾的，吸血鬼雖然擁有無與倫比的力量，但代價就是必須背負許多弱點。例如不習慣陽光曝曬、對聖印沒有抵抗力，以及——無法對抗黑鍵這種主要用在淨化上的武器。」

沒錯，少年所言甚是。如果是代理人的黑鍵，想必是非常適合淨化死徒的概念武裝吧。

但這威力太破格……不，太「異常」了。

褐色少年冷然、儼然地唱和：

「哎呀，與追趕著你的她（裁決者）相比，我根本不足掛齒吧。只是個不足掛齒，甚至不被認同的『假聖人』罷了。話雖如此，我仍擁有力量粉碎現在的你。」

紅色聖骸布攤開，銀刀飛舞。刺在周圍的黑鍵封殺了吸血鬼所有反擊，少年一把擒住吸血鬼的臉。

少年的氣勢大變。現在的他已經不是主人，而是不一樣的某人。沒錯，這是過去跟自己召喚出來的使役者互相廝殺的——

「好了，無名吸血鬼啊——禱告的時間到了。」

「我殺之，我活之，我傷之，我癒之。無人可避我手，無人可逃我眼。」

慘叫發出，手腳擺動掙扎。

但那隻手就像萬力一樣夾緊吸血鬼的臉。

「擊破吧。我招來敗者、老者。委於我、習於我、從於我。給予休息。勿忘歌唱、

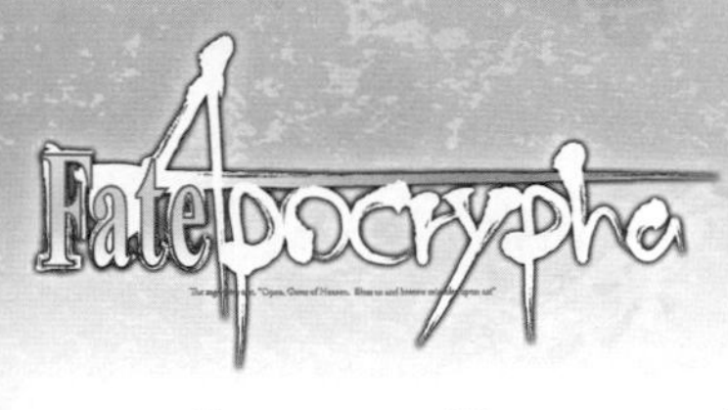

勿忘禱告、勿忘我。我輕盈，使之忘卻諸多負擔。」

迅速衝上樓梯，急馳在走廊上。與肌力什麼無關。這是信念，也是信仰的激烈衝突。

那麼徹底化身為吸血鬼的「某人（Unknown）」，自然無法匹敵他有如鋼鐵般堅硬、有如利劍般銳利的信仰。

——每一句話都在削減吸血鬼的存在。眼見方才原本還在伸手可及處的大聖杯漸漸遠去，讓他覺得無比悔恨。

「不可偽裝。以報復回應諒解、以背叛回應信賴、以絕望回應希望、以黑暗回應光明、以死亡回應生命。」

昏暗卻一塵不染的眼眸。吟唱內容如利刃悉數刺入吸血鬼體內，這是人類絕對做不到的破格洗禮吟唱。

——更重要的是為什麼自己偏偏要被他殺害？如果對手是使役者還可以接受，如果是主人只能表示遺憾。但這「太難以理解了」，被隕石砸中頭部死亡還比現在的這個狀況好理解。

「休息於我手。注油印記你罪。只有死亡才可獲得永生——在此寬恕。道成肉身的我宣誓。」

——啊啊、啊啊、啊啊！我的聖杯、我的幻想(夢想)！孤的聖杯！孤的希望(夢想)！得不到、得不到、得不到！

吸血鬼被砸在門上。少年一副不管三七二十一的態度一意向前奔馳。門扉粉碎，少年順勢踏入。那裡是個禮拜堂，穿過中廊後——在神的跟前，少年以甚至可說帶有憐憫的眼光，宣告最後的聖言(Holy Word)。

——但是，為什麼呢？

「上主，憐憫我們（Kyrie eleison）。」

過往是虔誠信徒的領主，以及過去是魔術師，最後變成誰也不是的「無名怪物」身上開始「咻咻」地冒出白煙融解。不光是肉身，連存在本身都開始融解。

留下怨憤的呻吟、絕望的殘喘後，吸血鬼一點殘渣也不留地徹底昇華了。不論是拯救故國的英雄，還是統率魔術師們的族長都已亡故。

過去的王死去，現在的王高唱凱歌。

這時追趕吸血鬼的裁決者等人踏入禮拜堂。

「在這裡…………？」

兩人很湊巧地在禮拜堂這個非常合適的地點見面了。在中廊融解的吸血鬼已無聲無息昇華，他的靈魂應該回到理應所在之處了吧。

吸血鬼身旁靜靜地佇立著一位少年。少年有著褐色皮膚，類似銀色的白髮，在牧師法衣外披著紅色聖帶與斗篷。

看到他的瞬間，裁決者「明白了一切」。

「……怎麼、可能……」

就因為她明白才倒抽一口氣。別鬧了，不可能。眼前的少年是——「使役者」。

不，是使役者本身還好。主人本身是使役者雖然偏離規則，至少還是有可能發生的狀況。

問題在於他的職階。不是劍兵、不是弓兵、不是槍兵、不是騎兵、不是狂戰士、不是術士，更不是刺客。

「——『此次的』裁決者，妳好。」

「……竟然是第十六位使役者……？」

連一向冷靜沉著的「黑」弓兵（凱隆）都無法掩飾驚訝之情，而急忙追著他們趕過來的「紅」陣營使役者們也有同樣反應。

他們以為是主人之一的少年，確實顯露出使役者才有的靈格。

「凱隆，我不是第十六位，第十六位是你身邊的裁決者。嚴格說來，我是『第一位使役者』。」

「刺客的主人……你對我們的主人做了什麼？」

少年對怒氣沖沖發問的「紅(阿塔蘭塔)」弓兵咯咯笑了笑，舉高手臂捲起袖子。所有人看到他的手，都抽了一口氣。

「紅(迦爾納)」弓兵、「紅(迦爾納)」槍兵、「紅(阿基里斯)」騎兵、「紅(斯巴達克斯)」狂戰士、「紅(莎士比亞)」術士、「紅(塞彌拉彌斯)」刺客——加起來總計十八道令咒。

「我很和平地獲得主人們轉讓主人權與三道令咒。不用擔心，在我已連接大聖杯的現在，根本不需在意讓各位現界所要消耗的魔力量。」

「很和平地——？」

少年點頭回應這不知來自誰的嘀咕，瞥了「紅」槍兵一眼說道：

「畢竟『紅』槍兵是個擅長看穿他人謊言的英雄，所以我必須盡可能不說謊，且事情還得在我的安排下進展才行。為此我才會特地透過主人下達命令。沒錯，主人們沒有說謊。他們直到現在，仍認為是在自身判斷下給出指示……」

「——原來如此。我感覺到的、神明警告我的對象就是你啊。」

「這可難說，我壓根沒打算忤逆神啊。」

不用想也知道，召喚貞德．達魯克的過程從一開始就很有問題。必須借用他人身體的附身召喚，原本以為是因為已召喚出前所未有的十四位使役者之故，但仔細想想就知道其實相反。因為若大聖杯判斷十四位使役者肯定會造成混亂局面，那麼無論如何都更應該以正確的形式，成功召喚出裁決者才是。

而之所以無法完成這點，就在於大聖杯的認知已經混亂。有兩位裁決者是絕對不可能的狀況。

於是無論要怎麼修正後來召喚的對象，肯定都會產生出亂子。然後，這位神父之所以要逃避她的理由，也是因為她是裁決者之故。身為裁決者的特權之一，就是持有這項技能——「真名看破」。

這項技能可以看穿使役者的職階以及真名，對道成肉身者當然也適用。萬一在戰場上與裁決者打了照面，少年的計畫就要泡湯了吧。

「你是……在冬木舉行的『第三次聖杯戰爭中被召喚出來的裁決者』嗎？」

裁決者這番話令在場所有使役者都倒抽一口氣。

「是的。在成為他們正式的主人之前要是遇到妳，我就難做事了。畢竟妳擁有令咒，要是被妳發現事情真相，我的一切努力就白費了，對吧？我不會讓任何人妨礙我實現夢想。」

少年的聲音中不帶任何憎恨，但有著堅決的意志，不可能被說服。只要沒有殺了

他，這個少年就不會罷休——少女如此肯定。

裁決者以紫水晶般的眼眸看向少年，說出他的名字。

「——天草四郎時貞，你的目的究竟為何？」

「這還用說，當然是拯救所有人類啊，貞德．達魯克。」

被無法獲得回報的人民與追逐其背影的士兵們譽為「奇蹟」的少年和少女。

兩者無法容許彼此存在，正靜靜地互相睨視。

解說

鋼屋ジン

——來聊聊某個男人吧。

從第一次見面就知道這男人有病。

雙槍、鴿子、教會。僵屍、鏈鋸、血池地獄。

一般人都輕蔑他笨；他則自豪自己的笨。

享受、溺愛、爛醉、昇天。

不良嗜好的後果，冥冥之中促成他走上這一行（廢人）。

但這也沒什麼稀奇。

貪戀B級（不良嗜好），正是紳士淑女（阿宅們）的教養。

這當然是在說東出祐一郎，也是講起過往的事。

時節正是世紀末。儘管如此，並沒有特別處在腐敗、自由與暴力之中，也不是那麼瘋狂的時代（Crazy Time）。總之在混沌的網路黎明時期，我們相遇了。

相遇的契機來自某家遊戲廠商。就是「訊號傳到了嗎？」、「我要殺了你」以及「哈哇哇～～」（※不是指孔明），還有當時尚未發售但「我跟冬彌同學睡過了」的那個，哎呀，簡單說就是葉子（Leaf）啦。二次創作小說啦。我們第一次相遇，彼此都是爬格子的人了。

而那次相遇竟然會讓我們交遊這麼久，想必是因為興趣相符使然——這雖然沒錯，但我覺得也不甚正確。比方我原本並不好欣賞B級電影（特別是恐怖電影），百分之百是東出祐一郎害我跳坑的啦，那傢伙根本是麻婆神父吧。

附帶一提，去年年底他也在毫無說明的情況下強迫我看了電影《詭屋》（而且還是英文版）。就算認識了十五年，他還是完全沒有變。明明就是聖誕節耶，幹嘛讓我看那種電影啦。

廢話少說。說起我為何跟他交遊這麼久呢，總之起碼對我自己來說，東出祐一郎這號人物啊，是一個非常有趣的男人。而這套書呢，就能佐證我的認知並沒有錯。

事情就是這樣，各位，期盼已久！飛散的火花是生命之花啊！劍戟相交，悲中帶喜！聖杯大戰第二幕！更華美、更壯闊地呈獻給各位了！

……可是我說啊，雖然在第一集後記裡面當事人也說了，但閱讀本作真的能充分感覺到他寫得很開心啊。

——嗯，他果然沒變。跟那時候一樣，正隨心所欲地寫著自己喜歡的內容。這就是東出祐一郎的「根源」。

創作就像送出情書給故事一樣。只要沒有迷失「喜歡」這個「根源」，就不會被故事背叛。不論是作者的心意還是讀者的心情，總有一天都能抵達天之聖杯吧。

就像當時的心意到現在正開花結果一樣。

——在世紀末的更末尾，二〇〇〇年十二月。

一款同人遊戲震撼人世。

《月姬》。

是由ＴＹＰＥ－ＭＯＯＮ這個社團製作。

自己就身在這股熱潮之中，當然東出祐一郎也是。

那是曾「喜歡」過的作品。所以他對這個故事的愛，肯定希望能透過某種方式獲得認同。

當然，那時候我根本不會知道東出祐一郎將寫出《Fate/Apocrypha》這部作品。

但是呢，總之在人生路上決定性的分歧點，應該毫無疑問就是那個時候了吧。

換句話說——

——那一天，東出祐一郎與命運相會了。

Kadokawa Light Novels

約會大作戰DATE A BULLET 赤黑新章 1~2 待續

作者：東出祐一郎　原案．監修：橘公司　插畫：NOCO

狂三這回得成為偶像才能通關？
然而偶像出道之路多災多難……

時崎狂三抵達第九領域後，支配者絆王院瑞葉所提出的通關條件竟是成為偶像？「沒問題！狂三原本就有S級偶像的素質！」在自稱當過一流製作人的緋衣響指導下，狂三朝著AA級偶像出道之路邁進，前途卻是多災多難……好了——開始我們的戰爭(LIVE)吧。

各 **NT$220~240/HK$68~75**

台灣角川

Kadokawa Light Novels

1 「case.剝離城阿德拉」

三田誠

插畫／坂本みねぢ

艾梅洛閣下II世事件簿

Kadokawa Fantastic Novels

艾梅洛閣下II世事件簿 1 待續

作者：三田誠　插畫：坂本みねぢ

魔術與神祕、幻想與謎團交織而成的
艾梅洛閣下II世事件簿開幕——

在這座「鐘塔」擔任現代魔術科君主的艾梅洛閣下II世，被迫捲入剝離城阿德拉的遺產繼承風波，只有謎團的人才能繼承剝離城阿德拉的「遺產」。然而，那絕非單純的解謎，而是對「鐘塔」的高階魔術師們來說也過於奇幻的事件開端——

台灣角川

各 **NT$270/HK$80**

國家圖書館出版品預行編目資料

Fate/Apocrypha 2 黑之輪舞/紅之祭典 / 東出祐一郎作 ; 何陽譯 -- 初版. -- 臺北市 : 臺灣角川, 2018.09
面 ;　公分 -- (Kadokawa fantastic novels)

譯自 : Fate/Apocrypha 2 「黒の輪舞/赤の祭典」
ISBN 978-957-564-410-9(平裝)

861.57　　107011428

Kadokawa
Fantastic
Novels

Fate/Apocrypha 2
「黑之輪舞／紅之祭典」

（原著名：フェイト/アポクリファ 2「黒の輪舞／赤の祭典」）

2018年9月27日　初版第1刷發行

作　者：東出祐一郎
插　畫：近衛乙嗣
譯　者：何陽

發行人：岩崎剛人
總經理：楊淑媄
資深總監：許嘉鴻
總編輯：蔡佩芬
編　輯：孫千棻
美術設計：莊捷寧
印　務：李明修（主任）、黎宇凡、潘尚琪

發行所：台灣角川股份有限公司
地　址：105台北市光復北路11巷44號5樓
電　話：（02）2747-2433
傳　真：（02）2747-2558
網　址：http://www.kadokawa.com.tw
劃撥帳戶：台灣角川股份有限公司
劃撥帳號：19487412
法律顧問：有澤法律事務所
製　版：尚騰印刷事業有限公司
ISBN：978-957-564-410-9
香港代理：香港角川有限公司
地　址：香港新界葵涌興芳路223號
新都會廣場第2座17樓 1701-02A室
電　話：（852）3653-2888